死著

張翎中篇小說集

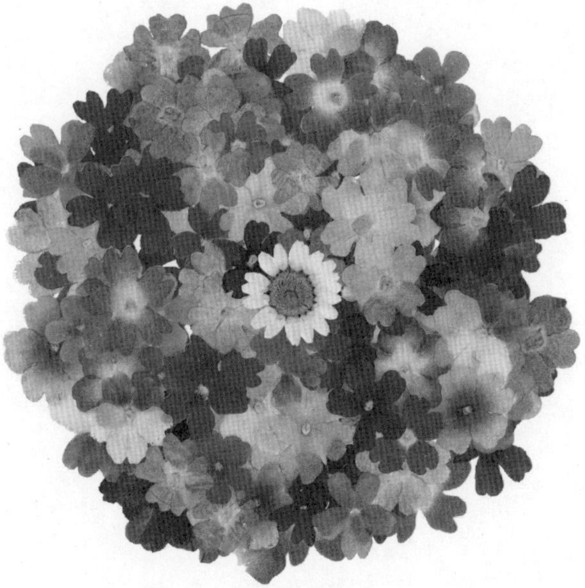

張翎

死著

張翎中篇小說集

推薦序

悄焉動容，視通萬里：張翎小說中令人驚嘆的想像力

須文蔚
國立東華大學華文文學系系主任

二〇一五年三月張翎應「銅鐘經典講座」之邀，來臺展開系列講座，應當是臺灣讀者第一次有機會深入認識她。作為活動策展人，有機會聆聽她漂泊的故事、閱讀的經驗以及創作的理念，特別佩服她的執著與深刻。記得當時拿到定稿的中篇小說〈死著〉，發現她往前衛書寫邁進，以想像力進出千奇百怪的眾生思維，《文心雕龍》有言：「悄焉動容，視通萬里。」誠哉斯言。

張翎的中篇小說，不容忽視，她最為讀者熟知的〈餘震〉，就曾獲得二〇〇八年《中篇小說選刊》雙年度優秀小說獎。〈空巢〉為她奪下人民文學獎，〈雁過藻溪〉則獲頒十月文學獎，且為《小說選刊》、《小說月報》等各種雜誌紛紛轉載，在在都顯示出她在經營中篇小說上，卓然有成。

這次張翎選定〈雁過藻溪〉、〈陪讀爹娘〉、〈戀曲三重奏〉和〈死著〉等四個中篇，集結成冊，讀者可以一次掌握她十年間中篇小說創作的精華，包括：她擅長述說的不同時代女性的隱忍與力量、銀髮族成全子女的苦衷與付出、移民在婚姻、愛情與落地生根上遭遇的情感衝擊。更特別的是，她以多重視角，魔幻寫實的筆法，挑戰社會寫實案件的〈死著〉。張翎從容地在這四個中篇中，書寫時代的荒謬、乖危與殘酷，主角無一不奮力掙扎，勇於對抗，不畏流俗，雖無法擺脫悲劇，但生命力的湧現超越了哀傷的基調。

〈雁過藻溪〉是張翎喜愛的故事框架，三代女人面對亂世的衝擊，以超越男性的隱忍和力量，度過歲月長河。讀者不妨把〈雁過藻溪〉視為張翎多個長篇故事的起源。她說過：「藻溪是地名，也是一條河流的名字，在浙江省蒼南縣境內。藻溪是我母親出生長大的地方，那裡有她童年少年乃至青春時期的許多印跡。」女主角末雁與女兒靈靈帶著母親的骨灰，回到家鄉安葬，三代女性，在鬼影幢幢的故土，見證了土改引發的一場暴行，竟摧毀了三個世代女子的生活。

牽引讀者解開〈雁過藻溪〉中的謎題：一個移居海外的女科學家宋末雁，何以從小就與母親隔膜？又遭逢婚姻不幸？還與女兒情感冷淡？多年來死死地壓在心上的幾塊大石頭，讓她經年感覺鈍痛的原因，與最近臺灣讀者熱烈捧讀平路的《坦露的心》，似乎暗暗呼應，一個不討母親歡心的孩子，其實與母親隱忍半個世紀的身世之謎與羞恥，其實息息相關。至於在異國長大的第三代靈靈，心中並無故國的情感，她見證了外婆在土改時遭強暴的屈辱，撞見母親在情欲自主下的亂倫，她換來只有空洞的疼痛，與母親更大的疏離。〈陪讀爹娘〉一樣講三代移民的故事，但是關注焦點不在舊時代的創傷，而是轉而關注銀髮族當代的境遇與精神世界。

「陪讀」是一個新鮮的議題，青少年出國讀書，父母陪讀就成為一個新趨勢，但〈陪讀爹娘〉則充滿了諷刺，兩位沒有名字的老人——項媽媽和李伯伯，原本都是術業有專攻的專家，在喪偶後，為了照顧在海外攻讀博士學位的下一代，放棄原有安穩的生活，出國充當家庭保姆。三代之間的摩擦與衝突，看似瑣碎，卻因為溝通障礙和情感隔閡，付出者顯得一廂情願，全無回報，也就讓疼痛顯得分外巨大。老人們只能以：「耳朵聾一點，眼睛鈍一點，沒壞處。」來彼此寬慰，更顯得蒼涼。最後，李伯伯回國後，猛然想起忘了問項媽媽的名字，讓讀者體會出作者有意不為兩位老人取名字，道出老人在當今社會全無面目的哀痛。

相較於前兩個家族故事，〈戀曲三重奏〉則環繞在女主角王曉楠三段三角戀。以三重奏作為象徵，三個樂章，分別講述了：王曉楠在大學時期，和張敏相愛時，他早已有女友，難分難捨，卻在慘劇下，既生離又死別。後來王曉楠遇見了已婚的軍人許韶峰，一直等待他離婚與事業有成後成家，其後為丈夫放棄工作，到加拿大坐移民監。王曉楠遭丈夫「流放」海外，孤獨無助，聘用了打包工人章亞龍，他非法移民的身分、神祕的家庭故事，都為整個故事埋下了複雜的迷團和線索，當塵埃落定，原本失去生活動力的女子，似乎重新找到一絲光明。

最為悲哀與黑暗的故事，莫過於〈死著〉，張翎用多重視角，把一場荒誕的搶救與治療過程，寫得錯綜複雜，人人醜態畢露。主角路思銓是茶葉公司經理，在一場車禍中死去，卻因為種種考量，他雖死，卻以葉克膜搶救維持生命現象。他求死不能的原因，竟然是因為：交通警察大隊為了降低當月重大事故率，希望把路思銓生命拖到三天後的一月；醫院為了獲得鉅額醫療收入，明知搶救無效，依舊施用葉克膜；路思銓的太太則在愛恨交加的情緒下，希望拖延丈夫的死期，可以陪她度過生日。於是「死亡」竟然出現了進行式，在漢語中無以名之，只能說是「死著」。

在〈死著〉中，張翎創造了一個令人難忘的角色茶妹，她有著如徐四金（Patrick Süskind）《香水》（*Das Parfum*）主角葛奴乙一樣的才華，擁有異常靈敏的嗅覺，藉此以氣味寫出了別開生面的茶香、挑逗與腐朽，甚至最終拯救了悲慘的死者，終究為冰冷的世界帶來些許暖意。臺灣讀者從〈死著〉中，會看到柯文哲的大名，聽見張詔涵〈隱形的翅膀〉，一定會倍感親切。

本書四個不同主題與樣式的中篇小說，共同道出荒誕人世中，人們無所躲避的隱疼是如此環環相扣，如鎖鍊、如河流甚至如影隨形直面。張翎用深刻與詩意的文字傳述悲劇連環扣，記錄了快速消失的人文地貌和鄉情，這本選集彷彿是小說技藝的實驗室，展示出她不斷超越既有關心的題材、創作的風格與語言的特質，絕對是當代華文中篇小說的經典選本。

推薦序

未完待續：故事後的故事

石曉楓
臺灣師範大學國文系教授

兩年前我曾以〈世道艱難，有女匍匐〉為題，為張翎的長篇小說《陣痛》（二〇一四）寫過導讀。兩年後，張翎的中篇《死著》及短篇《心想事成》小說集復將於臺灣出版，《死著》裡的四個中篇，有寫於《陣痛》之後的新作，如〈死著〉（二〇一五）；亦有寫於《陣痛》之前者，即〈雁過藻溪〉（二〇〇四）、〈戀曲三重奏〉（二〇〇二）、〈陪讀爹娘〉（二〇〇一）三篇，這四個中篇包含了發生在中國的故事以及加拿大移民生活書寫，凡此自然是張翎從一九八六年出國留學後，往返於兩國之間，多年生活體驗的渲染與擴充，而由這四個中篇，也能進一步見證張翎小說裡始終表露的人性關懷與敘事用心。

中篇小說集裡的〈死著〉，應是張翎比較新的嘗試與挑戰，此篇小說直面當下的中國問題，並採取較為不同於既往的視點技巧來呈現。題名本身就標誌了動態的進行式過程，全文以「我，抑或是你」的亡靈敘事語調開篇，藉由因車禍而腦死的角色路思銓正一步步「死著」的過程，於短短數日內，八方網羅各種敘事聲音，從而拼湊出事件的隱衷，也完足了各個角色之性格塑造。小說採取各節各自發言的多音敘事，讓路思銓、瞎眼茶妹、交警大隊長、重症監護室主任、路夫人林元梅、茶葉公司總經理以及路思銓的司機分別出場，陳述一己所見所思所感。這樁車禍事件牽扯到年度重大交通事故死亡人數的統計、茶葉公司年審報告安全生產指標及銀行信用指數、家屬的撫卹金、葉克膜的費用等問題，也牽扯到丈夫不忠懸案的謎底。張翎顯然做足了功課，一場交警大隊王隊長與茶葉公司廖總分別對路妻曉以大義、動之以情的說辭，步步推演、層層分析，相當具有臨場感，對話中不但可推敲出各方精密的盤算心思，也暴露了中國當下社會種種問題的交鋒。

張翎於行文間始終保持其細膩的寫實風格，並不放過任何一名角色的精緻點染，譬若寫劉主任「妻子的抱怨是一件粗布面的絲棉襖，手摸上去略略有點糙，可是內裡紉的卻是溫軟的體恤」（頁43），寫路妻因由一張來路不明的發票，對丈夫興發疑心：「於是她的思緒，就被咬成了一根根斷線，有頭的沒尾，有尾的沒頭。」（頁50）「隱藏得太深，其實也是一種暴露。」（頁51）凡此細微的心理刻畫，自是其一貫擅場。我以為〈死著〉的最後一節尤其精彩，藉由茶妹的嗅覺，寫病房裡來訪者各人身上黏著的口臭味、焦糊味、辛辣味，以及摻雜了酸苦爛甜鹽痂味的、路妻乾涸的眼淚，最終則回到「死著」的路思銓身上諸種變質腐爛的氣息，豐富複雜的感官書寫沿著文字直達鼻腔，華采爛然、炸裂紛呈，那是急管繁弦式的交織與迴繞，然而所有嗅覺的喧騰在管子被茶妹拔下那一瞬倏爾沉寂，滿室沉寂裡，最終復響起了清晰的電子報時。這真是最有力的收束了，先前各人基於工傷比、交警業績、醫病妥協、愛怨嗔痴的諸種算計與俗世念想，如氣味纏繞，導致路思銓正在「死著」的過程緩慢而痛苦。是鄉裡來的姑娘放過了他，她包容了路叔、拯救了路妻，那眾味俱逝、眾弦俱寂的當下簡直如神異時刻，示現了人性裡還值得欣慰的純樸與美善。

與〈死著〉同樣發生在中國的故事，是〈雁過藻溪〉裡溯脈認祖的還鄉旅程。小說有個詩意的題名，寫的卻是殘酷的身世隱情，母親要求末雁帶骨灰返鄉的尋根之旅，又成就了另一樁宿命的錯誤，家族祕密的揭曉、末雁與百川的短暫孽緣，讓末雁與女兒靈靈的相依從此充滿未知，「命啊」的呻吟反覆輾轉於紙頁。〈戀曲三重奏〉和〈陪讀爹娘〉則是異地的移民生活書寫，〈戀曲三重奏〉藉由今昔交錯之敘事，一方面寫王曉楠在加拿大和工人章亞龍相處的過程，一方面兼及與昔日戀人張敏以及丈夫許韶峰交往歷程的回憶。〈陪讀爹娘〉則聚焦於項、李兩家，項媽媽與李伯伯在國內原各是醫生、建築師，卻為了兒女遠赴國外幫忙帶孫子、燒飯菜，小說在日常書寫裡帶出三代教養與溝通問題。然而張翎寫情之處往往不僅止於情，〈戀曲三重奏〉及〈雁過藻溪〉皆及於家國身世，土改、蟲害洪災、文革以及知青背景，作用於異鄉人身世裡，且成為影響日後生活的重要背景。從歷史的交匯裡見時代的悲劇與個人無奈，宿命的喟嘆誠然有之，但情節最終每每指向開放性結尾，並不流於消極感傷。

祕密的包藏往往是張翎小說裡的重要引線，作家且善於將懸念保持到最後。〈雁過藻溪〉裡最大的祕密是沉默的母親、是末雁的身世；〈戀曲三重奏〉中王曉楠與秦海鷗「都懷了一個被死亡驟然切去了尾巴，卻依舊能產生無限美麗遐想的巨大祕密，各自以為最終得到了她們一生中最重要的那個男人」（頁230），而章亞龍妻與子因車禍而驟逝的家庭祕密，也在小說最終謎底揭曉，從而引出新的契機；此外〈死著〉裡也包藏著名牌包的祕密。這些捂著祕密過日子的人，生命或許隨波逐流，但也充滿翻騰的可能性，正是在宿命的巧合與偶然的轉機裡，小說家提示了關於人性與際遇的多元思考。

閱讀張翎小說，另有一股深沉的悸動，來自於故事收尾總還飽含著一股蓄勢待發的力道。「每一個故事都有結尾，不過有些故事的結尾做了另外一些故事的開頭」（頁333），這是小說人物的發言，但看本書四個中篇，〈雁過藻溪〉裡，末雁駐留藻溪數日的一念之間，「停出了一個故事的開頭，和另一個故事的結尾」（頁138），然而收束卻不指向任何去路。〈戀曲三重奏〉裡最終王曉楠急於找到章亞龍，當然不僅為了交給他兩封信，更是為了開展另一個即將啟程之謎。〈陪讀爹娘〉裡孫越與項平凡、項媽媽與李伯伯、竇曉敏與丈夫，三個故事的結尾，又預示三個可能的開始，這個可能性拯救了小說前半部的瑣碎日常。即如近作〈死著〉也以「開始，抑或是終結」的小標，回應了作家一貫的敘事理念。

故事後還有故事，這關乎敘事能量的再開啟，當然也是對於人性反覆的低迴與沉吟，所以在張翎筆下，故事總能循環不息、生生長流，我想，這或許便是寫作的謎底了。

臺灣版序

關於《死著》的一番閒話

自《金山》（二〇〇九）問世以來，我似乎進入了長篇小說的「狂熱期」，不到八年的時間裡，先後發表了《睡吧，芙洛，睡吧》（二〇一二）、《唐山大地震》（二〇一三）、《陣痛》（二〇一四）、《流年物語》（二〇一六）、《勞燕》（二〇一七）。而中篇小說的寫作速度，卻明顯緩慢了下來，八年裡總共才出了五部。這部小說集收集了包括〈死著〉在內的四部中篇小說，從時間順序來說，〈死著〉（也是集名）則是我最近的一部中篇。

和我從前的小說創作過程一樣，〈死著〉也是靈感偶發之物。二〇一四年回國在上海逗留時，我和復旦大學的幾位學者一起吃了一頓飯。席間的話題從某位知名教授的去世，不知怎地就轉到了非必要搶救上。一位朋友說起了一樁「欲死不能」的事件，我深受觸動，

〈死著〉的最初萌想，就是在那一刻發生的。

〈死著〉講述的是一起車禍導致腦死亡的病人的搶救事件。出於各種原因，車禍中牽扯到的各方都不願讓此人在年底以前死去，於是就動用了最先進的醫學手段來維繫著他的心臟搏動。只要還有心跳，此人就還能維持著身邊許多人的利益，於是死就不再是他個人的事，死就成了很多人共謀的一件事。

靈感是曇花一現的美麗幻象，而小說創作卻是要把每一個細節落到實處的枯燥過程。我面臨的第一個困難就是對急救過程的一知半解。幸好我在北京和溫州的幾家醫院的重症監護室裡有幾個熟人，在向他們討教的過程裡，有人提起了艾克膜（臺灣稱葉克膜）技術——一種體外心肺循環支持系統。正好不久前我讀到了柯文哲先生關於艾克膜技術的一篇演講——他在就任臺北市長之前是臺大醫院的急救科醫生，人稱「亞洲葉克膜之父」，我對這個搶救方案立刻產生了興趣。把這項先進而極為昂貴的急救技術應用在一個腦死亡病人身上，正好構成了小說所需的黑色幽默元素，也順勢造就了小說中「誰來承擔費用」的矛盾衝突，使得劉醫生在利益和良心之間的糾結變得合理。

創作過程裡的另一困難是對公路交通管理規則、勞動法規和工傷事故賠償法規的無知。調研有些枯燥費時，但相對簡單，真正的挑戰是把一則則法規移植在同一起案例上，使故事情節的推進既不至於出現太過明顯的破綻，而又保持了適當的峰谷起伏。這是一個走平衡木的過程，令人提心吊膽，忐忑不安。

其實最大的糾結都還不是這些。一直到小說將近尾聲，我還沒有想好由誰來充當結束這場鬧劇的「上帝」角色。盲女茶妹是天上掉下來的「神來之筆」，在我最初的設想裡，她只是路經理在妻子和逢場作戲的情人之間的一個緩衝物。在某一個電閃雷鳴的時刻她突然從隱祕之地現身，朝我伸出手來大聲說出主動請纓的意願。驚詫之餘，我開始覺得她其實就是我一直找尋的那個人選。一個盲女靠著直覺找到並且拔掉急救系統的電源，給小說增添了一絲神祕感。她是一片荒謬陰晦之中的唯一一絲光亮和溫暖。故事裡的明眼人都看不見隱藏在現象之下的真相脈絡，唯一一個能參透真相的人卻是醫學意義上的瞎子——這個嘲諷的原版來自《聖經》。

一直到小說完成之後，名字依舊懸而未決。我原先想到的一個名字是《哈姆雷特》中最經典的一句台詞：「To Be or Not To Be。」這個名字在英文裡顯得極為貼切，但中文的各種翻譯，如「生存還是毀滅」、「活著還是死亡」，都無法傳神地揭示小說的真正寓意。後來，在一次聚會中，我隨意提起了這部已經完工卻還在等待著上天賜名的小說，一位在一所加拿大大學任教的朋友突然說：「為何不叫『死著』呢？」我不禁拍案叫絕。這個題目所指向的死亡不是一個瞬間的動作，而是一個時段模糊的過程——這正是我想通過小說所表述的深意。〈死著〉發表後，很多讀者不約而同地聯想到了余華的《活著》。雖然在起名的時候沒有想到過《活著》，但把〈死著〉看成是對《活著》的一種致意，卻是我內心的意外之喜。

我之所以花如此多的篇幅談論〈死著〉，是因為它與我從前中篇小說涉及的題材全然不同，它涉及了中國的當下。近年來我雖然頻繁地回國，而且時常會待上一陣子，可是我畢竟是過客，我的文化土壤是在東西方之間的那塊邊緣地帶，當下的中國題材對我來說是一個尷尬的挑戰。〈死著〉的創作過程突然給了我一個從未有過的信念：局外人也是可以有看法的，局外人的看法和局內人具有平等的價值。

本集子所選的四部中篇小說，按照時間順序來梳理的話，〈雁過藻溪〉應該排在〈死著〉之前。藻溪是地名，也是一條河流的名字，在浙江省蒼南縣境內。藻溪是我母親出生長大的地方，那裡有她童年少年乃至青春時期的許多印跡，那裡埋葬著她的爺爺奶奶父親母親伯父伯母，還有許多她叫得出和叫不出名字的親戚。藻溪發生的一切故事，對我來說都是史前的。我尚未記事時就隨父母來到溫州，一直在那裡居住到上大學為止。我對藻溪的最初印象，來自我父母在家講的那種節奏很快，音節很短，音量很大的方言。他們告訴我那是藻溪礬山一帶的方言，是閩南話。隔一兩個週末，母親就會帶我去身為明礬石研究專家的外公家裡做客，我常常會看見一些藻溪來的鄉人，帶著各樣土產乾貨，坐在我外婆的病榻前和我外婆說話。到城裡找工作，看病，借錢——常常是這一類的事情。外公和他已經成年的子女年復一年盡心盡力地為鄉人幫著這樣那樣的忙，而我外婆和一位長住在她家的表姑婆則用方言和鄉人們說著一些她們熟悉的人和事，在敘述的過程中臉上便漸漸浮現出一種迷茫柔和而快樂的神情。

當我長大成人遠離故土，長久地生活在他鄉時，我才明白，其實我的外婆和表姑婆，一直到死也沒有真正適應在城市的生活。她們的身體早就來到了城市，可是她們的心卻長久地留在了藻溪。如果把她們的一生比喻作樹的話，她們不過是被生硬地移植過來的殘幹斷枝，浮浮地落在城市的表土之上，而她們的根，卻長久地留在了藻溪。

我和藻溪第一次真正的對視，發生在一九八六年初夏。那是在即將踏上遙遠的留學旅程之時，遵照母親的吩咐我回了一趟她的老家，為兩年前去世的外婆掃墓。這是我平生第一次回到母親的出生地。族親們領我去了一個破舊不堪的院落，對我說：這原來是你外公家族的宅院，後來成為糧食倉庫，又被一場大火燒毀，只剩下這個門。我走上台階，站在那扇很有幾分歲月痕跡的大門前，用指甲摳著門上的油漆。斑駁之處，隱隱露出幾層不同的顏色。每一層顏色，大約都是一個年代。每一個年代大約都有一個故事。我發現我開始有了好奇。

一個叫藻溪的地方。一些陌生的墓碑。一段在土改年月裡成就的婚緣。這就是我在開始書寫〈雁過藻溪〉時對藻溪的全部認識。這些印象是鮮活卻凌亂的，似乎無法組成一個延續到今天的故事。於是我想到了一個載體，一個可以把過去現在未來聯結起來的人物，在他（她）身上我可以把那些零散的印象聚集成一條意向明確的線。構思的過程猶如布置聖誕樹，各樣的飾物原本是凌亂沒有主題的，然而一旦把它們一一掛在一棵青蔥的樹上，主題突然就呼之欲出了。

這棵樹就是末雁。末雁是我在加拿大生活中常常見到的知識女性。在有的方面她們具有非凡的聰明睿智，完全能獨當一面，而在另外一些方面卻異常的天真無知無能。她們久不回國，思維方式由於多年時空的隔絕還基本停留在八十年代文革剛過的那個模式裡。她們對中國的設想也還停留在那個時期的印象上。末雁的藻溪之行是一個發掘自我的旅程。在五十歲的年紀上一程一程地回到人生的起點上，她發現的不僅僅是一個關於自己身世的碩大祕密，她其實也經歷了錯失在青春歲月裡的成熟過程。在那個叫藻溪的狹小世界裡，她遭遇了她的大世界裡所不曾遭遇過的東西，比如欲望，比如親情，比如真相。震驚過後，猛一睜眼，她才真正長大了——儘管遲了三十年。

〈雁過藻溪〉無疑是四部小說中影響最大的，它進入了二〇〇五年中國小說學會的年度排行榜，獲得十月文學獎，並被選入多種年度精選本。我至今仍然會忍不住感慨：這部以土改中發生的慘烈故事為背景的小說，居然在當年能夠引起如此的關注——無論是原發期刊還是選刊的編輯們，都是具有何等勇氣值得敬佩的人。

順著時間的線條一路擼下去，〈戀曲三重奏〉和〈陪讀爹娘〉應該是這本集子中最早的作品，在它們身上依稀還能看得出留學生和新移民的身分轉換過程中留下的印記。兩部小說只相隔一年，雖然故事情節相差極大，前者講述的是一位被富商安置於加拿大以換取移民身分的中年女子的情感經歷，後者是關於兩位陪子女來多倫多讀書的老人家的惺惺相惜，但兩部小說卻共享著一個極為鮮明的主題：孤獨。無論是〈戀曲三重奏〉中的王曉楠，還是〈陪讀爹娘〉中的項媽媽，他們需要面對的不僅是感情世界的孤獨，還有失去熟悉的社會文化背景、身處異鄉的孤獨。

對〈戀曲三重奏〉裡的王曉楠來說，張敏是她的初戀，是激情和青春相撞時迸發的璀璨煙火。煙火是美麗但卻瞬間即逝的，除了死亡，沒有其他方式可以將其定格。失去了張敏之後，王曉楠的翅膀折了，從天空墜落，而許韶峰是她落下時腳尖碰觸到的第一片地。

她順理成章地投靠了許韶峰。他們大概也是相愛過的，只是對兩個各有私心的都市男女來說，那樣的愛是不夠讓他們拿來抵擋大千世界的欲望和野心的。於是，他和她的心裡都有了空隙，章亞龍就是在這個空隙裡鑽了進來。章亞龍的結局是一個謎，沒有人知道確切的答案。王曉楠和章亞龍都經過了太多的事，沒有人（包括我）知道他們是否還有愛的能力，所以結局只能是一個懸念。這部小說裡的每一個人都是寂寞的，愛的時候，不愛的時候，都一樣；在家的時候，遠離故土的時候，也是一樣。沒有一種寂寞可以代替另外一種寂寞，他們都得一一熬過。所以王曉楠的情愛三重奏裡，每一個樂章都寫滿了孤獨。

〈陪讀爹娘〉裡的項媽媽，和王曉楠一樣，也是寂寞的。她千里迢迢來到多倫多，為獨生女兒照看孩子。在那個住滿了國際留學生的查爾斯大街五十三號宿舍樓裡，她只是一個普普通通的老人，沒有人知道她曾經是出色的醫生，也沒有人知道她曾經有過轟轟烈烈的愛情，甚至沒有人知道她的名字——所有認識她的人都理所當然地以她女兒的姓氏和她與女兒的關係來稱呼她項媽媽，她失去了一切曾經獨立存在過的佐證和痕跡。當她認識了李伯伯，一個和她一樣來多倫多照顧兒子的老人時，她才猛然從他的身上看見了自己的影子——她驚訝於自己竟然如此安然地接受了命運的改變和侵蝕。她和李伯伯由惺惺相惜開始的溫情，幾乎在還未完全展開時就面臨結束了：由於兒子的未婚妻要搬來和兒子同住，李伯伯不得不提前回國。就在他們的萍水相逢猝然進入尾聲時，他們卻依稀看見了一段或許可以持久的感情正在悄悄開始。

《死著》裡收集的四部中篇小說，從最早的〈陪讀爹娘〉（二〇〇一）到最近的〈死著〉（二〇一五），中間相隔了十四年。希望臺灣的讀者能從這十四年的軌跡裡，看到一個作家在思想視角以及寫作風格上的漸變過程。

是為序。

二〇一七年四月二十二日　多倫多

死著

我，抑或是你？

柳絮，楊花，雪，羽毛，飛塵……

我想到了世界上一切輕盈的物體，可是我比它們還輕。我不具體積，缺乏形狀，所以，我也沒有重量。

我沒有四肢，沒有軀幹，甚至也沒有頭顱，我卻依舊能看，能聽，能聞。我的感官失去了承載它們的器皿，如丟了鞘的刀，自由，尖銳，所向披靡。我不僅掙脫了身體的羈束，我還掙脫了萬有引力這根巨大繩索的捆綁，現在再也沒有一樣東西可以限制我的行蹤，把我拉回地面。我是風，是雲，我可以抵達任意一個高度，穿越任何一條哪怕比頭髮絲還細的縫。

然而，我還不太習慣這份突然獲得的自由。我總覺得萬有引力是在和我玩著某種規則掌握在它自己手裡的惡作劇遊戲，短暫地鬆了鬆它的掌控，只是為了讓我在享有片刻虛妄的快活之後，再把我鎖入那個萬劫不復的囚籠。我戰戰兢兢忐忑不安地探測著我的邊界，不敢輕舉妄動。

我漂浮在天花板上由兩面牆夾築而成的一個角落裡，四下觀看。我從來沒有從這個角度看過世界，所以每一樣撞進我視野的東西，都讓我產生嬰孩第一次睜開眼睛猝然看見萬物時的那種好奇和驚訝。從高往下看，房間的線條是斜的，牆壁白得割眼，牆上掛的那幅畫，有點像一片上窄下寬的裙襬。其實那也不能算是畫，它只是一幅加了注解的人體器官剖視圖。我不知道房間所在的樓層，從窗口顯露出來的那片樹梢來判斷，這裡至少是四樓。此刻所有關於時間和季節的記憶，似乎都已經像牆壁一樣被刷白了，我只能根據窗口射進來的那抹光線來推測，現在大概在下午四點半到五點之間。至於季節，那倒相對簡單：樹枝上的葉子已經落盡，露出了一只黑糊糊的鳥巢，所以只能是冬天。一群灰頭土臉的雀子在光禿禿的樹枝之間竄來竄去，用毛糙尖利的嗓音吱吱呀呀地唱著歌。我聽不懂，卻也知道那是哀怨——關於飢餓和蕭肅的哀怨。街上的人流很濃稠，從高處望下去，我看不見他們的身子，因為他們的身子已經被他們的頭所遮蔽。他們像一顆顆棋子，被一隻看不見的手推搡著，在街市的棋盤上來來回回地挪動。

當然，這些都不是我視野裡的中心內容。牆不是，窗不是，樹不是，陽光不是，雀兒更不是。甚至連街景和行人也不是。他們太光滑，身上沒長毛刺，我的目光短暫地掃過他們時，他們沒能勾住我的眼睛。真正勾住我眼睛的，是屋子中間那件貌似水母的龐然大物。它周身長滿了吸管，每一根吸管都扎進一個躺臥在它肚腹上的長條物件中，窸窸窣窣地吸吮著那物件體內的汁液。過了一會兒，等我的目光終於找到了聚焦點，我才明白過來那水母原來是一張病床，而那長條物件，原來是你。你的大部分身子都掩蓋在一張白床單底下，露出來的那張臉，被紗布和管子分割完畢之後，只剩下兩片山嶺一樣陡峭的顴骨。你大概剛剛在這個姿勢裡固定下來，你的身子，身下的床單和枕頭，甚至還有房間裡的空氣，都還彼此認著生，正在試試探探地進行著第一輪關於空間和地盤的談判。

屋裡還有兩個人，是一老一小兩個護士。小護士一邊看著儀錶上的數字，一邊在一個紙夾上做著紀錄。老護士站在小護士身後，目光越過小護士的肩膀，蛇似地在小護士的紙上爬行。

「仔細點，這份病歷將來一定會有人盯著。」老護士叮囑道。

小護士大概是個新畢業生，連白色的帽角上都掛著著一絲初出校門的緊張和拘謹。小護士的指尖覺出了老護士目光的重量，顫了一顫，筆就從手裡掉了下去。筆落在了你的枕頭上，順著你頭壓出來的那塊凹痕，滾到了你的脖子底下。

小護士輕輕地托起你的頭，取出了那枝不聽使喚的筆。突然，她發出了一聲壓抑了的驚叫，捏著筆的手在空中凝固成一朵半開的蘭花。

你插著管子的鼻孔裡，突然湧出了一股液體。那液體清清亮亮的，中間夾雜了幾抹桃紅，像生著氣的蛋清。

「腦脊液。」老護士輕描淡寫地說。

老護士在醫院工作了十幾年，老護士見過了從生到死過程中間的所有稀奇，神經網路早已經被磨成一張滿是皺摺的牛皮紙。

「要取樣化驗嗎？」小護士問。

「用不著。腦子心肺都成那樣了，不可逆。」老護士說。

「要不要，去問一聲，劉主任？」小護士猶猶豫豫地問。

「劉主任交代過了，維持著就行。今天這幾個病人累得他夠嗆，讓他歇一歇。」老護士說。

護士做老了，就做成了精。成了精的護士通曉科室裡的每一根筋絡，知道什麼時候該捏哪一根。成了精的護士不僅調派得了護士，甚至也可以調派醫生——是不動聲色的那種調派法。

小護士用棉球小心翼翼地擦去了你鼻孔插管四周的黏液。小護士其實還有問題想問，可是小護士的問題被老護士的一個哈欠給堵了回去。小護士知道劉主任站了多久，老護士就陪了多久；劉主任有多累，老護士就有多累。小護士不懂的事情還很多，她還有半輩子的時間可以慢慢地體會，她用不著一次問清。

小護士堵在嗓子眼裡的那個問題是：「既然不可逆，為什麼還要上艾克膜[1]？」

小護士終於仔仔細細地做完了紀錄，在闔上夾子之前，又核實了一遍病人信息。小護士湊過身去核對你病床上方的那塊名牌時，我看見了你的名字。路思銓。

我吃了一大驚，因為那也是我的名字。

過了一會兒，我才終於醒悟過來，原來你就是我。

或者說，我就是你。

眼睛，抑或是鼻子——一件七個月前發生的事

茶妹坐在門前的樹蔭裡，一邊揉捻剛剛殺過青的茶葉，一邊抬頭聞天。

今年的天時很順。梅雨按著時令來了，把茶樹上的灰塵洗得乾乾淨淨。雨水多，卻沒有多到讓人著急上火的地步，連綿的雨天裡總能擠進一兩個有太陽的好日子，讓人搶上幾個鐘點採茶，攤晒，殺青。

今天就是這樣一個好天。空氣裡的味道很雜，茶妹聞到了日頭烘烤著土坡的泥塵味，茶葉在她手指的揉搓下滲出來的青澀味，還有雞走過她家門前屙下的一灘稀屎味。茶妹不僅聞得著氣味，茶妹還聞得出顏色。篩子裡的茶葉不如去年的鮮綠，興許是雨水的緣故，興許是日頭，興許是殺青的火候。茶是一樣古靈精怪的物件，每一季都有每一季的性情脾氣，季季不同。不過顏色只是秀給人看的，茶妹知道這一季的茶和上一季的味道一樣清香。村裡的家家戶戶都靠茶葉吃飯，茶妹家也是。只是阿爸年年收茶時都會留一小部分茶葉，送給城裡的親戚朋友。這些茶阿爸總是要手工製作，阿爸信不過機器。

其實那天茶妹還聞著了另外一樣味道，一樣她這輩子都沒聞過的味道。她說不出那是什麼味道，只覺得帶著隱隱一絲的鐵腥味，也帶著隱隱一絲鐵一樣的重量。那味道不知道是從哪個方向過來的，沉沉地瀰漫在空中，壓得她腦瓜仁子發緊。那味道在幾個月後的某一天裡，還會再次出現，那時茶妹才會醒悟，原來這是老天爺變著法子在給她遞話，告訴她日子要有變故。

茶妹今年虛歲十九，實歲十八，算不上細皮嫩肉，眉眼也長得尋常。可是茶妹的嘴角，卻生著兩個淺淺的坑。用不著笑，只要臉上的任何一根筋肉輕輕一扯，就能扯得那兩個坑一陣亂顫。這一顫，茶妹的臉面上便再也掛不住一絲陰雲。

可惜茶妹看不見自己的模樣，因為茶妹是個瞎子。

茶妹並不是生下來就瞎的。在六歲以前，她看得清蝴蝶翅膀上的每一條紋路，天邊雲彩裡最細的那條皺摺。六歲那年，顏色開始一樣一樣走失，先是紅，再是藍，再是綠，再是黃。後來世界變成了一片混沌的灰暗。再後來，連灰色也消失了。等到有一天，茶妹在正午時分問阿媽天為什麼還沒亮，阿媽才覺出了不對勁，可那時事情已經進入了一條不可逆轉的死胡同。

不過，茶妹從來沒認為自己是個瞎子，她只是覺得眼睛走迷了路，走到了鼻子裡去而已。鼻子緊跟在眼睛身後，眼睛每丟下一樣東西，鼻子就撿拾起來。當然，在接替眼睛的過程裡，鼻子並不是孤軍作戰，鼻子還有一個可靠的同盟軍，那就是手指。手指告訴鼻子形狀和線條，鼻子告訴手指氣味和顏色，鼻子和手指合著謀，就瓜分了眼睛遺留下來的職責。

「天撐不了多久，又要下雨了。」茶妹抽了抽鼻子，自言自語地說，因為她聽見了雲被風追著跑的咝咝聲。

其實，耳朵也是鼻子的同盟軍。耳朵把遠處的聲音拽到鼻子跟前，鼻子才聞見了雲裡的水氣。

茶妹的指頭蛇似地在溫熱的茶堆裡窸窸窣窣穿行，一捻一搓之間，葉子就服服貼貼地蜷縮成了長條索。茶妹是生在茶樹下長在茶樹下的茶女子，從睜開眼睛的那一刻起，就看見阿媽調教茶葉的樣子。阿媽的手指彷彿施了魔法，阿媽想叫茶葉長，茶葉就是長的；阿媽想叫茶葉圓，茶葉就是圓的。茶妹似乎很小就意識到了眼睛是靠不住的，所以她把每一樣看見的東西，都急急忙忙地往腦子裡轉移。等到她的眼睛完全背棄了她的時候，她早已熟記了阿媽的指法，她只需要把阿媽的指法從腦子裡往指頭上搬。所以，瞎女子茶妹在茶季裡還能頂得上家裡的一個勞動力。

突然，茶妹的手停了下來，一把條索從她的指縫裡流出來，沙沙地落到米篩上。她聽見了一陣腳步聲，兩個人，篤篤的，是硬鞋底敲打在硬石頭上的聲響。腳步聲從遠到近，越來越響，最終在她跟前靜了下來。茶妹抬起頭來，感到了眼皮上的重量——是來人的影子疊壓在她的臉上。

「莉莉阿媽。」她說。

一說出口她就知道了錯。

這一帶方圓幾百里村村都種茶，茶的種類雜，製作手藝也雜。貨多了就賤，村和村之間你擠兌我，我作踐你，這兒的茶葉總也賣不上個好價。這幾年莉莉阿媽不知怎地跟城裡的大茶葉公司搭上了線，村裡的茶才長了腳，漸漸走得遠了。阿爸就吩咐茶妹別再在人前喊

「莉莉阿媽」，要叫邱經理。茶妹打小和莉莉廝混在一起，叫慣了莉莉阿媽，一時難以改口。茶妹記得阿媽也說過和阿爸類似的話，只不過阿媽話裡的意思卻和阿爸的不全一樣，阿媽是說那女人不配做莉莉的媽。

「邱文，你還沒開口，她怎麼就知道是你？」

這是一個男人的聲音，一聽口音就是外鄉人。男人說話時帶著濃重的喉音，轟隆轟隆地，像是雷雨來臨之前天邊的悶雷。男人的每個毛孔裡都冒著香菸熏過的氣味，只是男人抽的菸沒村裡人的菸凶猛，男人的菸味裡多少有幾分磨去了邊角的斯文。

過了一會兒，茶妹才明白過來男人嘴裡的那個「邱文」就是莉莉阿媽，也就是「邱經理」。茶妹只聽過莉莉阿爸管莉莉阿媽叫「阿香」，卻從來不知道莉莉阿媽還有個名字叫邱文。

「茶妹，告訴城裡來的路經理，你怎麼知道是我來了？」莉莉阿媽對茶妹說。

莉莉阿媽的話尾巴裡淺淺地埋了一個軟鉤子，茶妹聽出來那鉤子不是用來勾她的回話的，而是用來勾那個男人的眼睛的。

「花露水。」茶妹說。

莉莉阿媽和那個叫「路經理」的男人不約而同地哈哈大笑起來。

「我沒吹牛吧，路經理？別看這女子眼睛瞎了，倒比五個十個明眼人加在一起還機靈。茶還長在樹上的時候，她就聞得出年成了。不信你走幾步路去隔壁村裡拿包茶葉過來，隔著袋子她都能聞出來不是我們村的貨。」

男人沒有說話。茶妹聽見男人的腦袋瓜子裡發出窸窸窣窣的聲響，像蛇在草間爬行，那是男人的想法在男人的額頭裡找著路。

半晌，男人才開口。

「只拍一個錄像可惜了，可以考慮做個形象代表。小袋裝茶，學臺灣的樣子，每道工序都是手工，盲人監工，靠嗅覺定位。這個聽起來就有點意思。當然先要包裝一下，打造一個正能量的勵志故事。」

茶妹沒聽懂這話，不過茶妹知道這話本來也不是說給她聽的。她便依舊低了頭，把挑出來的茶梗扔到米篩外邊。

「那趕緊，去問問，她爹媽。」莉莉阿媽結結巴巴地說，語氣裡夾雜著一絲抑制不住的興奮。

「我先問問她自己的意思。」男人說。

男人近近地蹲到她身邊，問茶妹你去過城裡嗎？

茶妹忍不住就笑了，她想告訴男人她的耳朵沒瞎，瞎的是眼睛，他用不著那麼大聲。可是茶妹到底什麼也沒說，只是搖了搖頭。

茶妹豈止沒去過城裡，茶妹連縣城都沒去過。阿爸說縣城路上摩托車汽車太多，阿爸怕一不留神車子會撞上女兒。

「想不想去城裡工作？」

男人又問，這回，放低了嗓門。男人的喉音嗡嗡地在茶妹的耳朵裡撓著，有些癢，卻是暖暖的妥貼的癢。

茶妹怔了一怔。

城裡是另外一個世界。城裡的天上，怕都不是一樣的日頭和月亮，在城裡她不知道還會不會走路。

「每個月掙三千塊錢？」男人說。

茶妹又怔了一怔。她不知道一個月三千塊錢到底是個什麼數目，她只記得阿媽告訴過她，阿爸去年一年總共掙了一萬八千塊錢。她的嘴唇顫顫地抖了起來，卻沒有抖出一個字。

「要是你表現優秀，還可以考慮四千，包吃包住。」男人見茶妹不吭聲，以為她是嫌錢少，就又補了一句。

茶妹的嘴唇顫得更厲害了，嘴角上的兩個淺坑也跟著亂顫起來，她看上去滿臉笑意。沒人知道，她害怕的時候，也是這副模樣。

男人輕輕一笑，站起來，對莉莉阿媽說這事還得跟廖總彙報。頭兒拍板了，才算得數。

一直到那兩人的鞋底敲在石頭路上的篤篤聲一路遠了，沒了，茶妹才想起她忘了問一句話。這句話是：「城裡有多遠？」

百，抑或是零？

「王隊，您的茶。」

午休過後剛回到辦公室，就有人往他手裡遞了一杯茶。午休在這裡只是一個習慣用語，他其實沒有午休。他已經很久沒有午休。他一直在和手下開會，他只是在開會的間隙裡草草吃了一客難以下嚥的盒飯。

他有名字，可是現在幾乎沒人會直呼他的名字——除了他老婆之外，他的職位已經成了他的名字。

他職位的全稱是交警大隊交通事故處理中隊隊長。

茶是他喝慣了的凍頂烏龍，熱氣騰騰地躺臥在他用了好幾年的那個金屬保溫杯裡。杯子肯定洗過了，而且洗得很是仔細，早上殘留在杯沿上的茶漬唇痕已被去除得乾乾淨淨，金屬杯身被洗潔精舔得熠熠生輝。若關了燈，把這樣的杯子擺放在高處，說不定可以當作一樣差強人意的照明物。

遞給他茶的是剛分來的辦公室祕書。新人就有這點好處，知道過五關斬六將進入機關系統的不容易，所以老實乖巧，眼裡有活。可惜，過個一年半載，新人混成了老人，身上就免不得沾了機關的油氣。不出五年，就會是一根手指捏上去都滑的油條。

頭疼啊，頭疼。說不清楚是哪個點上的疼，那是一股瀰漫在整個額頭的隱隱約約的疼，彷彿有人在他的頭上繫了一塊頭巾——做月子的婆娘那樣的繫法，只是不小心繫得太緊。疼不是今天開始的，也不是昨天，甚至也不是前天。疼已經纏繞了他兩個多月了，時緩時緊，不分日夜，連睡著了也疼，因為睡著了就免不了有夢，夢把白日的擔憂演繹成一幕又一幕的現實，醒來常是一臉一身的冷汗，頭比沒睡的時候更疼。

他清晰地記得他的頭疼是在什麼時候開始的，就是在那次全局中層領導會議上。今年前三個季度的重大交通事故，已經達到了去年全年的百分之九十二。局長說。局長說這話的時候，誰也沒看，可是全場的眼睛，都落在了交警大隊長身上。那天大隊長的身上嗤嗤地冒著煙。他坐在大隊長身邊，知道這煙很快就會蔓延到自己身上。誰都明白，第四季度只要再出一次重大事故，僅僅一次，這個數字就可以輕而易舉地突破那條百分之百的紅線。百是什麼意思？百是千仞山巔，百是萬丈深淵，百是火海，百是油鍋，百是萬劫不復。一想到百這個數字，他全身的汗毛就會炸成一片鋼針。

「林祕書剛打來電話，傳吳局的話，下午四點在吳局辦公室開會。」祕書說。

祕書說這話的時候，沒敢看他，連聲音都踮著腳尖。雖然祕書才來幾個星期，祕書也知道週五下午四點鐘被局長召見，輪到誰頭上誰都得膽戰心驚。

「說是什麼事嗎？」他問。

「沒說。」祕書說。

其實不用問，他大概也猜得出是什麼事。這個季度轄區內雖然零零星星地出過幾樁交通事故，老天長眼，哪件也還夠不上重大事故的標準。現在離新年只有三天了，可是這三天中間偏偏蹲著一個不祥的週末。這是一年裡的最後一個週末，路上將行走著一年中最繁忙的人流和車流，有趕著坐飛機火車去探親的，有趕著開車回家來過元旦的，有趕著替公司運送一年中最後一趟貨物的……一根菸，一條手機短信，一瞬間的迷瞪，一個急轉彎，甚至一個路坑，一秒鐘的閃失，就有可能釀造出一起事故。吳局無非是想再親自叮囑一遍要站好最後一班崗。其實，用不著吳局叮囑，他早在兩個星期前就已布置了任務，在交通要道和事故常發地點增加了燈光警示牌，配置了更多疏導監控的人手。

三天，還有三天。他已經把心在手裡提了兩個多月，他還得再戰戰兢兢地提上最後的三天。只要熬過了這三天，那個血淋淋的百就會被刷新成一個雪白乾淨的零，他就能從頭來過。老婆多次催促他去醫院做腦電圖檢查，他遲遲不肯動身，是因為他知道唯一能治癒他的頭疼的，不是醫生，而是太平無事的新年鐘聲。

繃了一早上的天，這時突然裂開了一條大縫，陽光從窗口探進來，在空中炸開一條白色的光帶，他一下子看出了辦公桌玻璃面上的灰塵。祕書在屋角整理文件櫃，彎著腰，藍制服褲子裡裹著的腰臀渾圓，結實，緊致。這褲子一定是自己改過的，要不怎麼能這麼合身。他暗想。年輕就是好，就算什麼也不說，什麼也不做，在屋裡走來走去看著都養眼。每個科室都該配備這樣一個祕書，那是最有效的減壓藥丸。後勤科應該把暖氣再調高一點，讓祕書們冬天也能穿裙子，在所有人的眼睛跟前晃來晃去。

「你過來。」他聽見自己對祕書說。

祕書放下手裡的活，走過來，垂首等待他的吩咐。

他沒說話，他只是靜靜地看著她。即使沒有鏡子，他也知道此刻他臉上的表情一定接近於慈祥，儘管他憎恨這個形容詞，因為它和年齡有著某種不清不白的關聯。

祕書太年輕，還沒有足夠的閱歷給她墊底，她經不起沉默，她低垂的雙手開始不安地絞來絞去。

「你們年輕人現在玩什麼手機遊戲？聽說有個什麼鳥來著，很流行？」半晌，他才問。

祕書吃了一驚，她沒想到懸念竟是以這種方式落地。

「憤怒的，小鳥。」她結結巴巴地提示。

「對，就是這個，你幫我找找，我也想學。」

他打開自己的手機，遞給她。

他站在她身後，看著她的指頭靈巧地在手機屏幕上滑來滑去，他的眼睛幾乎跟不上她的速度。她的指甲修得很好，長長的，尖尖的，泛著一層粉紅色的亮光。指甲都能看出年齡。他想。她還沒挨過生活的銼刀，她還不知道什麼是毛刺、死皮、裂口和繭子。

突然，手機在她的掌中扭動起來，發出一聲含糊而曖昧的呻吟。緊接著，便是一陣震耳欲聾的樂曲聲。那是〈嘻唰唰〉[2]的旋律，他設置的手機鈴聲。那本該是一段沒心沒肺的樂子，叫人聽了忍不住想扭一扭腰肢和胯骨，可是這一刻聽起來，不知為什麼卻有一種不祥的淒厲。他閉上了眼睛，不敢看顯示屏上的那個來電顯示。

天爺，千萬別是，那個號碼。

他默默祈禱。

「是林科。」祕書告訴他。

他的心咚地一聲墜了下去。

該發生的，還是發生了。他終究沒有熬過，這最後的三天。

褐斑，還有夢想

「你兒子的房租又漲了五十美金。」

妻子拎著一條滴著水的洗碗布，從廚房裡探出身來說。

劉主任正躺在安樂椅上看報紙。還沒看完一段話，字和字就開始相互進犯，打成了一團模糊。作為一個有二十多年臨床經驗的醫生，他深知在消滅完一大碗魚頭湯和一整隻螃蟹之後立即進入午睡狀態，有可能導致他急救過的許多病人所患的那些疾病，可是他顧不得。在重症監護室連軸轉了一整天之後，他甘願用幾年的壽命來換取這一刻的放縱。

陽光很和暖，落在眼皮上酥酥癢癢的，隱隱有幾分重量，叫人幾乎忘了這是冬至向小寒過渡的嚴冬時節。上一次在陽光裡午睡，是哪一年的事了？五年前？十年前？或許還是在讀醫學院的時候？那時候，他像馬一樣精壯，在課堂和實習之間，還可以擠進一場籃球賽；那時候，他不挑太陽，太陽也不挑他，隨便在哪裡的草地上一躺，還沒來得及感受陽光在眼皮上的分量，就能立即入睡。他見過多少個版本的太陽啊，巴爾的摩的，舊金山的，斯德哥爾摩的，阿姆斯特丹的，還有……思緒也開始相互齧咬，變成了一團團邊緣殘缺不齊的雲霧。手裡的報紙咚地一聲落到地上，他倏地驚醒了，醒得乾淨徹底。睡意來得急，去得也急。他終於明白，在重症監護室工作了這麼多年之後，陽光和午覺都已經和他生疏。

「你兒子又要換車。說那輛豐田老了，去醫院實習的路上死過幾回。」

妻子剛剛結束了一通越洋電話，正在向他轉述電話裡的內容。妻子說話的語氣和神情，彷彿是一個後媽在對現任丈夫抱怨前妻所生的孩子。

實情當然不是。兒子是他的兒子，也是她的。他們唯一的兒子現在在約翰·霍普金斯大學的醫學院讀書，而那所大學，也是他的母校，他在那裡獲得了博士學位。

妻子並不真的在抱怨。妻子只是藉著兒子的口，提醒他下一筆匯往美國的生活費，要加大力度。

其實，兒子是一個好兒子，很少亂花過錢。兒子三年沒回來過暑假，就是為了能打一份暑期工，填補生活開支。兒子的成績一直很好，這個學年甚至獲取了一筆對醫學生來說相當不易的獎學金。只是像約翰．霍普金斯那個級別的醫學院，從來就不是給窮人家的孩子預備的，最基本的費用對許多家庭來說就已經是個天文數字。

他坐起身，想去搆落在地上的那份報紙，腰身一扭，突然打了一個響亮無比的飽嗝，喉嚨和舌間泛上一絲酸辣交織的午餐記憶。

「今天的剁椒魚頭，實在是太好吃了，多久沒吃過這麼正宗的辣了。」他由衷地讚歎著。

妻子已經洗完了碗，正站在廚房通往客廳的過道上，往手上抹防裂霜。

妻子抬頭看了他一眼，半晌才說：「怨誰呢？你什麼時候在家裡吃過飯？」

妻子的確是在抱怨。她在抱怨她的孤單。這些年裡，很少有一個輪休日和節假日，他是待在家裡陪伴她吃飯的。他不是在飛機上，就是在汽車裡，趕往一個又一個熟悉或者不那麼熟悉的城市，一次又一次有意義或者不那麼有意義的會診，一場又一場有意思或者不那麼有意思的講座，僅僅是因為那些場合能夠幫著充填他錢包裡那個工資所不能填滿的巨大空缺。

妻子的抱怨是一件粗布面的絲棉襖，手摸上去略略有點糙，可是內裡紉的卻是溫軟的體恤。妻子擔憂一匹老馬是否還能負得動比年輕時更重的軛，妻子害怕一匹幼駒能否有足夠的耐力爬上路途尚且遙遠的山巔，妻子憂慮一個女人在孤獨地度過中年之後，是否還有力氣孤獨地迎接老年。

他沉沉地嘆了一口氣。或許，當時他應該聽從妻子的建議，讓兒子在國內的醫學院畢業之後，再去美國深造，就像他自己當年那樣，而不是在高中畢業之後就把兒子匆匆地送出去，從而把全家綁上了一駕卸不下軛的戰車。

他伸手撿起地上的報紙，翻找方才被睡意狙擊了那一頁新聞。突然，他愣住了：他發現他的右手背上，有一個褐色的斑塊。它淺淺地潛伏在皮膚之下，似乎隨時準備要在表層開出一朵邪惡的黑色的花。皮膚的細褶從它中間穿過，為它營造了一絲居心叵測的笑紋。他知道這塊斑的醫學名詞叫脂溢性角化症，它有一個更通俗的名稱叫老年斑。它是什麼時候出現的呢？昨天下班洗澡的時候，他似乎還沒有注意到它的存在。莫非它是在昨夜不安的睡夢裡找到了可以繁殖的土壤？在它身後，還有多長的一支隊伍在等待著陸陸續續的登場？

其實，這不是它的第一次亮相。早在實習生們見到他時畢恭畢敬的眼神裡，早在他發現自己和住院醫們一起吃飯卻根本無法加入他們的談話時，早在他把兒子發給妻子的電郵裡提及的 Abercrombie&Fitch 當成是一家新藥廠的名字時，那個貌似無辜的褐色斑點，就已經明明白白地印在了他的額頭上。所有的人都看見了，只有他還蒙在鼓裡，像是一個被周圍的人嚴密地封鎖了病情的晚期癌症病人。

他剛剛過完了五十三歲的生日，他一直以為自己來日方長，直到這塊褐斑意想不到地衝出來，戳破了那個年富力強的肥皂泡。他還有許多個夢想沒來得及展開。他曾想到過去非洲，去海明威描述「乞力馬扎羅山峰的雪」的地方，開一個小小的診所，培訓一批在沒有先進儀器的情況下依舊可以靠經驗做出快速診斷的基層醫生，教年輕女孩子如何簡易而有效地節育，給邊遠鄉村的產婦接生。他也想過在遠離城市的地方買一個小木屋，重拾小時候只冒了一個尖就被掐斷了的繪畫興趣。

當然，這些都還不是他最大的夢想。

在他還未考入醫學院的時候，他就夢想有一天可以成為眼科或者腦神經外科這樣精細得像繡花，無人可以輕易替代的專科醫生。而在五十三歲的當口，站在急診科主任的位置上，他才恍然大悟，他已經做了一輩子的守門員，恪守職責地守護著生命的大門，卻始終無緣探索生命的景深。

太晚了，太晚，他的手背已經出現了第一塊褐斑，他已經沒有力氣再去展開一個停留在草圖階段的夢想。他只能期待他的兒子，那個約翰．霍普金斯醫學院四年級的學生，能從他手裡接過那份草圖，再把它演繹成一張完整的設計圖紙。

這時，掛在衣架上的大衣突然顫動起來，發出一聲被蒙住了嘴似的齉聲齉氣的呻吟。那是他的手機。輪休日的手機聲多少讓人有些心神不寧，他猶豫了一下，決定不接。可是手機很有耐心，一遍又一遍，循環往復，把曖昧的呻吟漸漸演繹成刺耳的叨絮。

妻子終於忍受不住了。妻子從大衣口袋裡取出他的手機，戴上老花鏡，看了一眼來電顯示，神色就有些慌張起來。

「辛頭。」她對他做了個手勢。

辛頭是新上任的院長，直接分管重症監護室，是他的頂頭上司。

他拿過手機，剛接起來，就聽見耳朵裡炸進一句接近於氣急敗壞的斥責：

「連我的電話你也不接了？」

他想解釋，卻來不及，辛院長沒有給他留一絲縫隙。

「車已經等在你樓下了，趕緊到急診。」

「發生了什麼事？」他問。

「等著你上艾克膜。急診那幾個人都是二把刀，全院只有你接受過那個柯什麼的培訓。」

辛院長說的是柯文哲，臺大醫院創傷部主任，有人稱他為亞洲艾克膜之父。可是此人在業外幾乎完全無聞，況且此時離他以無黨派人士身分成功競選臺北市長，還有小小的幾步路，難怪辛院長記不得他的名字。

「是個什麼情況？」劉主任一邊穿大衣，一邊問。

「五十七歲的男人，車禍，多發傷，深度昏迷，雙側瞳孔散大，沒有自主呼吸。用去甲腎上腺素血壓才升到六〇／四〇，血氧上了呼吸機才到四十，很快就要維持不住。」

「值得上艾克膜嗎？」他問。

片刻的猶豫之後，他聽見辛院長說：「不值。」

「家屬知道不值嗎？」他問。

「家屬知道沒有醫治意義，他們只想維持。」

「那，費用呢？他們清楚嗎？」

這是一個他不得不問的問題。

艾克膜是院裡最昂貴的醫治手段之一，插管的費用接近四萬，每天都需要上萬元來維持。加上其他的輔助設施，這一張帳單很快就會長到沒有盡頭。

「這是他們自己的意願，費用應該不是問題。」辛院長說。

在急診室劉主任已經見慣了各式各樣的扯皮，為方案，為時間，為費用，為責任，可是有時候他依舊像個實習生似地忍不下好奇。

「為什麼？」他問。

電話那頭是幾秒鐘的沉默。

「這個情況比較複雜，見面再說。」辛院長說。

他進了電梯，妻子追上來，從電梯縫裡塞進了他的圍巾。

電梯裡的接收效果很差，辛院長的聲音被剪出大大小小的洞眼。

「……對醫院……你本人……沒壞處……」

誰是Q？

丈夫起床的時候，其實她早就醒了，只是沒吭聲。這陣子她的覺就像是一張稀薄的綿紙，一個翻身，一聲鼻息，一縷沒有成形的思緒，都可以輕而易舉地在那上面捅出一個無法修補的窟窿。

她看了一眼床頭的電子鐘，六點二十五分。今天丈夫比平常早起了一個小時。昨天入睡前他說過今天茶葉基地有個新項目落成，他要一早趕過去參加剪綵儀式。她隨口問了一句是朱家嶺基地嗎？他含含混混地應了一聲，聽不出是承認還是否認。她其實完全可以繼續追問下去的，只是她還不習慣那樣的對話方式。

透過洗手間半開的門，她看見丈夫的臉近近地貼在那塊玻璃鏡前，手裡捏著一把小牙刷，正在給鬢角補黑。自從丈夫提了總經理之後，頭髮白得很快。開始時是她嫌他老相，總追在他身後要給他染髮。他拗不過，只好從了，神情不耐煩得像是被迫賣身的青樓女子。漸漸的，她發現他不再在家裡洗頭，每個星期都會去髮廊正兒八經地染一次頭髮。剩下的那六天裡，每天早上起床，他都會用髮廊買回來的一種不需洗滌的簡易補色劑，追殺那些在夜裡趁他不備時偷偷鑽出來的白髮茬。它們有多快，他就有多快；它們有多鬼，他比它們更鬼。

「公司形象。」

當他在鏡子裡發現了她的眼睛時，他總會這樣對她解釋。她從前信，現在卻也信也不信。她隱隱覺得公司是件大袍子，底下藏了許多她也許知道也許不知道的東西。看著丈夫在鏡子前全神貫注的樣子，她的心情有些複雜，就像是一個師傅辛辛苦苦地敦促徒弟學一門手藝，一覺醒來，發現徒弟的技藝不知不覺間已經超過了師傅的期許。可是徒弟拿著這門手藝滿世界顯擺，目的卻不是為了取悅師傅。

嗡。

丈夫的手機在那邊的床頭櫃上輕輕地哼了一聲。不，那不是聲音，那只是一下輕微到幾乎難以察覺的顫動。

這是丈夫的疏忽。

丈夫的手機幾乎從來沒有離開過他的視線，即使是睡覺，他也會把手機嚴實地壓在他自己的枕頭底下。丈夫下班回家，總是預先把手機調到靜音模式。他說是為了不吵擾她，她從前信，現在卻也信也不信。現在丈夫的每一個舉動，似乎都隱含了另外一種她以前從未想過的可能性，比如他在鏡子跟前的專注神情，比如他給公文包新設置的密碼，再比如他接電話時壓低了的嗓音，儘管丈夫的解釋聽起來無懈可擊。

她信了他一輩子。一輩子搭建起來的信任，怎麼只需要一刻，便說塌就轟地一下塌了呢？

那一刻就發生在昨天。確切地說，是從昨天她洗衣服時在他褲兜裡發現了那張收據開始。

那是一張古馳專賣店的收據，一只手袋，一萬三千五百元。票面上印的日期，是一個星期以前。

她站在洗衣機跟前，手裡捏著那張收據，身子抖得像一片風裡的葉子。那張小紙片像隻尖嘴的蟲子，沿著她的神經爬來爬去，隨心所欲地下著牙，於是她的思緒，就被咬成了一根根斷線，有頭的沒尾，有尾的沒頭。一直到晚飯之後，她才漸漸冷靜下來。

千萬不能衝動。她暗暗告誡自己。

這張小紙片的背後，也許是一條簡單明瞭的大路，也許是許多條幽暗詭祕曲折的羊腸小徑，除非她知道出口，她不能輕易捅破那張紙，陷入那些進去了就可能永遠也走不出來的歧路。

昨天晚上丈夫參加公司年底的員工會餐，回家很晚，人也顯得有些疲憊，沒說幾句話就睡下了。當他充滿酒氣的鼻息拂過她的耳畔時，她幾乎有些如釋重負。她慶幸他沒給她機會，因為她還沒想好怎麼開口，拙劣的開場極有可能導致全軍覆沒。她輸不起。

今天吧，還有今天。丈夫說早上的剪綵儀式完畢後有飯局。現在風聲緊了，一切從簡，但慶功飯還是要吃上一頓的。這頓飯可以是一個小時，也可以是半天。她還有整整一個上午，加上至少半個下午，可以想清楚每一條羊腸小徑的進口和出路。

丈夫的手機還在持續不斷地發出振顫，洗手間裡的水開得很大，他聽不見手機的求助。她側過身去，看見顯示屏上跳動著一個大寫的Q。她不知道這是英文字母，還是中文拼音的縮寫。丈夫通訊錄上的名字，通常都是漢語輸入，這個簡捷到極致的Q字，突然就萌生出一絲藏頭掖尾的含糊和曖昧。

隱藏得太深，其實也是一種暴露。

她突然想起了不知從哪部諜戰片裡聽來的台詞。

她的腦子飛快地旋轉起來，搜集著他們熟人中間可能與那個字母相關的姓名。

裘曉露，他公司的海歸財務；仇國毅，他的大學同學；秋月，她表妹的女兒；錢珊珊，他公司的行政助理；邱文，朱家嶺基地的業務經理。

她把這幾個名字在腦子裡拋揚篩選著，比較著他們和那個古馳手袋之間的距離。她最先排除的是仇國毅，因為他是個男人，而且比丈夫年長。其次，她排除了秋月。秋月是他們的小輩，一直居住在澳大利亞，多年未曾聯繫。再其次，她排除了裘曉露。她聽丈夫說過這個女人和董事長有一腿，丈夫再大膽，也不敢在上司的碗裡偷食。想到錢珊珊的時候她有些猶豫，但最終還是把她排除在外。錢珊珊剛休完產假回公司上班，以她自己的經驗來判斷，這個階段的女人，除了孩子之外，很少有多餘的精力關注別人。

剩下的，便只有邱文了。她沒見過那個女人，也沒有任何證據可以證明那個女人就是丈夫手機裡存的那個大寫字母。即使她證明了邱文和Q之間的關聯，從Q到古馳手袋中間，也還隔著千山萬水的路途。

不過，排除法本身也是一種證據，它至少提供了通往證據的第一步路。

興許，它還不僅僅是第一步路。

她想起了昨晚她隨意問到朱家嶺時，丈夫臉上的那絲不自然神情。還有，在茶葉市場如此惡劣的競爭環境下，丈夫公司在朱家嶺的項目卻開拓得如此順利，短期資金回籠並不是奢望。

當一個人睜大眼睛時，就能從每一件熟視無睹的事情上，突然發現蛛絲馬跡。

她暗自感嘆。

手機終於疲軟無奈地停止了振顫。

丈夫從洗手間裡走出來時，已經梳洗穿戴完畢。丈夫今天穿得很正式，鐵灰色的雙排扣西服，裡邊是一件帶細隱條的白襯衫，領口繫著一根青灰色夾雜著芝麻點的絲綢領帶。丈夫的行頭看上去布料厚實，做工精緻，卻沒有一樣是名牌。丈夫小時候家境貧寒，到現在也沒有改掉小心翼翼的消費習慣。丈夫幾乎從不光顧品牌商店——除了那只現在不知挎在誰臂彎裡的古馳手袋。丈夫需要置辦行頭的時候，只會去那幾家經過十數年的篩選而最終沉澱下來的國產老店，而且只在打折的季節。從那些店裡買來的衣裝，穿在丈夫身上時，總讓人感覺價格比實際支付的昂貴得多。那是因為丈夫的眼光，也是因為丈夫的身架。在這個歲數上，丈夫依舊腰桿挺直，小腹上雖然有幾絲隱約的贅肉，但這幾絲贅肉實在分布得太到位了，幾乎可以被輕而易舉地理解成關於閱歷的暗示。假如你可以忽略他鬢角即使看守得再嚴實還會偷偷逃竄出來的幾條灰絲，乍一看，他幾乎還像是一個在四十的某一個階段徘徊的青壯漢子。

「你的電話，響了很久。」她指了指床頭櫃對他說。

「吵醒你了？」他問她，卻並沒有馬上過去看手機。

「Q是誰啊？」她閒閒地問，又馬上用一聲咳嗽，遮掩住了聲音裡那一絲輕微的顫抖。

「同事。」他若無其事地答道，她發現他的眉毛輕輕地挑了一挑。

他彎下腰去拿他的公文包，她在這短暫的間隙裡醞釀著下一句話。

「這麼神祕啊，一個字母。」

她想給這句話塗上一層幽默的油脂，不知怎的，話一出口她就覺出了乾澀。

「哦，那名字太難寫了，我懶得。」他說。

話走到這一步，就幾乎走到了死胡同。當然，假若她什麼也不顧，死命往前拱，她總是可以拱出一條路來的。可是，這不是她慣常的姿勢。即使他沒覺得，她也會憎惡了自己的沒臉沒皮。

「今天你抽空和豆豆視頻一下，問清楚航班信息。」他吩咐她。

豆豆是他們的女兒，五年前移民去了蒙特利爾[3]。豆豆去年夏天生了一個兒子，元旦過後要帶兒子回國探親，他想和妻子一起去上海迎接他們從未謀面的外孫。

「老路。」

他走到門口的時候，她突然叫住了他。

他疑惑地回過頭來，她猶豫了片刻，搖搖頭，說算了，晚上回來再說。

他替她關了燈，說再迷瞪會兒吧，上班還早。

門關上了，他用鑰匙鎖上了保險栓，腳步聲漸漸消失在走廊那頭。

是的，她還可以再睡一會兒。豈止是再睡一會兒，她想睡多久就可以睡多久。她今天不用上班。

她永遠也不用上班。

昨天上完最後一堂課回到辦公室的時候，校長已經等在那裡，桌子上放著一盒包裝精美的比利時巧克力。

她有些吃驚。她在少藝校已經工作了將近二十年，校長換過了好幾屆，哪一屆也沒送過她禮物。

校長漫無邊際地說了些閒話。校長說話的時候沒有看她，只是低頭擺弄著巧克力盒上的緞帶。

電閃雷鳴間，她突然就懂了。她沒搭茬，只是靜靜地收拾著抽屜裡的物件。

「學生家長反映……」校長終於囁嚅地進入了正題。

「他們希望，希望學校能夠聘用，年輕一些的老師。」

家長沒錯，校長也沒錯，錯在她自己。她這個年紀的女人，在哪個行業都是老妖精了，她已經是長江後浪推前浪中的那個前浪。

不，她不是今天才成為前浪的。早在二十三年前她所在的歌舞團解散了的那天，她就是前浪了，現在她只是前浪留下的一團泡沫。她的姐妹淘們在比她年輕很多的時候就退休了，她卻一直在這所藝校工作了這麼些年，拿著羞於啟齒的薪水，僅僅是因為她捨不下舞鞋踩在地板上的溫軟靈動感覺。她覺得哪一天輪到她非得脫下舞鞋，她就離死不遠了。

終於，在十九年之後，她像一塊使髒使爛了的抹布，被人扔了出去。沒有預先通知，沒有歡送儀式，因為她只是臨時工，不在學校的正式名冊上，他們也沒簽過任何勞務合同。沒有人會記得她在還是一塊新布時的色澤和光亮。

「要是你願意，我可以給你介紹，做廣場舞的教練。」

走出辦公室的時候，她聽見校長在身後說。

假如她還是不情願脫下舞鞋，那麼，她就只配教那些膀大腰圓，穿戴得花紅柳綠的老太太了。

她又迷迷瞪瞪地睡了回去。覺依舊淺，中間破著大大小小的洞。睡睡醒醒的，她再一睜眼，竟然已經錯過了午飯的時間。

她懶懶地起了床，梳洗過了，走進廚房，想給自己煮碗麵。擰開煤氣，煮上了水，突然又改了主張——她膩味了自己煮的飯。聽說時代廣場的二樓新開了一家港式茶餐廳，可以喝下午茶，有各式廣東點心。她從來不捨得在這個級別的餐廳消費，今天她要去試一試，一個人。

吃飯不是她唯一的目的，吃飯只是開始。吃完飯，她會照著那張收據上的地址，找到那家古馳專賣店，買一只和收據上一模一樣的手袋。買回來後，放在家裡一開門就可以看見的那張茶几上。手袋旁邊，會並排擺放著那兩張數目相等日期相隔一個星期的收據。然後，她會靜靜地坐在沙發上，等著看丈夫進門時的驚訝表情。

當然，還有驚訝之後的那個解釋。

她打開自己那個多年前買的，邊角已經磨破了皮的手提包，檢查過了皮夾子裡那張幾乎沒怎麼用過的信用卡，然後走出了門。

這個冬季實在不像是冬季，風吹在臉上幾乎有些暖意。她抬頭看天，天已經陰陰晴晴了好幾個來回，隔著薄薄一層霧霾，太陽看起來像一張沒來得及梳妝的臉，有些憔悴蒼老，照在身上卻依舊叫她覺出了冬衣的重。她突然注意到，門前那棵葉子早已落盡了的梧桐，枝條有些臃腫。她再仔細看了一眼，才發現那是些隱隱地包在枝條裡的新芽。

天。她的心猝然抽了一抽。

草木不守時，要有災禍。

她想起了小時候母親跟她說過的話。母親說多年前院子裡的一棵桃樹，突然在正月裡開了花。那年城裡鬧武鬥，死了很多人。

這時，她口袋裡的手機響了起來。她拿出來一看，是個陌生的號碼，便順手掐滅了。這陣子廣告電話實在太多，她接得有些膩煩。可是電話很固執，一遍又一遍地在她的手中吼叫著，直到嗓音嘶啞。

她終於接了起來。

「我姓王，是交警大隊的。」那頭說。

那頭說話的聲音很急，她聽見了，卻沒有聽懂。電話從她的手裡掉落下來，擦拭得錚亮的塑料面在人行道堅硬的路沿上磕開了一條似笑非笑的裂紋。

皮球，到底該落在哪裡？

廖總來到茶座包廂的時候，女人已經到了。

女人側身對著窗外坐著，肩胛骨在黑毛衣裡挺出兩個小小的菱角，脖子和肩膀的線條消瘦，柔和。

到底是搞文藝出身的，攤上這等事，還能坐得那麼直。童子功已經刻在骨骼裡了，什麼衣裳也蓋不住。

廖總暗想。

她是一個人來的，他卻不是。此刻公司的律師，辦公室主任，還有行政助理，正坐在隔著薄薄一層板壁的另一間包廂裡，密切監控著這裡的一舉一動，做好了一切的應急準備。一旦發生撒潑撕鬧昏厥等事件，他們會在第一時間裡衝進來救急。

這些，女人並不知道。

女人的女兒在國外生活，娘家和婆家的人也都在外地，他們這會兒正趕在前往這個城市的路途中，今天晚上，或者明天早晨，就將出現在他面前。他們是她的戰略參謀，挺進隊，工兵團，掩護部隊，他們將隨時為她提供謀略，兵力，武器，為她排除各種她可能看不見的陷阱。在女人的全套人馬到來之前，他必須先攻克她的心，至少在她的思維模板上抹下一筆色調。

窗外有一條小河，河上有一座雙孔石橋。岸邊是一排青瓦白牆的江南民居，屋簷上垂掛著一串串綿紙糊的燈籠。河是人造的，橋也是。就連矮房和鋪著石子的街道，都做過舊。在鋼筋混凝土堆積成的都市裡，水是一樣奢侈品，即使是人工挖掘的運河，所以那條步行街上擠滿了週末看水的行人。孩子們手裡捧著棉花糖和氣球，從這頭跑到那頭，大人半真半假地呵斥著他們的淘氣。持續了幾天的霧霾到今天也沒完全散去，燈籠上的紅顯得有點髒舊。他其實很想走過去，放下落地窗上的百葉簾。他實在不願在這個時候，讓女人看見任何能產生節日和團聚聯想的景致。

「元元。」他喊了她一聲。

他可以叫她路夫人，也可以叫她林女士，但他卻選擇了元元。關於這個女人，他已經做足了功課。他知道她的全名叫林元梅，熟悉她的人，都管她叫元元，因為她是元旦那日出生的。

她轉過身來，茫然地看了他一眼。那一眼幾乎不能算是看，因為女人紅腫的眼睛裡幾乎找不見眼珠，那一刻女人的臉就像是一座略去了眼睛細節的拙劣城市雕塑。

「老路這一輩子，都貢獻給茶葉了。紀念他的最好辦法，是讓後世喝茶的時候就能想起他。董事會剛開了個緊急會議，一致決定在朱家嶺，我們最新的茶葉基地，給老路建一塊紀念碑，讓他的名字能永遠流傳下來。」他說。

這個開場白他幾乎想了整整一夜。死亡太絕，在死面前，所有的補償都是蒼白無力的，即使是錢。錢已經被用得太爛了，他不想再用這麼爛的一樣東西，為他今天的想法開路，尤其在這麼一個女人跟前。所以他才想到了永恆。

當然，這樣的開場白雖然具備創意，卻並非沒有風險，因為此刻老路還沒死，至少還沒全死。

他從公文包裡取出一個蓋子擰得很緊的保溫杯，放在女人面前。他擺弄杯子時的神情很小心謹慎，彷彿那是一件剛出土的明代瓷器。

「這是食堂的大師傅特地為你煲的湯，銀耳木瓜，去火清肺的。大師傅是廣東人，懂得煲湯的原理。知道你這兩天大概不會開伙，從今天開始，他會專門給你開小灶，每頓三菜一湯，讓辦公室送上門。」

女人呆呆地望著他，彷彿他說的是一門她還沒來得及學會的外語。

「你是一個了不得的人，聽說十七歲就獲得了省級匯演一等獎，當年一曲〈繡金匾〉，聽得台下剛平反的地委書記不顧身分嚎啕大哭。你曉得分寸，做事有主見有原則，不像那些上不得檯面的家庭婦女。老路有你，是他的福氣。」他說。

女人脖子上繫的那條黑絲巾，輕輕地顫了一顫——她大概想起了一些連她自己似乎也已經淡記了的陳年舊事。他知道他已經在她花崗岩一樣嚴實的情緒巷道裡鑿開了一絲細縫，他已經把她舉到了一個供人仰視的位置。一旦坐上這個位置，女人就得三思而行，再也不能輕易做出與之不符的舉止。

「我知道，你是想等其他親屬到了再一起商討解決方案。這當然是好事，不過，有的時候人一多腦子也容易亂。所以我建議我們兩個人先單獨會一面，這樣，你想說什麼就說什麼，氣氛隨意，也不做記錄。」

女人依舊沉默，紅腫而失神的眼睛像兩個找不到進口的洞穴。情緒雖然裂了一條縫，可是從那條縫裡望進去，依舊是一片看不出細節的昏瞶。

他沉沉地嘆了一口氣。

難啊，實在是難，經營一家公司，難得幾乎像養大一個多災多病的孩子。這幾年市面上雨後春筍般冒出來幾十家良莠不齊的茶葉公司，拚價格，拚包裝，拚名家推薦，拚移花接木的歷史淵源，拚東編西扯的神話故事，把市場攪成一團渾水。他的公司一直淺淺地浮在水面上，不至於淹死，卻也活得辛苦。朱家嶺的項目本來是翻身的希望，可是就在公司從水裡爬上來，一隻腳已經踩在岸上的時候，卻出了這檔子事。這件事可能把公司這幾年積攢起來的微薄利潤和將來的盈利前景，通通賠個精光。

出事的那輛車裡總共有四個人，兩人當場死亡，其中一人是司機。司機的案子是四個人裡最簡單的，他是老員工，早就上了五險，只要走正常的索賠程序就可以了，搭上的至多只是人工。車裡的另外三個人中，有一個受了傷。那人是新員工，還沒來得及簽署正式勞務合同。幸虧傷的是皮肉，醫藥費應該在可以預見和掌控的範圍之內。最麻煩的是另外那個當場死亡的人。此人不是單位的員工，但這次卻是為公司的項目出差的。家屬已經聘請了律師，要證明臨時雇傭關係——那必定是一場昏天黑地的惡戰。

還有老路。

老路的問題雖然不是最棘手的，卻也有可能演變成一件棘手的事，假若他不立即介入。

「老路的事，我們人事部門已經在準備工亡事故申請材料了。我們的法律顧問，也會隨叫隨到全力幫你。」他對女人說。

女人還是沒說話。

「老路是有單位的，單位會給你做主。」

他開始懷疑自己的戰術是否明智。此刻他寧願女人能從那個高位上走下來，做一些著地的事，比如哭泣，叫喊，甚至撕打，這樣至少他能在女人捂得嚴嚴實實的想法裡找到一個缺口。

這兩個晚上他幾乎都沒有闔眼，一直在考慮著應對方案。他知道他必須保持清醒，他若允許自己陷入泥潭，那麼淹死的，將不僅是他一個人，還有整個公司和公司身後的三百多名員工。他把這四樁賠償案在腦子裡反反覆覆地鋪陳著，一遍又一遍地沿著它們的邊緣行走，看是否有一條先前忽略了的小路，能導致任何一筆可以削減的費用。

比如那個受了傷的新員工。

新員工是從鄉下招來的，一家人都沒見過什麼世面，算得上是老實人。他們只要求在醫藥費之外，另外支付三個月的工資作為營養費。他當場拍板同意，並且答應再多給兩個月的工資。那家人便不再有話。

他多掏了兩個月的工資，是因為他另有著他們所不知道的打算。這幾千塊錢會在將來的某一天裡，為公司省下幾百倍的巨額開支。這個新員工是車裡唯一一個活下來而且可以開口說話的人，她可以在法庭上作證：車上那個被家人描述成臨時雇員的死者，其實已經完成了公家的差使。那人本該留在朱家嶺的，卻偏偏要跟著公司的人搭車進城——是為了她自己的私事。公事和私事，一字之差，卻是天淵。

「只要你，通知醫生……」他對女人說。他的語氣裡開始出現第一次磕絆，他知道他已經進入了談話最堅硬的核心。

「只要你一簽字，就可以開始走索賠程序了。」

走出那個磕絆之後，他發覺路就變得平坦了。

女人的嘴唇翕動了一下。她的聲音喑啞破碎，過了幾秒鐘他才明白她說的是：

「他還沒死。」

這是女人第一次開口。

「其實，送到醫院，就已經是，腦死亡了。」他說。

「可是艾克膜，可以維持⋯⋯」女人說。

他終於在女人的想法裡找到了一個缺口。他能做的，就是把身子蜷縮成一個細條，擠進那個缺口裡，看能不能在裡邊捅出一個更大的缺口。即使這個缺口不能通往一條平坦的路，至少他也不至於像現在這樣捉襟見肘，步履維艱。

「老路的情況，是腦幹完全、永久性、喪失功能，不可逆、永遠。」

他把一個句子小心翼翼地掰成了幾段，像是把一個軍團打散成幾支小分隊，希望總有一支能抵達目的地。

「艾克膜適用的病人，有兩種。一種是買時間等待器官移植的，另一種是心肺出現嚴重功能障礙，但還是可逆的，用艾克膜暫時替代心肺工作，讓心肺休養生息。這兩種情況，老路都不是。」他說。

這兩天裡，他不僅對眼前的這個女人做足了功課，他也以驚人的速度完成了急症重症的科普自學課程。這兩天的時間裡，他已經從一個企業的老總，變成了半個心理學家和急救室醫生。

「使用艾克膜，是交警隊的意思。三人以上立即死亡的，就是一起重大事故。要是經過七天搶救再去世的，就不列入死亡統計。今年的重大事故率很高，他們要嚴加控制。可是，這只是交警隊的考慮，他們的想法，不見得就是家屬的想法。真正起決定作用的，是你。」

他說的是實情，但不是全部的實情。被他隱瞞了的那個部分是：艾克膜不在工傷保險所認定的醫藥目錄上，除非救治單位能證明這是必要搶救。今天他和急診的劉主任通過電話，旁敲側擊地打聽過這到底能不能算上必要搶救，劉主任說老路要是我的家屬我可能就不會這麼做。他猜想這就是「不算」的意思了。劉主任是老急診，老急診和新急診的區別，就在經驗。經驗不僅在醫術上，也在說話的藝術上。劉主任沒有直接使用「是」還是「不是」這樣的詞，劉主任只是丟給你一句話，讓你自己在裡頭挑意思。他輕輕一挑，就知道是什麼意思了。

他知道艾克膜費用這只昂貴的皮球很快將會踢到他那裡，他必須趁皮球還在空中的時候就想好接應方式。

「醫生說了，艾克膜代替不了真正的心肺，很快會出現血液循環問題，造成血栓，壞死。」

女人的嘴唇又翕動了一下，但這次卻沒有發出聲音。

「你女兒已經好幾年沒回家了，你外孫還從來沒見過外公。你忍心，讓他們見到這個樣子的老路？」

女人捂住了臉，肩膀劇烈地抽搐起來。女人在哭，儘管沒有聲音。

他就知道，他先前分頭遣送出去的小分隊，至少有一支已經抵達了目的地。

「只要你願意，我們馬上就請最高級的化妝師，給老路化妝，讓孩子們見到最好的……」

這時，他桌子上的手機突然振顫起來。他已經把手機調到了靜音，他本來想在整個談話過程裡不接任何電話，以顯示對這個女人的尊重，可這是一個例外。

因為這是交警事故處理中隊的王隊長。

「老廖，我要和你商量，艾克膜的費用。」王隊單刀直入地說。

球已經落到他跟前了，速度遠比他想像得要快。

廖總頓了一頓，才說：「是不是繼續使用艾克膜，歸根結底，要尊重家屬的意願。」

電話那頭是一陣沉默，王隊顯然在他的語氣裡覺察出了前幾輪談話中所不具備的底氣。

「老廖，你們企業的年審報告雖然已經交上去了，可是嚴格意義上來說，今年還沒過完，還剩下三十幾個小時。如果有好管閒事的人——這世界上總有好事之徒，非要糾纏這一兩天的區別，你們的安全生產指標，銀行信用指數，會是個什麼情況？」

廖總愣住了。

這兩天他想得很周全，幾乎把每一個細節都想到了，唯獨漏過了這件事。年度評審材料一交上去，他就把這件事歸在了已完成的單子裡，完全忘記了他完成的只是前面部分，後邊還露著一爿屁股。王隊的眼睛狠，嘴也狠，王隊一嘴就咬住了那塊裸肉。他幾乎無法相信他會犯如此低級的錯誤。

「那兩個已經走了的，有一個不算是你們的人。老路怎麼說也是你們單位的員工，老路要是死在年底，他加上司機，一共是兩人工亡。要是不算他，就是一人。一人和兩人，在統計學上屬於什麼樣的百分比關係，你應該比我清楚。」

廖總癱坐了下來。這兩天緊繃起來的精氣神，這會兒突然像落潮的水一樣退了下去，他疲乏得幾乎拿不動手機。

「捱過了年，對所有的人都好。這點醫療費，你們出得起，就算是給醫院一個過年的紅包。」

王隊的聲音散落在他的耳膜上，像一群嚶嚶嗡嗡的蚊蠅。他想說話，卻找不著句子。

「你順便轉告一下家屬，車裡有幾樣東西，需要她來認領。」王隊說。

「她就在這兒，你自己跟她說吧。」廖總疲憊地把手機遞給了女人。

「路夫人，我們在車裡發現了你先生的手機，還有一個放在禮品盒裡的古馳手袋。你什麼時候過來認領一下？」王隊問。

女人抽搐著身子靜止了下來，姿勢突然硬得像一坨鐵。女人怔怔地望著包廂裡那堵被香菸燒出了幾個洞眼的牆壁，眼睛裡就有了眼珠。那眼珠像兩粒炭火，燒著一種莫名的情緒，與其說哀傷，倒更像是仇恨。

她終於知道了，誰是她丈夫手機裡存的那個Q，還有，誰是那只古馳手袋的主人。一團糾結得那麼緊的亂線，就這樣解開了，被死亡。死亡讓精心設計的掩飾猝然失效，死亡叫蓋得嚴嚴實實的真相瞬間敗露。

「路夫人，關鍵時候，你要有主見，不能聽信別人瞎說。我知道你的生日是元旦，再過一天半，你就是五十五週歲了。五十五週歲在賠償法裡屬於喪失勞動能力的人，你就可以拿到撫恤金，你丈夫收入的百分之四十。」王隊壓低了聲音對女人說。

「撫恤金和一次性賠償不同，撫恤金是一輩子的，每個月按時到，雷打不動。」

女人彷彿沒有聽見王隊的話，女人只是神情恍惚地掛斷了電話。

真相，另一個版本？

劉主任開完院裡的科室領導會議，剛走進辦公室，護士長就跟了進來。

「六床的家屬來了，不肯走，要見你。」護士長說。

六床是路思銓，重症監護室裡唯一一個使用艾克膜的病人。

「什麼事？」

「要探視。護士告訴她病房裡已經有兩個探視的人了，她不肯走。」

重症監護室一週開放四次探訪，一次一個小時，只允許進兩個人。

「誰在裡邊？」劉主任問。

「交警隊的王隊長，還有那個受傷的盲人小姑娘。」護士長說。

「那小姑娘不是在留觀嗎？怎麼能讓她到處亂跑？」

「她情況很穩定，李副主任說明天可以轉骨科病房。她說臨走前一定要看六床一眼，誰也攔不住。」

劉主任跟著護士長往外走，遠遠的就看見路思銓的妻子半個身子伏在護士台上，在跟值班護士說著什麼。他聽不清她的話，卻從滿是毛刺的語調裡聽出了她神情的激動。

值班護士看見他，如釋重負。

「劉主任來了，你自己跟他說。」

女人抬起身來，定定地看了他一眼。

「我要見他。」女人說。

今天的會議很長，從午飯之後一直開到現在，一個又一個冗長而乏味的發言，磨得他每一根神經都起了繭子。但真正在他太陽穴裡磨出一個洞來的，還不是這些發言，而是辛院長的一句話。散會的時候，辛院長叫住了他，問起路思銓的情況。他剛講了幾句，辛頭就打斷了他，說我信任你做的決定。他走到門口，又被辛頭叫住，辛頭說老劉你要注意和兄弟單位搞好關係。辛頭沒說誰是兄弟單位，辛頭用不著，他和他都知道是交警隊。

走出會議室，他才突然想明白了為什麼辛頭不想聽他的彙報。辛頭希望他做某些決定，可是辛頭又不想在他的決定裡有份，辛頭只想做可以隨時抽身的半拉子知情人。

辛頭的話叫他糾結了一路，這會兒他已經沒剩下多少精神。他努力地搜刮著殘餘的耐心，和顏悅色地對女人解釋道：「路夫人，重症監護室之所以有探視制度，目的是為了病人，讓他們有充分的休息，也防止交叉感染。」

「你不是說過，老路實際上已經死了？死人難道還需要休息？還怕感染？」女人說。

女人的話是一塊磚頭，猝不及防地砸了過來，他來不及躲閃。他看見值班護士的嘴角，浮起一絲努力壓抑了的笑意。

這是他對廖總和王隊說過的話。這樣的話，他沒跟女人說過。他跟女人說的，是另外一個版本，一個意思相同，言辭卻委婉得多的版本。

「你把那個姓王的喊出來，換我進去。我搬不動你的護士。」女人冷冷地說。

「王隊剛剛進去。」護士長在他耳邊輕聲提示著。

「他是家屬，還是我是家屬？」女人說。

護士長還想阻攔，劉主任擺了擺手，對女人說跟我來吧，我去和王隊商量。

劉主任一邊走，一邊在想他的記憶是否出了差錯。

這是他第三次見到這個女人，頭兩次都不是單獨會面，女人的身邊圍著一群人，單位的，交警隊的。

第一次見到女人時，她幾乎沒說話，只是哭。低聲的，斷斷續續地哭，是一種天猝然塌下來，砸碎了一切日常參照物的麻木。第二次見面時，女人基本不哭了，似乎已經接受天塌了的現實。從頭至尾，她表現出了克制。那是骨子裡的教養浮到表面來的自然姿勢，和急診室裡常見的那種哭天搶地把世間所有的災難都歸咎於他人的市井悍婦毫無相似之處。

她話不多，聽由身邊的那些人提著各種各樣的問題，做出這樣或那樣的決定。但是他看得出來她不是沒有主見，她只是還沒有想定。

可是今天她變了，她像換了一個人，彷彿她體內有一樣壓抑了很久的東西，被猝然喚醒了。那東西醒了，就再也不肯安寧，在她的眼神，話語，甚至姿勢裡，焦急地尋找著突破口。他不知道從上次見面到現在的十多個小時裡到底發生了什麼事情，也不知道到底哪一個版本，今天的，抑或是前兩天的，更接近女人真實的自身。

他讓女人在門外等，自己進去和王隊溝通。

王隊很爽快，立即同意了，走到門口，又回過頭來握住了他的手。

「隊裡和局裡，都感謝你的配合。」

王隊說到「配合」兩個字時，壓低了嗓門，彷彿那是一個只適宜在耳語的氛圍裡傳播的隱晦詞。

王隊的手很大，骨節突出，掌心有一道焦硬的疤痕。王隊在進入交警隊之前，曾經是消防隊員，受過傷，也立過功。

王隊是真心的。王隊的真心沒經過包裝，裸露著粗糙的毛孔，貼著他的掌心走過的時候，輕輕螫了他一下。算不上疼，只是隱隱的不適。這些年的行醫生涯，早已經讓他明白了一個道理：每當配合這個詞在重症監護室裡出現的時候，它都不是孤單的，它有一個貼身的影子，那個影子叫妥協。

他從王隊結實的手掌裡抽出了自己的手，輕輕搖了搖頭。這個姿勢很曖昧，可以理解成委婉的拒絕，也可以理解成謙遜的接受。

王隊跟在他身後走出病房的時候，迎面遇上了在門外等候的女人。女人幾乎是擦著他們的身子走過去的，可是女人的目光裡卻空無一人。王隊的招呼被女人從舌尖冷漠地堵回了喉嚨。

王隊回頭看了女人一眼，臉上浮起了一絲狐疑。

「劉主任，假如醫療方案有任何變動，請事先跟我溝通。務必。」

王隊再次握住了劉主任的手。

女人進了屋，在床前坐下，又倏地站了起來，彷彿凳子上爬著一隻螫人的蟲子。女人用衣袖擦過了凳子——不是灰塵，而是前一個人殘留的體溫，才又重新坐下。

上一次見到他，是昨天下午。因為不在探視時間裡，她只能站在玻璃門外，遠遠地看著他。隔著一排玻璃，她只看見了一個被床單和儀器包圍了的身體，她甚至很難斷定那個人是不是她的丈夫。

現在，近近地坐在他身邊，她依舊無法斷定。他的頭被厚厚的紗布和管子分割以後，只剩下兩爿臉頰。她的目光在那兩爿臉頰上掃來掃去，終於找到了一樣熟悉的東西。她是從他嘴角向下垂掛的那兩條紋路上認出他來的。那是他最慣常的表情，彷彿是在忍受一種輕易不能道與人知的疼痛，又彷彿是在壓制一絲剛剛成形的譏誚。他的腦子雖然死了，不能再支配他的表情，可是肌肉有自己的記憶，肌肉在失去腦子的指揮時，依舊可以沿襲自己的老路。

他的臉色停留在青和黃中間的某一個層次上，皮膚上隱隱閃現著一層光亮，像水果店裡那些香蕉蘋果表層的蠟。她知道這種光澤在殯儀館裡會有另外一種解釋，叫屍色。在上一次的離別和這一次的重逢之間，他又死了一些。

「你能不能讓我，和他單獨待一會兒？我有話要和他說。」女人對守候在床前的護士說。

護士猶豫了一下，終於離開了病房。

屋裡靜了下來，走廊的嘈雜被嚴嚴實實地關在了門外，耳朵裡只剩下管子輕若微風的吭哧聲。

血液通過這根管子從人體裡抽出來，送進這個鐵箱子裡，在這裡經過氧合處理，加入氧氣，去除二氧化碳，然後再送進一個溫度調節器裡，調整到人體的溫度。然後再送進這個圓罐子，它是一個精密操控的泵，它可以把那些吸飽了養分的血液，重新打回到人體之中，維持大腦和身體的基本需求。

劉主任就是這樣跟她解釋艾克膜的工作原理的。

當然，這是一種醫學教科書的科普解釋方法。更通俗的版本是：你的心爛透了，你的肺也爛透了，你的心和肺再也無法供養你的腦子。所以，你只能依靠在你體外的那套機器，來取代你的心肺，擔負起贍養你腦子的責任，儘管你的腦子和你的心肺一樣，也已經爛透。

按照艾克膜的原理，人身上任何一個罷了工的器官，都可以在體外找到一個替代品。

那麼，腦子呢？還有腦子裡那些比亂線還複雜糾結的想法，也能找到替代品？

女人暗暗問自己。

她情不自禁地打了個寒噤。

她感到了冷，一種與季節與室溫毫無關聯的冷，從骨頭裡洇出來，散發到每一個毛孔。她的牙齒開始格格地相互磕撞。

名字，也許就是那個名字惹的禍。他叫路思銓，這個名字用他家鄉的方言發音，就是

「路死去」。他果真，就是在路上出的事。

「你別想，就這樣走。你還沒有，回答我的問題。」

她聽見一個聲音從兩排打著架的牙齒縫間鑽出來，尖利，決絕，幾乎在口罩上穿出一個洞。

過了一會兒，她才意識到那是她自己的聲音。

「阿姨，你別嚇著，路叔。」

有人在她身後怯怯地說。

她回過頭來，才發覺屋角裡還坐著另外一個人。一個清瘦的，幾乎可以同時歸在已成年和未成年兩類人中間的年輕女子，隔離服罩住的右側身子裡，鼓出一個大大的三角——女人不知道那是石膏夾板。

也許在進屋的時候她就看見這個女孩了，不過那時看見女孩的只是眼睛，而不是腦子。今天她的腦子罷了工，眼睛遞過去的信息，腦子拒收。

「你是那個……」女人猶猶豫豫地問。

女人其實是想說「瞎子」的，那兩個字滑到舌尖的時候她覺出了不妥，可是臨時卻已經找不到替代了，於是那句話就像截了肢的褲腿，空蕩蕩地癟著。

「我是茶妹。」女孩說。

「他已經死了，他不會被我嚇著。」女人說。

女孩驚訝地看了她一眼，不是用眼睛。

「他還活著，他什麼都知道。」女孩說，輕輕的，卻很堅定。

女人幾乎忍不住要笑出聲來。

早上她在茶座裡，對廖總也說過類似的話。那是她當時的想法。可是從那時到現在，她的想法變了，所以她再也不會說這樣愚蠢的話了。讓她改變了想法的，不是廖總，不是王隊，也不是劉主任，甚至不是此刻坐在飛機裡往這裡趕的任何一個家人。讓她的想法在某一個岔道上突然拐了彎的，是一只在一輛報廢了的汽車裡找到的古馳手袋。從那一刻起，他就死了，堅決，徹底，永無更改地死了。

女孩坐在椅子上，神情疑惑而專注。夕陽從半開的窗簾裡探進來，落在她的臉上，她的眼皮微微顫簌著，彷彿在秤光線的重量。

女人從那一雙因為失去焦距而顯得略微呆板的眼睛裡，突然看到了一條她從未想過的通往真相的小路。

她把凳子往女孩身邊挪了一挪。

「茶妹，那天，去和回來，你都在他的車上？」她問。

車是在回程出事的，在離城裡不到五公里的地方。

女孩點了點頭。

「那個邱文，也一直在你們車上？」她問。

女孩遲疑了一下，還是點了點頭。

「他們，他和那個邱文，在車上都說了些什麼？」

女人問這話的時候，回頭瞟了一眼床上，壓低了嗓門，彷彿那裡有一副睜得很大的耳朵。

女孩沒說話，但是女孩的額頭一會兒鼓一會兒癟，女孩在想話。

「那天我坐前排，睡著了，沒聽見他們說什麼。」

許久的沉默之後，女孩終於說。

女人站起來，在房子裡踱來踱去。女人太疲乏了，幾乎抬不動腿。女人那兩只套著消毒鞋套的鞋底，在地板上蹭出一些接近於火柴擦在磷片上的嚓嚓聲。

「你們都知道的，你們只是瞞著我一個人。」女人喃喃地說。

女人走到屋子的盡頭，就走不動了。女人把胳膊做成一個枕頭，搭在牆上，將頭靠了上去。

過了一會兒，她聽見身後有一些窸窸窣窣的動靜，女孩順著她的聲音摸索著走了過來。

「阿姨……」女孩猶猶豫豫地扯了一下她消毒外套的後襟。

「路叔給你買了一個名牌包，很貴，說是元旦送給你的。」女孩說。

嗤的一聲，有一樣東西火藥引子似地在女人的身子裡燒了起來，一路竄過她的五臟六腑，竄到喉嚨，在那裡炸出了一個大洞，滿臉便都是溫熱的爆炸物。

她拿手抹了一下，才知道那是眼淚。

你沒忘記，我的生日，五十五歲。

女人傾金山倒玉柱地在床前跪了下來，把手伸進床單裡，去抓她丈夫的手。

「等著豆豆，你給我等著豆豆啊。」

女人大聲說。

突然，女人愣住了，因為女人看清了男人捏在她手裡的那隻手。那隻手的顏色有些古怪。開始她以為是燈光，就轉了一個方向，把男人的手和上臂做了一番比較，這才明白燈光說的是實話。男人的手是青紫色的，像在泥潭裡泡浸得太久了，泥漿已經滲進了每一個毛孔。

她慌慌地站起來，走到床尾，掀開床單。

他的腳比他的手看起來更加青紫，也更加骯髒。

皇天。

那個被臨時抓來替代他心肺的玩意兒，只不過是一件昂貴的贗品，它永遠也不可能替代真品。它無法像真品那樣，日夜兼程任勞任怨永不停歇地給他身體最邊遠的區域運送血液和能量。

女人捂著臉衝出了門。

「他的手，還有腳，你知道嗎？」

女人衝進劉主任的辦公室，慌慌張張地說。

「查房的時候就發現了。四肢缺血導致壞死，這是大劑量使用升壓藥的結果，也是艾克膜的併發症，只是沒想到這麼快。」劉主任說。

「有什麼辦法控制嗎？」女人焦急地問。

「截肢，假如不是路先生的這種情況。」他說。

女人震驚地望著他，彷彿他剛剛從嘴裡吐出了一條蜈蚣。

「路先生這種情況，本來就沒有必要使用艾克膜。這個治療方案，不是我建議的。」他在說到「我」這個字的時候，加重了語氣。

他吃了一驚。這句話在他心裡漚了一陣子了，從接到辛頭的那個電話起。這句話還沒出口他就已經聞到了餿味。他知道他遲早是要把它吐出來的，只是沒想到是現在這個時候。她聽得出來他想撇清自己，她突然就被他的語氣惹惱了。

「可是，你並沒有反對。你是專家，你可以不同意他們的建議。他們不懂，你懂。」女人的話並不尖利，卻很結實，一下子把他杵到了牆角，竟讓他無話可回。

半晌，他終於疲憊地嘆了一口氣，說對不起，真的，有時候醫生也很無奈……

他原本想說：「有時候醫生也得做妥協。」他之所以沒說出妥協兩個字，是因為他覺得這個詞有些矯情。這些年裡他不知道經過了多少次的妥協。年輕的時候，尤其是在他剛從美國留學回來的時候，每一次妥協都會讓他在事後糾結很久。後來資歷漸漸老了，雖然時不時還會為一些事情糾結，那糾結來得快，去得也快，再也不會長時間地在腦子裡駐留了。

她沒想到他會跟她道歉，她有些不知所措，兩個人就都無話了，聽著牆上的石英鐘呱啦呱啦地在耳膜上劃著痕。

「我們任何時候，都可以決定撤下艾克膜，假如你願意。」他最終說。

「有沒有一種辦法，可以控制四肢的壞死，我是說，假如決定繼續使用艾克膜？」女人問。

劉主任搖了搖頭：「我真想告訴你有辦法，可是我不能騙你。」

「兩天。不，一天半也行，從今天晚上，到元旦早晨。」女人低下了頭，不願讓他看見她眼神裡的乞求。

「工傷保險不會支付艾克膜的費用，因為無論從哪個角度論證，這也算不上是必要搶救。」

話一出口他又是一驚：他以為他還沒想好該怎麼應付那張躲不過去的鑑定證明，話在喉嚨口時還是一股猶豫，一走到舌尖突然就變成了一個決定。

「路先生的單位，現在態度也不明朗。」他提醒她。

「那我自己來支付，我明天早晨就去交款。」她急急地說。

劉主任看著她，沉默無語。

「何苦呢，路夫人？」半晌，他才問。

「我只想，他陪我，再過一個生日。」

女人突然趴在他的桌子上，嚎啕大哭起來，像個市井悍婦。那根把她的身體和情緒拴成一體的繩子，終於綳斷了，女人散成了一地瓦礫。

送走女人，劉主任頭痛欲裂，太陽穴裡像埋伏著兩隻螳螂，一邊一隻，在肆無忌憚地揮舞著大鉗。他服了一片強效泰諾，仰著頭靠在椅背上，等待著藥性發作。

突然，他掏出手機，給妻子發了一條信息。

「趕緊去訂兩張機票，我們去三亞過元旦，別管多貴。」

發出後，他想了想，又追補了一條。

「兒子的事，先放一放。」

開始，抑或是終結？

那天茶妹坐在化妝室裡，又聞見了那股奇怪的氣味。

那天她很早就起床了，只洗了一把臉，就被帶到了化妝間。化妝師是兩個小姑娘，聽聲音比她大不了多少，一個負責頭臉，一個負責服裝。

「皮膚不怎麼樣，不過鋪了粉底，只要鏡頭別拉得太近，整體效果還是不錯的。」負責頭臉的那個說。

「可惜了，要是眼睛不這樣，真可以算得上是個美人。」負責服裝的那個說。

兩個人你一句我一句地聊著她，似乎她壓根就沒在場，彷彿她的眼睛死了，耳朵也跟著殉了情。

有人呵呵地清了一下嗓子，那兩人立即噤了聲。

是路經理。

她們不怕她，可是她們都怕路經理。路經理走進屋子的時候，灰塵都不敢隨便飛動。她們怕的是路經理臉上的表情。這是她聽公司的人說的。她看不見他的臉，她只聽得見他的聲音。他的聲音很低沉，沒有扎人耳朵的尖尖角，所以她不怕他。

「再練一遍台詞，茶妹。」他說。

他把椅子挪到她身邊，在化妝師給她梳頭的檔子裡，見縫插針地和她再對了一遍講話稿。她看不見稿子，她必須把一篇講話從頭到尾地背下來。幸好，只有一頁紙。路經理說這個講話是要錄像的，而這個錄像將來要編進茶葉宣傳資料裡，送到全國各地，甚至全世界。

所以，她不能出一丁點兒差錯。

「別人使用眼睛，我使用鼻子。嗅覺是人類最忠實的朋友，它絕不會欺騙你，也不會背叛你的心。」

說到「最忠實的朋友」的時候，她打了個磕巴。不是她記不得詞——她在家裡已經背了幾個星期了，她記得每一個標點符號，她只是忍不住有點想笑。「最忠實的朋友」不應該是狗嗎，怎麼突然變成了鼻子？

「不能笑場。」路經理說，語氣有點嚴肅。「這裡會插進一段音樂，你等著音樂完了，再過兩秒鐘，一，二，你這樣數兩下心跳，就接著往下說。」

其實這事不歸路經理管，公司裡專門有一個負責活動執行的小姐。此人這會兒正坐在公車裡，在趕往這兒的途中。此人管活動的每一道程序，每一個細節，包括領茶妹上下台，隨時跟蹤茶妹的講話，萬一茶妹忘了詞，她會在耳麥裡輕聲提醒。

可是路經理還是不放心，路經理不放心年輕人。

「我出生在茶樹下，成長在茶園裡，我的鼻子可以帶領你找到茶林裡最好的那棵茶樹……」

「停。」路經理說。

他覺得這一段有些過於空泛煽情。可是來不及了，他不知道怎麼改，況且，即使是改了，茶妹也沒有時間再從頭來過了。他只好沮喪地搖了搖頭，讓她繼續。

這時身後的門推開了，屋裡響起了一陣篤篤的腳步聲。茶妹一下子就聽出來是莉莉阿媽，或者說，邱經理。邱經理穿的是高跟鞋，那種細得像錐子的高跟，邱經理走到哪裡，哪裡的地板就鮮血淋漓。

「天！這一化妝，我都認不出來了。這是誰啊？」

她聽見邱經理在大聲驚嘆。這話是說她的，卻不是說給她聽的。

「人生在城裡，又是另外一種命。」路經理感嘆道。

邱經理放下手提包，就開始一扇一扇地開窗。

「都要到小寒了，天還那麼熱，屋裡太悶了。」

嘩的一下，窗外湧進來一股子清晨的涼氣，茶妹忍不住打了個噴嚏。

就在這時，茶妹聞到了那股味道。隱隱一絲的腥味，不是海貨的腥，而是鏽銅爛鐵的腥，也帶著隱隱一絲金屬的重量。那味道沉沉地瀰漫在空中，壓得她腦瓜仁子發緊。

她記得幾個月前的那一天，她在家門前的樹蔭底下揉撚茶葉的時候，也聞到了這股氣味。就在那天，路經理找到了她，告訴她要把她帶到城裡來。

今天她又聞到了這股氣味。今天她已經在城裡了，路經理還會把她帶到哪裡去？

聚光燈下，電視機裡。今天她將是，整個朱家嶺唯一一個上了電視的女子。

她忍不住抿嘴一笑。

「老路沒吃早飯吧？我從旅館裡拿了兩個茶葉蛋，你先墊一墊。」邱經理說。

突然邱經理吃吃地笑了起來，彷彿拿著茶葉蛋的手被蟲子螫了一口，不是疼，而是癢。

「討厭。」她聽見邱經理低聲說。

咚。咚。大概是路經理在桌子上磕茶葉蛋。茶葉蛋很乾，他吞嚥起來喉結在嘰哩咕嚕地亂竄。

「還有一個呢，怎麼不吃啦？」邱經理問。

「飽啦。」他說。「這個留給茶妹吧，今天起得太早，她還沒來得及吃早飯。」

「嘴唇都畫好了，還怎麼吃啊？」邱經理說。

「吃了再畫，反正化妝師也是一路跟著。從現在熬到午飯，還有好幾個鐘點。」他說。

茶妹從來沒有在一張椅子上坐過這麼長時間，茶妹坐得幾乎有些膩煩起來。她不知道眼睛可以被分成這麼多的細區，上眼瞼，下眼瞼，眼皮，眼窩，眼睫毛，刷子在每一個區裡一遍又一遍地行走，不厭其煩。

過了差不多一個世紀的樣子，才終於化完了妝。茶妹看不見自己的樣子，只覺得臉皮很厚，厚得像蒙了一層塑料膜，嘴一扯，膜就裂開一條縫。

管服裝的拿出兩套衣服，亮給路經理看，問到底穿哪一套？茶妹事先已經知道了，一套是大紅鏽金花的無袖旗袍，還有一套是翠綠鑲銀絲的中袖夾襖，配一件黑色長裙。

「當然是大紅的喜慶。」路經理還沒說話，邱經理就搶了他的先。

化妝師領著茶妹進了更衣室，幫茶妹換上那件旗袍。哪兒都緊，胳膊肘，腰身，小腹，甚至領口，輕輕一動，就覺得身上木偶人似地扯著無數根線。腿上有點涼，她用手一摸，摸出來旗袍的開縫很高。

「我，不穿，這件。」茶妹猶猶豫豫地對化妝師說。

「怎麼啦？」化妝師有些驚訝。

「露，太多。」

化妝師掀起簾子，對外邊的人轉述著茶妹的意思。邱經理就哈哈大笑起來，說茶妹啊人家大老遠來開會，不看你的腿，難道還看你的眼睛？

路經理又呵地清了一下嗓子，邱經理就收了聲。

「我，不穿。」茶妹的聲音很輕，但語氣很堅定，像敲進木板裡的釘子。

「怎麼辦？路經理，你決定。」管服裝的女孩子漸漸失去了耐心。

「算了，她真不想穿，就換那套吧。這天，露這麼多，還是冷。」路經理說。

女孩子給她換上了那套綠色的夾襖，周身依舊還是緊，只是胳膊和腿都包住了，茶妹就沒再吱聲。

往車裡走的時候，路經理喊住茶妹，往她衣兜裡塞了一個小信封。

「過年的紅包。」他說。

信封沒封口，茶妹的手指探進去，輕輕一捻，是五張硬朗得像塑料紙似的百元新鈔。

「別把什麼都寄回家，一個小姑娘，住在城裡，身邊總得有幾個零花錢。」他輕聲對她說。

她的喉嚨堵了一下。她其實是想說謝謝你路經理的，不知怎的，話出口的時候卻變成了知道了路叔。

茶妹在病房裡對路夫人說的話，不都是撒謊，至少有一半是真的。

去朱家嶺的路上，她的確睡著了，而且睡得很深。那天早上起得太早，又讓化妝師折騰了幾個小時，所以車一啟動她的眼皮子就開始打架。路經理原本還想讓她背一遍講話稿的，卻怎麼也叫不醒她，只好作罷。車裡發生了什麼她一無所知，眼睛一睜，人已在朱家嶺。回來的路上她很興奮，沒有半點睡意——她還一直沉浸在早上每一個細節的回憶中。

她沒想到自己被引上台的時候，竟然是這樣鎮靜。毀了她的是眼睛，救了她的也是眼睛。眼睛關上了一扇門，門裡黑洞洞的，空寂無人。她站在台上，感覺跟站在家裡的地板上沒有什麼區別，除了臉上微微有些發燙，她知道那是聚光燈。她把那篇講稿從頭到尾地背了一遍，沒漏下一個字，根本用不著別人提詞。在背誦的過程裡，她加入了一些抑揚頓挫，還有恰到好處的停頓。

恐慌是在她講完了的時候才到來的，因為整個大廳鴉雀無聲。她覺得她踮著腳尖孤零零地站在了一片懸崖上，上不著天，下不著地。過了一會兒，她聽見了雷聲，轟隆轟隆地，響了很久很久，震得四壁嗡嗡發顫，才明白過來那是掌聲，這才覺得腳踩到了地上，放下了心。

接著他們就讓她分辨茶葉的種類和等級。茶葉是事先準備好了的，貼著標籤，裝在紗布包裡，放在一個托盤裡送過來讓她聞。路經理有些緊張。她知道他就站在她身後，呼吸裡帶著一絲顫抖。她很想告訴他別怕，這事我九歲就會做了，一直做了這麼些年。可是她不能。她猜到他們四周都站滿了記者，因為她身上芒刺似地落滿了他們的眼睛，他們在目不轉睛地監視著她的一舉一動，等著她出錯，或者露出作弊的蛛絲馬跡。

會場的氣味很雜，有汗味，脂粉味，菸味，香檳酒味，還有鞭炮爆炸之後的焦紙味。在這麼紛繁的氣味裡尋找茶葉的清香，就像在厚厚的一垛棉花裡尋找一根針。還好，她的鼻子就是為了尋針而生的。她分門別類地報出了那些茶葉的標籤，只是比平時多費了幾秒鐘。從四周一次又一次的歡呼聲裡，她就知道她沒出錯，一次也沒有。

最讓她頭疼的是後來的採訪。她再也沒有講話稿可以背誦，她得學會隨機應變。有一個記者問她是怎麼把嗅覺練得如此精準的？她竟然一時語塞。這個問題太簡單，又太複雜了，就像問為什麼黑夜過後就是白天一樣，她不知從哪裡開講。她愣了足足有幾分鐘，才嚅嚅地說：「眼睛不管事了，鼻子只好當家。」話一出口，她就覺得蠢，她覺得給路經理丟了臉。沒想到全場聽了哄堂大笑，都誇她答得妙。在那一屋嘈雜的笑聲裡她聽見了阿媽的聲音，阿媽唏噓地擤著鼻涕，嘴裡嘆著我的娃啊，我苦命的娃。這是阿媽的口頭禪，阿媽只要說起她來，總會用這樣的嘆息開場。她很想從人群裡擠過去，跟阿媽說我不是那個，苦命的娃了，我現在命好了。

那天茶妹沒時間回家，只和阿媽見縫插針地說了幾句話。

阿媽說阿爸剛剛買了一輛電動摩托車，簡易型的，現在阿爸去縣城辦事，取貨送貨，一溜煙就到了，再也不用騎那輛叮噹亂響的破腳踏車。

阿媽說弟弟新近報了一個高考補習班，專補英語和數學，是縣城裡最好的老師教的，一個星期兩個晚上，都是阿爸摩托車接送。

阿媽還說她總算把家裡那張睡了二十年的舊棕繃床扔了，學城裡人的樣子，買了一張席夢思。阿爸睡不慣，說太軟了，渾身不得勁。

阿媽叨叨絮絮地說著這些事，就是想讓茶妹知道，這些日子她寄回家來的錢，都用在了正道上。茶妹突然覺得自己是個大人了，從前阿爸挑的擔子，現在是她來挑了。

「在城裡幹活不能偷懶，要給那個路經理長臉。」臨別時阿媽拉著她的手，囑咐了一遍又一遍。

後來終於都完了事，大家去吃慶功餐，路經理拍了拍她的肩膀，說茶妹哦，茶妹。她猜想這就是他的誇獎了。路經理很少誇人，茶妹挨了那一拍心裡很受用。

回程還是原車原班人馬，茶妹坐司機旁邊，邱經理坐在後排，挨著路經理。

「茶妹你可出名了，我們家莉莉，倒沒有你這個命呢。」邱經理嘆著氣。

茶妹心裡有一句話，噌噌地要往喉嚨上竄。茶妹忍了又忍，終於給嚥了下去。茶妹知道那話是一把刀，飛出她的口就要殺人。

那句話是：

「要不，你也叫你們家莉莉變個瞎子試試？」

「茶妹，你總算，走出那個破地方了。」邱經理又說。

茶妹聽得出來，邱經理來來回回地敲著邊鼓，其實就是為了從她嘴裡討一句話，一句感激的話。這句話她本來是該給的，可是邱經理偏偏背著她做了那件事。有了那件事，這句話就長了稜角，磕磕絆絆的，再也走不出她的口了。

阿媽告訴她莉莉阿媽到家裡來過，問阿爸討錢。

「百分之十五的介紹費，不多。你家茶妹一個月掙四千，我只拿六百。」莉莉阿媽說。

「給了介紹費，你家茶妹一個月還淨剩三千四。你到鄉裡問問看，哪個小女子能掙到這個數？明眼的大學生都難，更別說是個瞎子。」莉莉阿媽還說。

阿媽講的這件事今天一直梗在茶妹心頭，茶妹吭不得聲，怕一開口就飛出刀子。

「邱文啊，合同簽了，總算放了心。」路經理說。

路經理今天喝了很多酒，雖然離醉還很遠，可是舌頭已經有點厚了。

「這個價格，六個月內支付，還允許退貨，你們上哪裡找這樣的大便宜？」邱經理說。

邱經理也喝了很多酒，可是邱經理沒醉。邱經理永遠也不會醉。邱經理在村裡有個外號叫酒漏子，意思是說酒倒進她的肚子裡，永遠不會撞見底。

當然，這只是她諸多外號中的一個。她還有許多外號，有的能當著她的面叫，有的卻不能。

「前幾年茶葉賣不動，這些鄉巴佬沒見過世面，咋呼幾句就給嚇住了。」邱經理說。

邱經理說到「鄉巴佬」的時候，沒打一絲磕巴，彷彿她跟那些人沒有任何關聯，她不是在那個地方出生，也不是在那個地方長大的，她的爹娘，爹娘的爹娘，還有她的兒女，從來就沒跟那些人做過鄰居。

「咋呼，也得看是誰在咋呼。」路經理慢悠悠地說。

「那當然，鄉巴佬就有一樣本事：相信鄉黨。同樣的話，你說和我說，效果肯定不一樣。」邱經理立刻聽懂了他話裡的意思。

「所以，邱文，這次的合作，你是頭功。」路經理說。

邱經理哼了一聲，說別把他們想得太傻，過一陣子他們跟外頭一比，就知道吃虧了，到時候，你反正在城裡，誰來替你堵槍眼？

邱經理的話聽上去像是埋怨，可是埋怨只是外頭的包衣，裡頭似乎裹了一絲歡喜。在這之前，茶妹從來不知道，埋怨和歡喜還能拴在一起。

「你的辛苦，我都記得。」路經理說。

路經理今天的喉嚨裡，像裝了一節快要耗完電的電池，每一句話從那裡走出來，都有點變調。

後座有一陣小小的騷動，好像有人坐上了一隻蜜蜂，得趕緊挪座。

「討厭，路思銓。」

邱經理吃吃地笑了起來，貼著路經理的耳朵輕輕說了一句話。這句話輕得像風，可是茶妹的耳朵就是為風而生的，茶妹聽清了她說的是：「司機。」

路經理呵呵地笑了，說沒事，他是我兄弟。

「挪開點，我熱了，要脫衣服。」邱經理說。

一陣窸窸窣窣的聲響，邱經理在脫大衣。車裡突然泛起一股奇怪的味道，不是香水，不是脂粉，也不是酒。過了一會兒茶妹才想起來，這是春天村裡牲畜發情時散發出來的那種腥膻。

「那你打算，怎麼記呢？」邱經理似乎推了一下路經理。

「記什麼啊？」路經理疑惑地問。

「我的辛苦啊，你說的。」

路經理沒回話，彷彿低頭在找著什麼東西。東西似乎很大，卡在座位底下。唰啦唰啦地折騰了半天，他才終於把它扯了出來。

「這個給你，算是一點，謝意。」他說。

邱經理接過來，開始嗤啦嗤啦地撕著包裝紙。包裝似乎很厚，撕了一層又一層，才終於撕到了心。

邱經理看著那樣東西，哦了一聲，卻沒有說話。

「盒子壓癟了，破了相，東西是正兒八經的法國貨。」路經理吃不準女人的沉默是什麼意思，就開始解釋。

邱經理噗嗤一聲笑了，說你當我鄉巴佬？我知道那是什麼東西。我表妹的女兒也有一只這個牌子的包，是她男朋友從巴黎捎過來的。很貴，要一萬多塊錢。是這個價嗎？

「起碼。」路經理說。

他聽出來女人是喜歡的意思了，才放了心。

「你們廖總，那個老摳門，也該著他在我身上花點錢了。」邱經理忿忿地說。

路經理用手狠狠地拍了拍椅背，彷彿遭了天大的冤屈。

「你糊塗啊，邱文？現在全國是個什麼形勢？你以為我們廖總能犯那樣低級的錯誤？這是我自己掏腰包買的，你懂不懂？」

女人怔了一怔，半晌，才壓低了嗓門，說老婆那兒交不了賬，我可不管。

男人也壓低了聲音，說你老公都沒事，我還能有什麼事？

兩人同時大笑了起來。他們笑了很久，後來那笑聲漸漸低軟了下來，兩股化成了一股。

鏡子裡有個天地

外邊有片大天地，鏡子裡有片小天地。

我是說車鏡。

鏡子裡的天地按道理說是從外頭的天地裡挖出來的一小塊，可是很奇怪，鏡子裡的天地遠比外邊的天地精彩。打個比方，假如世界是個大秀場，外邊的那塊天地是外衣秀，鏡子裡的那塊天地是內衣秀。外衣秀也好看，總歸沒有內衣秀刺激。外衣秀要看就能看著，而內衣秀卻是要挑場所的，只有少數人才能看到。

我就是那少數人中的一個。

我開了三十年的車。從最早的菲亞特，到後來的桑塔納，再到後來的奧迪，再到現在的寶馬。車換了一茬又一茬，我的身分卻一直沒變：我始終是一個沒有自己的車，永遠替別人開車的司機。

三十年了。三十年我在車裡聽過多少平常人聽一次就有可能變聾了的幽暗祕密，我從車鏡裡看見了多少樁尋常人看一眼興許就要變瞎的蹊蹺事情，可是我既沒變聾也沒變瞎，我依舊聽得明白看得清楚。

比如這會兒車後排正發生著的事。

後排坐著的那一男一女，女的是我們的合作方，見過幾面，卻從沒說過話——她不屑和司機搭話。男人曾經是我的兄弟。我們在一個院子裡住了十幾年，我吃過他家的菜泡飯，他睡過我家的格子鋪。我們一起上小學中學，後來他考上大學，我也搬了家，我們的道路就分了岔。多年後，有一天他在路上攔了我的出租車，他進車後第一眼就認出了我。他說他們正缺一個專職司機，就把我引薦進了他的單位，給領導開車。後來他的職位越提越高，也成了領導，我就順理成章地成了他的司機。

其實，他現在依舊也會時不時地稱我為他的兄弟，在一些沒有重要人物在場的隨意場合。只是，我和他都知道，現在我們再也不是當年一起在井邊洗澡，我劈頭澆他一桶水，他過來扒我褲子的那種意義上的兄弟了。

「老師，老師。」

有人輕輕地扯了扯我的衣袖，我半天才明白這是在叫我。

「幫我看一看，我的安全帶怎麼繫不上？」

這是坐在副駕駛座上的那個女孩子，公司新招來的員工。說白了，公司是看上了她人長得討喜，又是個瞎子。對，公司就想要這樣的瞎子。這年頭好看的女孩子街上一抓一把，瞎子也不是什麼瀕臨絕種的稀有動物，可是好看的瞎子就不是那麼好找的了，況且這個瞎子精通製茶手藝。於是公司就用白菜價，把她從鄉下挖了過來，找槍手寫了些故事，讓她到處去說道。今天剛剛說完一場，臉上的妝還沒卸。妝化得很濃，粉鋪得一張臉像上了霜的冬瓜，只是她自己看不見。

「你又不是司機，繫不上就不用繫。」我對她說。

她搖了搖頭，說我阿爸交代的，坐小轎車的時候，一定要繫安全帶。城裡車多，不安全。

我差一點要笑出聲。到底是個沒見過世面的柴禾妞，這年頭還有哪個城裡的孩子會把汽車叫成小轎車，把父母的叮囑掛在嘴上說？

我斜了一眼她的安全帶，是扣盒裡掉進了一粒口香糖。我把糖塊挑出來，她喀嚓一聲扣上了，才安了心。

「謝謝你，老師。」她說。

「我不是什麼，老師。」我沒好氣地回了一句。

她好像被我的口氣嚇住了，怔了一會兒，才怯怯地說：

「對不起，我阿爸交代的，到了城裡，見到年紀比我大的，要叫老師。」

我啼笑皆非。這麼白的一個孩子，其實最好別進城。城裡是什麼？城裡是一個大墨水池啊。進一個，染一個，別管進來前是什麼顏色，出來一定是黑的。

後排那個女的，頭漸漸往男的肩上靠。他縮了一縮，又沒縮到底，他的肩膀被她的頭撞上了，他的肩膀就成了她的枕頭。過了一會兒，她抬起頭來，用她的鼻子去蹭他的鼻子，然後就是臉頰。他還是有點僵，看起來像是在躲，又像是在迎。後來，她的嘴找到了他的嘴，他就再也躲不開了。那兩片嘴唇看起來像是壁壘森嚴的城門，實際上是虛掩的，沒有鎖，也沒有衛兵，舌頭輕輕一捅就捅開了一個空城。其實也不完全是空城，城裡還行走著另外一條舌頭。兩條舌頭短兵相接，不知所措地對峙了一小會兒，就撲上去阻攔著對方的路。不能進，也不能退，它們只能交纏在一起，纏成了一個你中有我，我中有你的糊塗局。

我突然就明白了他為什麼要在那個女人面前說我是他的兄弟。那是誇耀，是自信，也是無視。誇耀他的地位，自信他對我的絕對把握，還有，無視我的存在。他像擁有一條狗那樣地擁有了我，絕對不用擔心我會說出去一個字，也絕對不需要顧忌我的感受。養過狗的人都知道，沒有哪位主人會在狗面前忌諱寬衣解帶如廁這等事情，因為狗永遠只是狗，主人不需要在狗面前檢點言行。

那個女人的頭現在已經轉向車後，我看不見她的臉，我只看見她挑染過的波浪捲髮在接近頭頂的地方扁塌下去了一塊，可能是椅背壓出來的坑。我猜想她的屁股已經離開了車座。她屁股最有可能的新落腳點，大概是在他的腿上。

你可以把我當成狗，可是，車裡還有個柴禾妞呢。她恐怕還沒來得及看懂公雞爬在母雞背上做的那種事情，就已經瞎了眼睛，所以她的眼睛一直是乾淨的。可是她還有耳朵啊，耳朵一樣分得清乾淨和齷齪。眼睛容不下的沙子，耳朵也知道是垃圾。你至少該顧忌一下她吧？你以為她聽不見後座漸漸變粗的呼吸聲？

莫非，你把她也當成了狗，和我一樣？

「明天，在城裡，我們再找個地方，吃飯吧。」

他的舌頭終於掙開她的舌頭，說了一句話，有些氣喘吁吁。

「為什麼，是明天，不是今天晚上？」女人問，在晚上兩個字上加了帶著鼻息的重音。

他猶豫了一下，才說晚上有事，很早就約好的。

女人哼了一聲，說是不好交代吧？

他沒承認也沒否認，只是不吭聲。

女人也不說話了。我在車鏡裡看見了她的臉，她坐回了自己的位置，脖子別向窗外。

又是一個霧霾天。太陽依然在，只是你看不清它的整張臉。霧霾的日子多了，幾乎讓人漸漸淡忘了太陽和天空本來的模樣。這樣的天氣開車有一樣好處，至少陽光不刺眼。

又進入盤山路了，一邊是懸崖，一邊是峭壁。這樣的說法有些聳人聽聞，其實所謂的峭壁，只是一面矮坡；所謂的懸崖，也不過是一片樹林子。當然，人要真摔到那片樹林子裡去，也會摔成肉泥。我開了三十年的車，我認得這裡的每一個彎道，甚至每一塊岩石。讓那些新手緊張去吧，我用一隻眼睛看路就夠了，剩下的那隻眼睛，我依舊可以去留意後座的動靜。

他用手去扳她的肩膀，她不讓。第一次是這樣，第二次還是。到了第三次，他的手變了一個方向，去扯她高領羊毛衫領口的拉鍊。她愣了一愣，突然一把拽住了他的手。我以為她會把他的手像垃圾一樣地扔出她的領口——這類事情似乎都該有這麼一個前奏，可是她卻不是。她抓住他的手，狠狠地捅進了自己的領口。

這時，我的後視鏡裡出現了一輛破舊的皮卡。那皮卡的前蓋微微凸起，有一個輪子是備胎。它的速度很快，離我越來越近，對我不耐煩地按著喇叭，是嫌我慢。皮卡的司機肯定是個傻逼，不知道自己的本事，也不知道路的情景。這樣的盤山路能加速嗎，除非他想死？

我輕柔地按了一下喇叭，藉著喇叭在向他遞話。喇叭有自己的語言系統，只要是司機都聽得懂。我的喇叭在說：「小伙子，耐心一點，盤山路很短，只有幾道彎。過了這幾道彎，就是大路了。上了大路，你想怎麼超就怎麼超，我一定不擋你的道。」

他的喇叭不認我的喇叭，他的喇叭回了一句粗話。他的喇叭說：

「草泥馬，滾。」

我被激怒了，我不再說話，我和我的喇叭。我只是緊緊地捏住了方向盤，我會在我的路上穩穩當當地開下去，絕不讓他，一毫一寸。

後座的故事還在緊張地進行，他的手已經消失在她的領口裡。他的手到底在她的身子裡走了多遠？我看不見。車鏡太小，車鏡像一個憋屈的相框，裁截了延伸在框子之外的一切精彩細節。我只能猜，從她泛著潮紅的顴骨來猜。

那皮卡突然加滿了速度，老舊的馬達發出一陣被黑煙包裹著的沉悶嗥叫。我搖下車窗，對他吼了一聲你瘋了？可是我還沒來得喊完，皮卡的頭已經插進了我的車身和峭壁之間的那個狹窄空間。我的喇叭發出了一聲長久而聲嘶力竭的怒吼。假若這是我的喉嚨，我相信它已經撕裂成碎條，嘴巴裡應該溢滿了血水。

後座的兩個人猝然分開，不約而同地驚叫了一聲。我的車身重重地抖了一下——是車把打出的一個右轉。這個右轉很急，不急不行，誰想得到公路上會有這樣低級的傻逼，情願用一條性命來置一口沒由來的閒氣？我的車擦著懸崖的邊緣顫顫巍巍地穩住了，右車身被水泥圍欄蹭去了一層皮。

三十年的駕齡並非全無用處，它讓我在千分之一秒的時間裡做出了一個判斷，我閃開了閻王爺的爪子。

當然，當時我並不知道，閻王爺只是轉了一個身挪到前邊的路口等著我而已。

那輛又破又髒的皮卡呵呵地咳嗽著，揚長而去。

「今天到家，你們都煮一碗索麵酒[4]壓驚。」我說。

車裡誰也沒有吱聲，他們都還驚魂未定。喀嗒，喀嗒，我聽見副駕駛座上的那個瞎眼女孩又檢查了一遍安全帶，鬆開，再繫攏。

我看了一眼車鏡。後排的一男一女相隔遠遠地坐著，彷彿是兩個從前不認識，現在也沒興趣認識的陌生人。

慫啊，真慫，一場小驚就嚇濕了褲襠。

我不習慣沉默，沉默叫我腦瓜仁子發脹。我打開了收音機。這一次，我沒問他，那個我曾經的兄弟現在的領導，要聽哪個台。我知道問了也是白問，他的心思還沒有回到他的肚腹裡。

每一次　就算很受傷／也不閃淚光

我知道　我一直有雙隱形的翅膀／帶我飛，飛過絕望……

年輕人的把戲，無病呻吟。才走了幾步路啊，怎麼就撞上這麼多的傷害絕望了？全叫你撞上了，難道別人就都活在天堂裡了？

我終於翱翔／用心凝望不害怕／哪裡會有風／就飛多遠吧／隱形的翅膀……

突然，那歌聲像電池走弱了的唱盤，音節和音節之間拉出一些怪誕的荒腔。路標變成了一團晒在風裡的掛麵，甩過來甩過去，卻怎麼也不能固定成型。

疼。一股疼痛從胸腔漸漸蔓延上來，竄到了我的肩膀和胳膊上。我的心成了一條毛巾，被一隻手狠狠地擰著。我使出全身的力氣來抗那隻手，可是不夠啊，我的力氣不夠。我只覺得那隻手裡越擰越緊，我的心緊成了一根麻花。

「大頭，快……」

我哼了一聲，卻沒能把話說完。

皇天，我怎麼喊了他的小名？我闖禍了。

這是我最後一個清醒的想法。

接著我就看見了天。

霧霾裂了一條縫，陽光有些割眼。樹林子在不停地翻著跟頭，樹梢一會兒在上，一會兒在下，我不知道它在幹什麼。一群驚慌失措的野雀轟地一聲飛竄起來，黑壓壓的遮暗了半爿天。

我聽見了一聲驚天動地的巨響。

接著，世界陷入了萬劫不復的寧靜。

死著，抑或是，死？

現在想起來，那天一大早，在化妝間裡，莉莉阿媽一開窗的時候，我就聞見那股氣味了。鏽銅爛鐵的那種腥，鏽銅爛鐵的那種沉。老天在向我遞話呢，我偏偏沒聽懂。我要是在那個時候聽懂了，你就不會躺在這裡了，路叔。

那天我是怎麼給送到醫院來的，我已經一點也不記得了。我醒來的時候已經在病房。疼啊，渾身都疼，每一次呼吸裡，似乎都扎著一把大頭針。

「多發性肋骨骨折，加上肱骨幹骨折。」身邊的護士告訴我。

我沒聽懂，我請她再說一遍。

「你的四根肋骨斷了，手臂的骨頭也斷了，已經做了固定。如果疼得厲害，就按一下這個按鈕，會自動注射鎮痛劑。」她說。

我問她嚴重嗎，我的傷？

她說還得觀察。如果沒有內出血，沒有嚴重腦震盪，應該問題不大。不過詳細情況，還得問明天查房的醫生。

我不知道我的病房裡有幾張床，幾個病人。我只聽見兩個護士在房間裡走來走去，窸窸窣窣地收拾著什麼東西。

「運氣真好，從這麼高的地方摔下來，只斷了幾根骨頭，都沒有破相。」一個護士說。

「那你說該怎麼樣？難道還能再失明一次？」另一個護士說。

她們在談論我，當著我的面。她們以為我眼睛瞎了，腦子也跟著殘了。這世上的人都不知怎麼了，總以為瞎子就是傻子，沒有腦子沒有神經，釘子砸上去也不知道疼。

「那個女的，才真叫慘，一張肉餅，那樣子，都不敢叫家屬看。」

「那個司機也是，當場就沒了。」

「聽說司機是心臟病突發，還沒落地就已經死了。」

「慘是慘了點，不過也算痛快，最倒楣的是隔壁的那個六床。那種狀況，靠艾克膜能維持幾天？」

我這才知道，莉莉阿媽死了。司機也是。

那天出門的時候，莉莉還是有媽的，可現在莉莉就只剩下爸了。

那天出門的時候，一輛車裡坐了四個人。可現在，只剩下我一個了。

哦，不，路叔，你還活著，就躺在我隔壁的病房。

這是我當時的想法。

可是今天，我一走進你的房間，聞見了你的氣味，我就知道我錯了。

你不是還活著，你其實是還在死著。慢慢的，一分一秒的。

你的房間裡一定來過了許多人。每一個進入過你房間的人，都留下了自己的氣味。明眼人靠腳印來辨認人走過的路，其實瞎子也是，只不過瞎子是靠氣味來辨認腳印。

交警隊的王隊剛剛走，之前他肯定來過多次。雖然他只在我的床前停留了五分鐘，我卻準確無誤地記住了他的氣味。我不是指菸味——這是幾乎所有在場面上跑的男人都會有的氣味，我已經把它排除在我的判斷範圍之外。我指的是某種獨屬於一個人的氣息。他大概經常熬夜，不按時吃飯，所以他的胃在向他的嘴不停地輸送著一股積攢了多年的怨氣。他駐留過的地方，連牆壁的毛孔裡都會滲進他濃重的口臭。他應該換一種茶葉了，我知道什麼樣的茶可以安撫他那只時時造反的胃。

廖總也來過了，而且肯定不止一次。廖總的胃也有怨氣，只是廖總的肝嗓門比胃響亮百倍。在肝面前，廖總的胃更像是個忍氣吞聲的童養媳。廖總的肝裡燒著一團凶猛的火，這團火只要一竄出他的身體，就可以輕而易舉地把一百畝茶林瞬間燒成灰燼。廖總一天二十四個小時，睡著醒著，都在緊緊地捂著這團火，怕它鬧事。這團火找不到出路，只能在廖總的身子裡亂竄，把他的五臟六腑都熏得焦黑。所以廖總連頭髮梢上，都冒著一股糊味。

劉主任肯定每天都來。他的氣味比較複雜。和所有的醫生一樣，他的衣服和皮膚上，都覆蓋著一層厚厚的消毒藥水氣味。不過再厚實的掩蓋底下，也總能露出蛛絲馬跡。劉主任的胃很好，肝也沒問題。劉主任的問題在心和腦子。其實，劉主任的心和腦子也沒問題，在它們各自唱戲的時候。可是只要把它們搭成一個戲班子，它們就誰也不服誰。劉主任是讀書人，腦子裡有很多個想法，心裡有很多層心思。腦子叫心做的事，心不願意。心讓腦子配合的時候，腦子一定反對。劉主任的心和腦子在劉主任身上打了一輩子的戰，永遠硝煙瀰漫。劉主任唯一能讓腦子和心安靜下來的方法，除了睡覺，就是吃辣子。辣子能叫他舌頭發麻，身子鬆弛下來，也能叫他的腦子和心同時閉嘴休戰。護士說劉主任的辦公桌上，擺滿了各種風味的辣醬瓶子，有湖南的，四川的，貴州的，福建的，甚至有越南韓國的。護士打趣他，說他恨不得喝茶的時候也放一勺辣子。所以劉主任的鞋擦過的地板，都會有一股辛辣。

除了上面這些氣味之外，這屋裡還有一股氣味，鹹鹹的，像海邊飄過來的風，卻沒有海風裡的那股魚腥。當然這並不真是海風。我們這個城市雖然離海不遠，但海把它的氣吹進這扇窗子來，還是要走許多路的。

這是你老婆身上的氣味。眼淚的氣味。

你老婆走進這間屋子的時候，沒有哭。我聞到的是乾涸的眼淚，是淚水流出身體時在毛孔和皮膚上留下的鹽痂。她心裡還囤積著許多眼淚，像湖，像海，可是她的身體沒有力氣把眼淚送到眼睛裡，她的眼睛也沒有力氣把眼淚送到臉上，她只是哭不動了。

其實眼淚也有不同氣味，假如鼻子肯落力去細細區分。哀傷的眼淚是最簡單的，它只有鹽水那樣的鹹味。如果哀傷裡加入了嫉恨，那鹹裡就會混進酸味。如果哀傷裡加進了怨氣，那麼鹹味裡或許還會有辛苦味。再如果哀傷裡又夾雜了羞辱，說不定那鹹味裡還會出現微微的爛甜，像漚壞了的瓜果菜蔬。

你老婆坐到我身邊和我說話時，我同時聞到了這幾種氣味。我突然明白了，她哭不動的另一個原因，是因為她的眼淚太複雜太沉重了。我也明白了，這些眼淚若一直沒能在她身上找到出口，她將會成為一個泛著陰溝裡的餿氣的怨婦，從現在一直到老，到死。

我不禁打了個寒顫。

從現在到老，到死，路太長太久了。

就是在那個時候，我想到了幫她。那時我想到的僅僅是幫她，還沒有想到幫你——幫你還是後來才生出來的念頭。在這個房間裡留下過氣味的人，都不需要我幫忙，他們都是能人，除了你老婆。其實我也沒法真正幫你老婆。我知道從根裡幫她的方法只有一個，就是從你的生活裡抹去那個可怕的一天。也就是說，那天的車根本沒有出事；或者說，那天出事的那輛車上根本沒有你。可是這事我做不到，誰也做不到——除了上帝。所以我即使想幫她，也只能從微不足道的小事上下手。

我說的小事，就是讓她能有力氣，把囤積在心裡的那些眼淚痛痛快快，理直氣壯地哭出來。

所以，當她走近我，跟我打聽那天發生的事時，不知怎的，我身上彷彿有根神經抽了一抽，突口而出，就告訴她你給她買了那只手袋。那句話不是事先盤算過的，沒經過大腦，甚至不是從心裡生出的，彷彿嘴逕自走了自己的路。我到現在都還是迷糊的，我怎麼會想出那樣的說法。

我只記得，她聽了我的話後，嚎啕大哭。她不是這會兒才聽說你出事的，她先前說不定也這樣哭過，可是我依舊覺得那哭聲聽起來有些瘆人，像她心裡有堵牆突然嘩啦一下子塌了，又像是她一腳邁過了一道她以為一輩子都邁不過去的鴻溝。她衝出屋去的時候，我又聞見了眼淚。這次是汁液，而不是那些乾涸在毛孔和皮膚表層的鹽痂。

我發覺那眼淚的氣味變了，沒有了酸，沒有了辛苦，也沒有了餿甜，只剩下一股單純的，濃烈的鹹。

你老婆讓護士迴避了，現在屋裡就剩下了你和我，我終於可以說一說，你的氣味了。

你曾經是一個多麼愛乾淨的人啊。你的衣服上，永遠散發著一股淡淡的洗衣粉味道。你衣領上的味道我說不上名字，只記得莉莉阿媽有一次問你灑的是什麼東西？你說是女兒買的古龍水。這是我第一次聽到古龍水這個名稱。有一陣子你的消化不好，你不停地嚼口香糖，沒人處總悄悄地問司機你嘴裡是不是有味。

現在你的氣味變了，變得這樣徹底。現在你通身上下只剩下一股氣味，那就是臭。

首先是尿布裡包裹著的那股臭味。阿媽說小孩子的屎都是香的，可是大人怎麼能和小孩比？大人尿布裡的東西，可以熏跑一地的雞。

還有，就是你身上的油垢味。你大概好幾天沒有洗澡了。沒有可能，也沒有必要——護士一定是這樣想的。

其實，這些都還是皮毛上的氣味，真正的氣味，是在皮囊底下。聽說你的腦子在送到醫院時就已經死了，可是你還有許多想法。那些想法是被活生生地埋在你的腦子裡的，它們在慢慢地死著，慢慢地漚爛著，像個小小的化糞池。

你的心臟，你的肺，你的腎臟，你的肝，其實也都死了。你身邊那套據說貴得嚇人的機器，其實不過是擺個樣子，給王隊看，給廖總看，給許多別的人看——他們商量的事，我耳朵裡也刮到了幾句。你的五臟六腑已經像肉鋪裡放久了的肉，在漸漸生出腐爛的氣息。這氣息正透過你的毛孔，隱隱約約地瀰散在空氣中。只不過你的皮囊還很厚，等到你肚子裡的祕密終於突破皮囊的阻隔，或者說，等到皮囊也隨著你的肚子一起腐爛，估計還有幾天的工夫。

「走啵？走吧。」

我的耳朵抽了一抽，像曠野裡的兔子。我隱隱地聽見了一個聲音。

哦，那不是聲音，那只是風在我的耳道裡輕輕碰了一碰。

我的頭髮一下子炸成了針。

是你。

那是你在和我說話，不是用語言。

你在害怕。你害怕你肚腹裡的那股腐爛氣味，很快就不再是獨屬於我鼻子的祕密。你害怕你維持了一輩子的乾淨形象，會在這張床上被碾為齏粉。

我站起來，順著牆壁四下摸索著，找到了你的床頭。

護士提醒過我，不要亂碰床頭的東西，因為那面牆上有電源插頭。你床頭的設置應該和我的差不多——所有重症監護室的病房設置，應該都是大同小異的。我若順著你的床頭摸上去，極有可能會摸到牆壁上的那排電源插口。那上面不知插著多少根電源線，但那裡頭總有一根，是掌管你床前那台貴得像金子的機器的。

只要我把那根電源線拔下來，你就會很快被送到另外一個地方。你就可以洗去一身的臭味，換上你的好衣服，乾乾淨淨，精精神神，像過去那個樣子。而你此刻的氣味，將永遠塵封為我一個人的記憶。

你是想讓我這樣幫你，是不是啊，路叔？

我猜得很準，離你床頭大約一兩尺高的牆壁上，果真有一排插線板。我摸了一下，那上面只插著兩根電源線。也就是說，我只需要冒兩次險，每一次都有百分之五十的把握。

我踮著腳尖，先拔下了第一根。

然後是第二根。

管子突然停下了吭哧聲，沉寂如一床厚被子劈頭蓋臉地落了下來，滿屋只剩下我的心跳聲。噗通，噗通，噗通，噗通。

我按了一下手腕上的那只盲人報時錶，一個電子聲音輕盈地蕩漾在瀰漫著消毒藥水氣味的空氣中。

「現在是，十二月三十日下午，四點四十七分。」

---

1 艾克膜：是ECMO的音譯，臺灣稱作「葉克膜」，指體外心肺支持系統，是一種先進的急救設施，俗稱「人工心肺」。

2 嘻唰唰：花兒樂團的歌曲。

3 蒙特利爾：臺灣譯為：蒙特婁。

4 索麵酒：一種泡在黃酒裡的細麵條。在南方習俗裡，產婦坐月子或者人受了驚嚇，都要吃索麵酒調養身子，或驅邪壓驚。

雁過藻溪

女兒靈靈考入多倫多大學商學院不久，越明就正式向末雁提出了離婚的要求——那天離他們結婚二十週年紀念日只相差了一個半月。

其實在那之前很長的一段日子裡，越明早已不上末雁的床了。末雁知道越明在掐著指頭計算著兩個日期，一個是兩人在同一屋簷下分居兩年的日期，一個是女兒靈靈離家上大學的日期。隨著這兩個日期越來越近地朝他們湧流過來，她感覺到他的興奮如同二月的土層，表面雖然還覆蓋著稀薄的冰茬，底下卻早已蘊藏著萬點春意了。她從他閃爍不定欲蓋彌彰的眼神裡猜測到了他越獄般的期待。在他等待的那些日子裡，她的目光時常像狩獵者一樣猝不及防地向他撲過來。速度太快太凶猛了，他根本來不及掩藏他的那截狐狸尾巴，就被她逮了個正著。看到他無處遁逃不知所措的狼狽樣子，她幾乎要失聲大笑。

她恨他，有時能把他恨出一個洞來。

她恨他不是因為離婚本身，而是因為沒有理由的離婚。

越明在外頭並沒有時髦人所謂的紅顏知己。越明一生也難得有一兩樁能在朋友圈子裡引為笑談的男女軼事。越明是一個基本按點回家的男人。越明甚至沒有幾個略微親近些的同性朋友。一樁婚姻在沒有外力的作用下非得散夥不可，其解釋只有一個：這樁婚姻像一隻自行發霉的蘋果，是從芯裡往外爛，爛得毫無補救，兜都兜不住了。這種爛法讓末雁不能像市井悍婦那樣提著褲腳插著腰當街叫罵丈夫負心，這種爛法當眾表明了一個男人寧願孤獨冷清至死也不願和一個女人待在一片屋簷下的決絕，這樣的爛法宣布了末雁徹頭徹尾的人老珠黃缺乏魅力。

感恩節那天晚上，靈靈用假期打工的錢，請爸爸媽媽去「紅龍蝦」餐館吃了一頓飯。飯吃到一半，女兒就笑咪咪地說：「你們就離了吧，我沒事的。只是以後要搬得越遠越好。最好媽媽還住多倫多，爸爸搬到溫哥華。這樣我就可以在多倫多過夏天，在溫哥華過冬天了。要是你們再結婚就更好了，我一下子能有兩副爸爸媽媽了。」

末雁和越明面面相覷，一時不知如何作答。只覺得在加拿大長大的女兒，和國內那些同齡女孩子相比，似乎是太成熟了，又似乎是太憨嫩了——倒是放下了心。

接下來的事就交給了律師去辦。幾年裡存下的退休金，兩人各拿了自己名下的那一份。車子也是一人一輛。只有房子略微麻煩一些。通過朋友找到了一個房地產經紀人，前後其實也就花了一兩個星期的時間，就賣出去了——淨賺了四萬加幣。賣房所得的錢，在銀行和律師手裡走過了一圈，就一分為二地歸入了各自的帳戶。靈靈有全額獎學金，剩下的開銷，半年跟爸住，半年跟媽住。跟爸住時由爸負擔，跟媽住時由媽負擔。沒有子女監護權的混戰，也沒有贍養費的糾紛，事情就很是簡單明瞭。

搬家的那一天，越明替末雁雇了搬家公司。大件家具，都給了末雁。剩下的無非是一些日用物件，越明也都盡量讓末雁先挑。客氣謙讓的樣子，彷彿不過是送末雁出一陣子差而已。前來幫忙的朋友見了，忍不住問末雁：「那吵翻了天的都沒離，你們離什麼呢？」末雁忍無可忍，終於將保持到最後的一抹淑女形象蚊子似地碾滅了，隨手抓起一個花瓶，朝著越明的汽車砸去。「好你個李越明，天底下的好人，都讓你做完了。我就成全你吧。」眾人哪裡攔得住？車尾早砸出一個彎月型的坑來。

越明不說話，只蹲下身來，撿地上的花瓶碎片。一片一片的看得末雁很是無趣，想說句什麼話，搜腸刮肚，終無所得，只好訕訕地坐進了搬家公司的車。車開出去，看見自家那幢紅磚房子在反光鏡裡越變越小，變成了一個小紅點，最後消失在一片混雜的街景裡頭，心想這些年裡聽了好多關於離婚的恐怖故事，大概居多是誇大其詞的。十幾年裡經營起來的家，拆起來，其實遠沒有想像的那樣麻煩。

搬進單身公寓的當晚，末雁就夢見了母親。

「小改，小改。」

母親在窗外輕輕地叫她。她出生在一九五二年，母親懷她的時候，正趕上土改，所以就給她取名叫「土改」——末雁是她上大學以後改的名字。末雁站起來，推開窗，一眼就看見母親站在窗前的那棵大楓樹底下。月色黃黃的，照得楓樹葉子一團團一簇簇的，彷彿是一隻隻憤怒的拳頭。母親走了很遠的路，鞋面上有土，臉上有汗，兩手在灰布襯衫的袖子裡不停地蠕動，嘴唇抖抖的，半晌才扯出兩個字來，是「藻溪」。末雁正想問藻溪怎麼了，母親突然低了頭，轉身就走。腳步窸窸窣窣的，走得飛快，末雁追了三條街也沒追上，卻把自己追醒了——方知是南柯一夢。雙手捂著胸，心跳得一屋都聽得見。急急地站起來，打開窗，窗外果真是一棵蔫蔫的楓樹，樹影裡漏下來的，果真一片黃不黃白不白的月光——卻是無人。

便知道是母親催她回家了。

末雁的母親黃信月，是浙南藻溪鄉人。那個名字聽起來有幾分詩意的小鄉鎮，在幾十年前卻只是一個純粹的鄉下地方。黃信月是在土改那年離開藻溪，來到溫州城裡，經人介紹與末雁的父親結了婚，從此就住在溫州城裡，再未回過藻溪老家。

末雁的父親宋達文，是大名鼎鼎的三五支隊劉英手下的幹將，解放後做過第一任溫州地委組織部部長，後來又升任了地委副書記。在溫州那麼個小地方，也就算是個大官了。

母親很少提起藻溪。末雁對藻溪的模糊印象，似乎是和那些偶爾來城裡找母親的鄉黨有關的。末雁依稀記得那些衣著寒酸皮膚粗糙的鄉下人在暮色的掩蓋下敲響她家後門的情形——他們從來不敢從前門進屋。他們敲門的聲音是怯怯的，兩腳在門前的草墊上來回交替著蹭了又蹭，彷彿要把腳掌連同鞋底的泥土一起蹭落。他們把裝著土產的竹籃子放在門裡，如果母親沒有說話，他們就會發出一聲如釋重負的嘆息，彷彿他們的心，也隨著籃子落到了可以依託的實處。他們和母親交談的時候，把原本口音濃重節奏極快的方言，小心翼翼地嚼碎了，輕輕地壓在喉嚨和舌頭之間的空隙裡，聽上去似乎含了一嘴的棉絮。其實，把這叫做交談真是一種誇張，因為母親幾乎完全不說話，母親似乎也沒有認真在聽，母親只是面無表情地倚門站著。這樣的姿勢通常只維持幾分鐘，鄉下人便知趣告別了。他們走後，屋裡還會長時間地充溢著蠟肉魚鯗和劣質紙菸交織起來的複雜氣息。這種氣息如煙如氣在家具和家具門和門窗和窗之間的縫隙裡曖昧地飄來飄去，母親的臉色，在這樣的氣味裡也有些陰晴不定起來。

這些鄉下來的人是到城裡看病的，找工作的，辦事的。找母親當然只是一個幌子，真正的目的不言而喻是找父親。母親是一扇門，父親才是門裡的景致。門雖然不是景致，但景致卻必須要經過門的。在末雁的記憶中，作為門的母親是沉默而高深莫測的，而作為景致的父親反而是一覽無餘、溫和容忍的。只是父親在八十年代中期就去世了，入葬在城裡的老幹部公墓。從那以後，來找母親的鄉黨就漸漸地少了起來。

母親做了多年的小學教員，才提升到教務主任的位置上，臨退休也不過是一所普通小學的校長。身體一直硬朗。三個星期前洗澡時突然跌倒，就再也沒有甦醒過來。當時末雁正和一群京都協議項目的科學家在北極考察，住在加軍軍事基地，來往內陸的飛機十天才有一班。等末雁終於搭上最快一班飛機回到多倫多時，母親的後事都已經由妹妹操辦完了。所謂的後事，也就是遺體告別火化儀式等等。這些事情全部加起來，其實也只是後事的一半。另外的一半，卻是要等著末雁回來辦的——母親反覆交代過，身後不沾父親的光，骨灰由長女末雁送回老家藻溪歸入祖墳埋葬。

那日末雁夢見母親之後，當即決定回國一趟了卻母親的心願。靈靈學校裡正好有兩個星期的社會調查假，末雁就帶了女兒同行。

臨走的前一天，末雁去唐人街做了個頭髮。做頭髮是一種時髦的說法，其實當時末雁只是想把留了三十年的齊肩髮型略微剪短一下而已。那天平素給她剪頭的那個女理髮師沒在，招呼她的是一個新來的年輕小伙子。小伙子一看就是廣東福建那一帶的移民，身架瘦小，裝扮超前，舉止乖巧精明。他把她的頭端在手裡，轉來轉去地看，卻不著急下剪。一直看得末雁有了幾分不自在，才說：「大姐我給你換個髮型，鍋點顏色吧。」一見末雁猶豫不決，就笑：「要是不行，一兩個月就留回來了，變動變動，怕什麼呢。」就是這「變動」兩個字，不知怎地一下子觸動了末雁心裡的那根筋，她便橫了一條心，說你看著辦吧，大不了世界上再多出個把老妖精來。小伙子嘴裡說著哪能哪能呀，手就很是麻利地動了起來。

末雁將眼睛閉了，由著那小伙子的手指在她的頭髮裡蚯蚓似地鑽來鑽去。在剪子嘀嘀噠噠的聲響中，她竟混混沌沌地睡了過去。醒來時，只見那小伙子正在啪啪地抖著圍布。她一眼就看見了大鏡子中有個女人，頭髮剪得極短極薄，只有額上的幾縷瀏海，長長俏俏地插入眉梢。那頭髮是黑色的，又不全是黑色的，夾雜了幾縷棕黃，燈光一照，就有了幾分流動的感覺，襯得臉兒有些細瘦生動起來。末雁提了提嘴角，鏡裡的那個女子也朝她微微一笑——這才知道那個女子就是自己。慌慌地去櫃檯付了錢，又給那個小伙子塞了一張五元的小費，便飛也似地逃了出來。

到了街上，不住地拿手去摸脖子耳根，摸到哪裡哪裡是一片涼意。在過了季的太陽裡，末雁第一次有了要飛起來的感覺——才明白頭髮原來是有重量的。

一時興起，就去商場買衣服。末雁平時很少買衣服，要買也是去大眾化的平價商場。

這天她突然想起靈靈說起過一家叫溫娜的商店，是專賣減價的名牌衣裝的，就開車去了那裡。

進了商店，花紅柳綠的，就看迷了眼。隨手挑了幾件，素的太素，豔的太豔，都放了回去。這時走過來一個黑人售貨員，問需要幫忙嗎？那售貨員和末雁歲數不差上下，矮矮胖胖的，說起話來臉上闊闊的都是笑。末雁覺得那女人笑得憨厚親切，原想問我這個年紀穿什麼合適，話到嘴邊，拐了個大彎，竟成了：「我想，變個花樣，你看，我剛離了婚……」

黑女人依舊是笑，卻換了一種意味深長的笑法，問末雁穿幾號。末雁說了，女人就蹭蹭地穿過走道，直直地走到最裡面那個架子上，麻利地取了一套衣服，挽著末雁的手進了試衣間。進去了，也不離開，等著末雁窸窸窣窣地換完了衣服出來，兩人便一起站到穿衣鏡前看樣式。

女人給末雁選的是一件黑色的絲綢襯衫，配的是同樣料子的長褲。末雁穿著覺得老氣，正搖頭間，黑女人就將那黑襯衫上的扣子全解開了，露出裡頭那件蔥綠色的軟緞貼身背心——也是她選的。末雁覺得這一扣一脫之間，鏡子裡的那個人突然就變了。似乎是變高了，變瘦了，但又不僅僅是變高變瘦。她在心裡換了很多個形容詞，又覺得那些詞都不夠準確，只抓住了問題的一個側面。最後她才發覺最準確的那個形容詞是風情。對，風情。鏡子裡的那個女人突然變得有了幾分風情。末雁被這個形容詞嚇了一跳。在這之前末雁從來沒有把這個詞和自己聯想在一起。更確切地說，末雁一生從來就沒有使用過這個詞。五十年裡沒有學會的詞，卻在這樣一個下午，從那個年輕理髮師手裡，從這個黑人售貨員手裡，如此飛快地學會了。

黑女人將衣服疊好了，又領著末雁去收款台交了錢。送末雁走到門口，突然將一隻十分厚實的手臂搭在了末雁的肩上，輕輕地說：

「離婚只是一張紙，鎖在抽屜裡就行了，用不著帶在身上的。」

末雁聽了，不禁怔住。

末雁和靈靈登上橫越太平洋的飛機，經東京上海抵達溫州城，已是兩天以後的事了。去藻溪的車子，妹妹一家早安排妥當了。那邊接應的，是一個叫財求的人，據說是母親的一個遠房堂兄。次日早上八點一刻，是事先擇好的送殯吉時。妹妹懷著身孕，行動不便，末雁和靈靈母女倆就捧了骨灰盒，按照擇定的時辰上了路。

路不太遠，卻很是高低不平。到處在修路蓋房，塵土如蠅子飛揚，遮天弊日。末雁將骨灰盒摟在懷裡，怕冷似地端著雙肩。盒子是檀香木做的，精精緻緻地鑲了一道金邊，像是從前富貴人家的首飾匣。末雁摟了一會兒，手和盒子就都黏黏地熱了起來。母親生前是個結實的婦人，躺在這麼個狹小的匣子裡，怎麼能舒展得開手腳？車子在坑窪之間一顛一簸的，母親在盒子裡一下一下地拍打著末雁的膝蓋，彷彿有話要說，末雁突然有了一絲陌生的親近感。

末雁和母親在一起的時間很短。她生下來三個月就被送到了玉環的奶奶身邊，是奶奶雇了奶媽把她餵大的。一直到十歲的時候她才回到溫州的父母身邊，那時候家裡已經有了一個妹妹。童年的隔閡已經很難在少年時代彌補，更何況她十六歲就再次離家。下鄉，考大學，結婚，出國，她從此就長遠地生活在外邊的世界了。

在末雁的記憶中，母親似乎永遠是沉默寡言的，對她和對妹妹都是如此。然而末雁還是知道這中間的差別的。末雁和妹妹相差十歲，她從玉環回來的那年，妹妹才出世不久。在很多個夜晚，母親會站在窗口，長久地一動不動地抱著妹妹，那時母親的眼裡淌著月光，那光亮將妹妹從頭到腳地裹了進去，卻將世界擋在了外邊。當然，世界的概念裡也包括了末雁，甚至還有父親。

有一次末雁突然萌生了想闖進這片光亮的意念。

那天母親也是用同樣的姿勢抱著妹妹，末雁突然走過去，伸出一個手指，輕輕刮了一下妹妹的鼻子。母親吃了一驚，眼神驟然亂了，月光碎碎地滾了一地。母親閃過身去，將妹妹更緊地摟在了懷裡。剎那間，末雁看見了母親眼角那一絲來不及掩藏的厭惡。那天末雁哭著跑到自己的屋裡，翻開牆角那面生了一些水鏽的小鏡子，看見了鏡子裡那張雀斑叢生毫無靈氣的臉。這張臉伴隨著她走過了黑隧道般走也走不到頭的青春歲月，到了中年才讓她漸漸安息下來。

所以初中畢業那年她迫不及待地報名下了鄉。

車子終於出了城，房子相隔遠了，景致才漸漸開闊，露出些山水田地來。雖是個晴天，太陽卻是灰濛濛的，照得遠處的山近處的水都不甚明瞭。田裡種的似乎都已經收割了，只剩了些黑黃黑黃參差不齊的茬子在風裡抖著，如折了翅膀的鷂子。再過去一些，就看見了水田，混濁的水裡倒映著些邊角模糊的天和雲，像是水墨畫裡洇在景致外邊的墨——卻什麼也沒種。

靈靈趴在後座窗上，看見灰褐色的水田裡浮著兩塊青褐色的大石頭，就尖聲去推末雁：「媽媽，那是牛嗎？是不是水牛啊？」見末雁木木的沒回應，就掃了興，說難怪爸爸說你沒有好奇心。靈靈這些年在多倫多，雖然週末一直上中文學校，可那中文水平卻只夠說事，不夠抒情的。這「好奇心」三個字，就是用英文來替代的。末雁聽了，一愣，心裡彷彿塞了幾根茅草，尖尖糙糙的很是燥人，拔也拔不出，嚥又嚥不下，卻礙著司機，沒有發作，只淡淡地說媽媽下鄉的時候見多了，所以不奇怪。你沒見過，當然是少見多怪。過了一會兒，還是忍不住，冷冷一笑，用英文添了一句：「你爸爸的意見對我來說已經不重要了，我們已經離婚了，假如你沒忘記的話。」

母女倆正說著話，突然聽見正前方劈劈啪啪一陣爆響，碎紙屑紅雨般從空中紛紛墜落——原來是有人在放鞭炮。行人嚇了一跳，四下飛散開來，瞬間又如餓鷹朝著熱鬧圍聚過來。司機嘎地一聲將車停在路邊，推了推末雁，說到了。末雁吃了一驚，問這麼快嗎？司機搖搖頭，說這只是第一個涼亭——從溫州到藻溪，一路上四個涼亭，個個都要停的。

這時人群破開一個小口，流出一隊身著孝服的人馬來。領頭的是個黑瘦的老頭，走近來，見了末雁和靈靈，也不招呼，卻砰地一聲跪在地上，衝著末雁手中的骨灰盒，低低地將頭磕了下去，口中喃喃說道：「信月妹妹我來接你，接晚了……」後邊的半句，是末雁順著意思猜測出來的——老頭的聲音已如枯柴從正中折斷了，絲絲縷縷的全是裂紋。末雁心想這大概就是妹妹說的那個財求伯了。

末雁不懂鄉下的規矩，只見財求伯的褲腿上黏了幾團濕潮的泥土，腦勺近得幾乎抵到了母親的骨灰盒，一頭稀疏的頭髮在晨風裡秋葉似地顫簌，一時不知該和他一起下跪，還是該去扶他起來。正猶豫間，老頭已經自己起身了，從懷裡抖抖地掏出兩片麻布條子來，換下了末雁和靈靈胳膊上的黑布條：「近親戴麻，遠親才戴黑。」末雁發現老頭戴的是麻。

末雁跟著老頭擠過人群，進了涼亭。只見涼亭正中放了一張母親的放大黑白照片，是二十幾年前的樣子，穿了一件中式棉襖，圍了一條方格子圍巾。一絲笑意，從嘴角涼涼地流下，流得臉上也有了涼意。再看地上白花花地跪了一群人，衣袖上裹的都是麻布，便暗暗驚詫母親在老家竟有這麼多的親戚。

這時財求伯在末雁肩上輕輕拍了一拍，末雁身子一軟，就情不自禁地在母親遺像前跪了下來。用眼角的餘光掃了掃斜後方，發現靈靈不知什麼時候也跪下了。一路上末雁再三交代過靈靈要入鄉隨俗，卻沒想到這麼一個八歲就離開了中國的孩子，竟肯跟著她當眾下跪，也算是給足她面子了。

有人端過一杯清茶來，財求伯接了，拿手試過了熱度，高高地舉起來，對著照片說：「信月妹妹，五十幾年了，哥今天總算把你請回來了。喝了這杯茶，哥帶你回家……」話到了末尾，又顫顫地要斷。老頭揚手將那杯茶往地上一潑，一線粉塵細細地飛揚起來，人群裡便漸漸響起一片嚶嚶嗡嗡的哭聲。末雁抬頭偷偷地看了一眼，發現哭的居多是老人，雖然不是想像中那種驚天動地的嚎法，卻也哀哀切切眼淚婆娑的似乎有那麼幾分真情。她知道鄉下有雇人「哭靈」的習俗，卻沒想到哭靈的人竟有這樣的專業水準。

這時財求伯又在末雁的肩上輕輕地拍了一拍，末雁猛然醒覺，意識到這一屋的排場其實都是背景。那些眼淚，那些表情，那些聲音，都是為了她的來臨而做的鋪墊。她才是雷聲後邊的那場大雨，龍套之後的那個主角。她緊閉雙眸，試圖回憶母親的點點滴滴。然而在失去了母親照片的參照物時，她竟然完全記不起母親的模樣了。她渴望能想起母親的一個溫存的眼神，一句關切的話語，甚至一次狠毒的責罵，任何一個可以讓她流出淚來的溫馨的或者委屈的時刻。可是記憶如掌中的散沙，縱使握了滿滿的一把，卻始終無法在她渴望的那一刻聚攏成團。隨著年華的老去，這幾年她發覺自己的淚腺如一條原本就營養不良的細弱河流，漸漸地乾涸在沙漠的重圍之中。即使是在絕對的獨處時，悲喜之類的情緒都很難讓她流淚，更何況是在這麼一個眾目睽睽的公眾場合。

「雁，哪天你能哭了，你就好了。」

末雁突然想起在北極考察時，那個叫漢斯的德國科學家對她說過的話。

她現在還不能哭，不願哭，不會哭。她知道她離好還有很遠的路要走。

就在這一刻，她的腰被人抵了一下，一個男人低低地對她說：「跟我學。」那聲音輕得如同樹葉間漏下的一縷風，癢癢地撫過她的頸子，與其說她聽到了，倒不如說她感覺到了。那風停了一停，又吹了過來，這次是一陣低沉而含混的喉音。那喉音如同一口被堵塞了的泉眼，又如同一陣被攔截在死角裡的風，似乎沒有任何意義，又似乎蘊涵了多種意義，在那種場合聽起來，竟就有幾分接近悲涼的嗚咽了。

末雁清了一下喉嚨，也開始含混地發出聲音來。末雁的聲音攀緣在男人的聲音之上，羞羞答答高高低低地走過了幾圈，就漸漸地找著了感覺，有些平展自如起來。眾人終於放下心來，哭聲便達到了高潮。

趁著混亂，末雁騰出一隻手來探靈靈，發覺靈靈的位置空了。睜開眼睛，看見靈靈遠遠地站在角落裡，拿著數碼照相機在拍照。雖然看不見靈靈的表情，末雁卻有了一種在女兒面前赤身裸體般的羞愧。

末雁一程又一程地送完了母親，下了墳山，天就傍黑了。財求公說你母女兩個不如就在我家裡歇了吧，明天早上再趕回溫州誤不了你的事。末雁已經累得渾身沒有一塊不疼的地方，的確不想趕夜車回去。卻不知這老頭家裡乾不乾淨，女兒住不住得習慣。正在心裡打著小九九，老頭就說本來就打算留你們兩個過夜的，屋子都找了婆姨們打掃消毒過了。非典[1]剛過，我們鄉下人也知道害怕，都講點衛生了。末雁聽了這話，就不好推辭了。

老頭從人群裡招出一個人來，說這是我孫子百川，他先帶你們回去洗把臉，歇一歇，我去菜館端幾個下酒菜回來——我家婆姨死的早，沒人做飯，你們將就點。

末雁和靈靈跟在百川後頭，拖拖趿趿地走了一刻鐘，就到了財求的家。是一幢兩層的磚房，方方正正的，外牆鑲了一層白花花的馬賽克，在暮色裡新得有些齜牙咧嘴。鐵門上貼了一對大福娃娃，兩邊的春聯已經有了些風吹雨淋的痕跡，字跡卻還可辨。上聯是：一世人生有炎涼，晨也擔當暮也擔當；下聯是：丈夫遇事似山崗，毀也端莊譽也端莊；橫批是：穩如泰山。末雁覺得這幅春聯和尋常的喜慶春聯很有些不同，就問百川這是你爺爺寫的嗎？百川哼了一聲，說他知道個球，這是汪小子的詩，汪國真，你知道嗎？見末雁搖頭，就笑：「不知道也好，省得受騙。那小子專騙十七八的少男少女，或者是思想停留在十七八的老男老女。」

末雁心想這個叫百川的男人論輩分應該叫她一聲姑，說話卻完全沒有拘泥禮節，雖有幾分魯莽，倒也叫她整個人都放鬆了，跟著他無拘無束起來。靈靈從書包裡掏照相機，掏了一半又放回去了，說一路上怎麼都是這些一模一樣的新房子呢？媽媽你下鄉時照片上的那些老房子，怎麼這裡都沒有呢？

百川開了門鎖，屋裡嗖地竄出一條奇醜無比的大黃狗，一陣惡吼，震得鐵門鐵窗嗡嗡地抖，幾欲將靈靈撲倒在地。百川噌地脫下一隻鞋，照著狗臉就搧：「客人來了，你知不知道？嚎你個嚎。」那狗挨了揍，頓時就蔫了，蹲在地上，軟得像一攤水。偏偏靈靈從小就養狗，最是不怕狗的，就往地上一坐，將狗一摟，兩個立時就玩成了一團。

百川進了屋，三下兩下脫掉了身上的喪服，胡亂捲成一團，往門後一扔，拖過一張板凳，坐下來擠腳上的水泡。一邊擠，一邊嘆氣：「我說信月姑婆啊，我與你一面都沒見過，你就這麼整治我。我自己的葬禮，我都不用走這麼多的路呀。」說得末雁忍不住笑了起來。

百川又轉身對靈靈說：「靈靈你跟你媽坐車，我跟我老爺子走路，這叫階級區分，你懂嗎？」靈靈問什麼是階級？百川朝末雁咧了咧嘴，說那你得問你媽，不過你媽也是前清的中國人了，你也別全信她的話。你想看舊房子呀，藻溪有的是。你要是明天不走，我就帶你去看你外婆家的老宅——三進的院子，正間，西廂，東廂，舊是舊了，卻全是古書上的樣式呢。不過，千萬別讓我們家老爺子知道。

靈靈就拿眼睛來試探末雁。末雁不說話。百川依舊在挑泡，挑得一腳是血，就隨手扯過一張紙來擦。擦一下，噝一聲，眉上輕輕地掛上了個結。脫了那一身的布景衣裝，只剩了一件汗衫，就看出人的高壯來了。肩頭如犁過的田壟，一絲一綹的全是硬肉。戴了一副寬邊眼鏡，目光從玻璃鏡片後頭穿過來，刀片似地銳利清爽。鬍子散漫地爬了一臉，像瘋長了一季的藤蔓，雖是秋了，卻讓人看上一眼就津津地冒汗。

末雁擦著額上的汗，說靈靈我們明天一定要趕回溫州的。百川終於擠完了泡，找了幾張創口貼[2]橫七豎八地貼上，鴨蹼一樣扁平的腳掌上就有了些錯亂的景致。「藻溪的妙處，你連個邊都還沒擦到呢。」百川的眼睛看著靈靈，話卻是對末雁說的：「你要是多住幾天，你學到的就不只是怎麼哭喪了。要是待到頭七，那『哭七』才真正有意思呢。」

末雁恍然大悟，那個在涼亭裡教她怎麼哭喪的男人原來就是百川。一路四個涼亭，她一程比一程哭得自然。剛開始時，眼淚流過嘴角的那絲辛鹹味道讓她吃了一驚，過了一會兒她才明白她哭了。

漢斯，漢斯，我終於，有了眼淚。她喃喃地對自己說。

待到墳山封口的那一刻，她的眼淚就已經像使壞了的車閘，想停都停不住了。那眼淚彷彿不是從她眼中生出的，只是借了她的臉，惶惶地趕路。她起先是在哭母親的，哭那些與命運陰差陽錯擦肩而過卻讓妹妹毫不費心地拿走了的母愛。後來又似乎在哭自己，哭的是自己生活河床裡邊那些細細碎碎石子似的不如意。雖然是真性情的流露，卻因了開壞了那個頭，後面的一切多多少少就有了些世故的味道了。

「『哭七』是什麼東西？」靈靈追著百川問。

「總結，評估，鑑定，你懂嗎？」

百川見靈靈一頭霧水的樣子，就甩開靈靈，直接對末雁說：「死人下葬第七日叫『過七』，那天，就有唱鼓詞的來，在你家門前支起鼓，唱死人的事。唱鼓詞的是不請自來的，你還不能趕他走——他吃的就是死人這碗飯。當然，唱的還不見得都是好事，得看你給的是什麼樣的賞錢，當然，現在叫紅包。給的多，唱的自然就是花紅柳綠的好風光。那給的少的，還有不給的，人家就先給你點破一層皮，無非是你們家那點雞皮狗碎的小玩藝，不痛不癢的，可就讓你坐不住了。懂事的，就趕緊端茶遞水，茶杯底下悄悄把賞錢添上。遇見那不懂事的，就漸漸進入剝皮見血的階段了。若到了那時還不肯拔毛，接下來唱的就是你們家公公扒灰兒媳婦偷人的事了。」

「扒灰是什麼東西？」靈靈問。

百川看了末雁一眼，忍不住哈哈大笑起來：「看你媽給你這中文教育，關鍵的都沒學好。」靈靈聽出這大概不是一句好話，也就不敢往下追問了。

「媽媽你看百川哥哥的腳趾頭，和你一樣呢。」

末雁湊過去看，只見百川的小腳趾頭旁邊，突著一塊不大不小的圓骨，彷彿是多長了半個指頭。末雁的腳上，也有一塊這樣的骨頭，從前和越明談戀愛的時候，越明曾經給她起過一個外號，叫五點五，笑的就是這半個指頭。

百川就嘿嘿地笑，說這是遺傳，我們家的人，我爺爺，我爸爸，我，都長這球玩藝，還都在左腳。說完，又問末雁：「你真要走？不可惜？那些好鼓詞，句句珠璣的，我可沒時間彙報給你聽。紅包你愛給不給，有的是願給的人，我家老爺子就是一個。你沒看出來，我家老爺子對你媽可是一往情深哪。」

末雁聽百川說話，有時慢悠悠的，有時急吼吼的，慢時如閒雲，急時如疾雨，說粗俗也不全是粗俗，說雅致又說不上是雅致，卻有那麼點小意思，總之不像是沒見過世面的鄉下人，便忍不住問百川你到底是幹什麼的？

「早些年殺人越貨，這些年老了，就寫詩。」

「你是詩人？」靈靈興奮得大叫起來：「我最喜歡讀詩了，你是我這一輩子見到的第一個詩人。」

「但願你永遠也不會見到第二個。」

「百川你別胡鬧，在國外長大的孩子都天真，你說什麼她信什麼。」百川對靈靈擠了擠眼睛，說瞧你媽不相信我是個詩人，咱倆得另找個機會，背地裡再切磋詩的事，現在先別招她惹她。說得靈靈咯咯直笑，笑得末雁越發地煩了。

「得了，得了，百川你趕緊趁你爺爺回來之前收拾收拾你這張嘴。你爺爺是我媽的堂兄，你剛才說那話不是亂倫嗎？」

百川瞪了末雁一眼，半晌，才悠悠地說：「我看你的中文，簡直退步到負數水平了。你才需要好好收拾你那張嘴。我爺爺要和你媽有什麼事，最多也只是近親戀愛，國家雖然不提倡，還不至於犯法。你要跟我有什麼事，那才叫亂倫呢。不過，這兩樣罪行你大概想犯都犯不成——我爺爺是我太爺爺認領的兒子，我們沒有血緣關係，你懂嗎？」

百川的那一眼，如同一塊黏熱的餈糕，橫橫地飛在末雁的臉上，讓她扒也扒不下，甩也甩不掉。突然間，末雁就覺得自己的五官跑錯了位置，僵僵的，竟挪移不動了。

靈靈見狀撫案大笑：「媽媽你說不過百川哥哥。你那張嘴，也只夠對付我。」

末雁就是在那一刻決定留下來在藻溪過七的。她當然沒有預料到，她這一停，就停出了一個故事的開頭，和另外一個故事的結尾。

靈靈結結實實地睡了一夜，早上夢見臉上爬了一堆蟲子，濕癢難熬。睜開眼睛，發現大黃狗正蹲在她的床前，伸出一條肉乎乎的舌頭，一下一下地舔她的臉。摸了摸身邊，媽媽不在了。坐起來，看見太陽擠進窗簾縫，光亮在屋裡炸開一條白帶，灰塵滿屋飛舞。窗外不知誰家的錄音機開得山響，沙沙地唱著一首歌。靈靈聽得似懂非懂的，只聽清了反反覆覆的一句話：「心太軟，心太軟。」

下樓來，只見財求坐在樓梯腳上幹活。聽得樓梯響，老頭轉過身來，臉上漾出一朵油汪汪的笑：「娃啊，你媽跟百川上山燒紙去了，見你睡得死，就沒叫你。阿公給你買了豆漿糯米餈飯，熱在鍋裡。」

靈靈不著急去吃飯，卻在樓梯上坐了下來，看財求幹活。財求手裡拿了一把細細的刀，正把一段窄扁的竹條，劈成更窄更扁的竹片。老頭弓著腰，聳著肩，下巴幾乎抵在膝蓋上，刀捏在手裡死死的，看不出動靜，卻有竹片如細水似地從刀下緩緩流出，在地上蠕成一條青綠色的長蟲。

靈靈就問阿公這竹片是幹什麼用的？老頭說：「這竹片在我們鄉下叫篾，從前只有一個用途，就是做涼席。現在用途就多了。」老頭朝飯桌那頭呶了呶嘴：「桌上這些玩藝，都是篾編的。百川他爸在廣州開了個公司，專門批發這個，賣到國外去的。聽說洋人就認手工做的，運氣好的時候一套能給六、七個美金呢。」

靈靈走過去，就看見飯桌上擺了一堆各式的篾編家具，有四張椅子配一張茶几的茶館擺設，有一張大床配一副屏風兩個腳凳的臥室擺設，有兩張躺椅配兩個腳墊的花園擺設，也有兩張沙發配一張咖啡桌的客廳擺設。中式西式的都有，中的像中，西的像西。小小巧巧的，擺攏來，也就比一個掌心略大一些，卻都是精巧工整之極的。靈靈看得呆呆的，半晌才說阿公你的手真巧。

財求笑笑，說這算什麼，全藻溪的人，只要有一雙眼睛一雙手，誰都會做一兩樣的。百川他爸年年從廣州帶回新款式來，只要有款式，沒有仿做不了的。你以為這鎮上的新屋，都是怎麼蓋起來的？靠的就是這個手藝。

靈靈聽了就來了靈感，說我正好有個社會調查報告要做，就寫你們這個公司，好不好？老頭連連說別別別，咱們一個小公司，哪經得起你調查，還報告呢，你這不是給你阿公惹麻煩嗎？靈靈扁了嘴，說你不幫我我去找百川哥哥。百川哥哥也會做家具嗎？老頭搖頭，說：「娃呀，你阿公家也不能三代就靠這個手藝吃飯。我們百川和你媽一樣，也是讀書人，在杭州大學教化學。這次是阿公專門讓他請假回來的，就為了見見你和你媽。」

靈靈愣了一愣，才哼了一聲，說：「他騙我，他原來不是詩人。」老頭呵呵地笑了起來，篾片顫顫地抖了一地：「什麼濕呀乾的，那是他的業餘愛好，做不得正業的。」靈靈不服氣，說憑什麼寫詩就是不務正業，全世界科學家多的去了，詩人有幾個？羅斯福總統說過，沒有詩人的國家就不叫國家。

老頭越發笑得呵呵的，說你這外國養大的娃就是和中國娃不一樣。好好，你喜歡詩就讓百川給你寫，他要是閒著也得惹禍。說完就站起來，從兜裡掏出一把鑰匙，開了壁櫃，從裡頭窸窸窣窣地摸出一個紙包來，遞給靈靈：

「那些家具都是糙貨，是阿公隨便做了騙口飯吃的。只有這一樣，倒是阿公知道你要來，專門做了給你的。」

靈靈將那外頭包的報紙層層撕開了，裡頭原來是幢小屋子——當然也是篾條編的。是江南常見的民居樣式，矮矮平平的屋頂，上面有一只煙囪。門是對開的兩扇，正中有兩個小鐵環。鐵環只有一粒鈕扣那麼大小，上面卻雕著獸頭。窗也是兩扇。透過窗，就看見了屋裡的景致。屋裡放了一張飯桌，桌旁坐了兩個大人一個孩子——都是布做的。那男人戴了一頂藍帽子，唇邊黑黑的一圈鬍子，臉上架了一副眼鏡——是黑鐵絲彎出來的。女人剪了一頭齊肩的直頭髮，圍了一條花圍裙。孩子是個女孩，白衣紅裙，辮子上紮了兩個蝴蝶結。飯桌上杯盤碗筷應有盡有。那屋裡的擺設和人物的衣裝細節，沒有一樣不是唯妙唯肖，鬼斧神工。靈靈覺得桌旁那個戴眼鏡的男人，甚至有幾分像自己的爸爸越明。便想起自己這兩天還沒和爸爸通過電話，也不知爸爸一個人在多倫多怎麼樣了？又記起從前在自己家的時候，一家人也是這樣圍著一張桌子吃飯的。媽媽給她舀湯，爸爸給她夾菜。兩人極其有限的幾個話題，自然也都是圍繞著她展開的。她是他們在窄路相逢的時候得以乾澀地交談下去的原因，可是即使有了她，他們依然沒有能夠把對話持續下去。這次回到多倫多，爸爸會有一張新桌子，媽媽也會有一張新桌子。似乎多出了一張桌子，其實是少了一張桌子——一張可以三個人圍著吃飯的桌子。現在的桌子再新再大，卻容不下三個人了。

「阿公做的人像不像啊？是照你們家的照片做的呢。」老頭問。

靈靈吃了一驚，問你怎麼會有我們家的照片？財求嘆了一口氣，說是你外婆寄的。她這個人啊，話少，想你們了也說不出來。

「娃呀，聽說你媽在外邊有個實驗室，做的是什麼大學問呢？」

「氣象變化大氣汙染什麼的。」靈靈突然口吃起來，這才發現自己對媽媽的了解實在是經不起任何輕輕一擊的。

「這回你爸怎麼沒跟你媽一起回來送你外婆？」

靈靈的嘴巴動了幾動，又停了幾停，最後說出來的是：「他忙，請不動假。」說完了，她就開始惱怒自己。在她有限的生活經歷中，她也不是從未撒過謊的，但是她一向痛恨沒有意義的謊言。這個讓她掙扎了幾個回合的謊言，使她隱隱有些惶惑起來。也許，心底裡，她還是有那麼一點點，希望父母依舊在同一張桌子上吃飯的？先前她的那些瀟灑樣子，也許僅僅是為了證明，她已經長大成熟了？

就在那個有了秋意的早晨，十八歲的靈靈站在一個幾乎陌生的廚房裡，捧著那個篾編的玩具房子，突然被一種無法言喻的悲哀襲中。微笑如水退下，臉上突然就有了第一縷的滄桑。那個玩具房子在最不經意之間碰著了她的心，心隱隱地生疼，是那種有了空洞的疼。那空洞小得只有她自己知道，卻又大得沒有一樣東西可以填補。

半晌，才蔫蔫地問財求：「阿公這個房子是照老宅的樣子做的嗎？」

財求手裡的篾刀偏了一下，篾條陡然斷了。血珠像一隻黑圓的蟲子，從大拇指上緩緩地鑽出來，爬到竹條上，又滾落到地上。

「你別聽百川這個混蟲胡說八道。哪有什麼老宅？都拆了。」

末雁出門的時候，天剛有了第一抹青，鎮子還攤手攤腳地沉睡在黎明的一絲涼意裡。門廳裡黃狗剛抬了一下頭，便被百川一眼給碾扁了，低低地嗚咽了一聲，翻了個身，帶著些臊意接著睡去了。

上墳的路在山上。山是藻溪人的說法，其實在真正見過山的人看來，這種地方頂多只能算是個土丘。

坐慣了汽車的末雁，行走在那樣的路上，總覺得有些高一腳低一腳的彆扭。地上濕濕的有些露水，草很重，踩上去悶悶實實的，卻聽不見腳步的聲響。沒有大霧，有的是極薄的似有似無的一層水氣，隔在人和景致的中間，讓人看得見，又看不遠。末雁只見百川的那件紅襯衫，在幾步之外一跳一跳的如在風裡舞動的花。

兩人不緊不慢地走了一陣，就到了一個開闊的去處，迎面一汪水，突然就將坡截住了。水有深有淺，深處不見底，淺處露著一排大小不一的石頭，是讓人涉水過河的丁步。水色依稀有些濁黃，不是水本身的緣故，卻是水底石頭的顏色。水心空蕩著，沿岸卻長了黑壓壓一片的敗草，將水剪得很是凌亂起來。

秋蟲聲聲，呱噪不止。百川扔了一塊石頭過去，水咚地一聲碎了，驚起一群野雀，滿天便都是翅膀的抖簌聲。鳥漸行漸遠，四周便萬籟俱寂起來。直至水面全然平復了，蟲聲又起，呱噪依舊。末雁直著脖子哦地喊了一聲，風將那聲音扯得細細碎碎的，丟到極遠之處。再傳回來時，嚶嚶嗡嗡的竟聽不真切了。

「這水有名字嗎？」

「藻溪。」

「原來如此。昨天送殯怎麼沒有路過這裡呢？」

「過水不吉利——昨天走的是另一條路。」

末雁正想問為什麼不吉利，卻看見一道紅光朝自己迎面飛來。擋住了，方知是百川的襯衫——百川已經嗖地竄進了水裡。水破了一個口子，將百川咕地吞了，水底下撲騰撲騰地彷彿有魚在翻身。再破開時，百川已經游到水心了，對末雁伸出兩個指頭，做了個V型手勢，又一個鯉魚打挺，鑽回水中。水底咕嚕咕嚕地冒起了一串水泡。水泡越來越大，扁扁地浮到水面，裂了，變成一圈一圈的漣漪。後來便漸漸平合了，不再有動靜。

末雁叫了一聲「百川」，無人回應。又叫了一聲，這次聲音就有些走樣了。卻依舊無人回應。便一把蹬了鞋子，剛要下水，才記得自己原本是沒有水性的。四下看去，天朦朦地才亮，路上荒荒的竟沒有一個行人。一時心慌得六神無主起來，失聲大喊了一聲「皇天啊」——那聲氣裡已經帶了明顯的哭意。那個「啊」字還沒有拉完，水突然在她腳邊裂開了一條縫，百川濕漉漉地爬了上來，一把捂住了她的嘴：「別在這裡練嗓子了，魚都讓你給嚇死了。」

末雁抓起地上的紅襯衫，朝著百川劈頭蓋臉地猛抽過去。抽完了，身子便像剔了骨頭似地矮了下去，一屁股癱坐在地上，大口大口地著喘氣。百川拽住了末雁的胳膊，本意是想扶的，卻覺得一股溫軟如導火索似地順著自己的肩胛骨一路燃過去，轟地一聲在心裡炸出個大火球。不容細想，就已將末雁扳倒在地，緊緊吮住了末雁的唇。末雁掙了兩下，就掙不動了，只覺得自己的整個身子在百川的唇間化做了一股漩渦，旋啊，旋啊，旋進了一片上不著天下不著地的茫茫空白。不由得恐慌起來，終於狠命地推開了百川，坐起來，卻渾身虛虛地發著顫，彷彿心肝肺腑都叫百川吮走了，剩下的，不過是具空殼。

「百，百川，你瘋了，論歲數我可以做你媽了。」

「誰跟你論歲數？論歲數你該老老實實待在家裡，喝參湯叉麻將抱孫子，還滿世界亂跑什麼？」

末雁忍不住笑了，斜了百川一眼，說：

「論歲數你早該找個小姑娘，生個胖小子，洗奶瓶換尿布，和小保姆調情，討老丈人歡心呢——還在這裡做什麼無用功。」

末雁說完了，就暗暗吃了一驚，沒想到自己如此木訥的個性，到了藻溪，換了個地界，竟也變得伶牙俐齒起來。

「這年頭小姑娘都給汙染壞了，你這個歲數裡頭，說不定還有個把簡單清純點的。」

末雁呸了一聲，說：「你們都一個德行，有了簡單的，又想著複雜的。對付不了複雜的，回頭又找簡單的。」

百川咦了一聲，正想問這個「你們」是什麼意思？看末雁臉色陡然變了，就噤了回去。找了個背蔭的地方，將褲子脫下擰乾了再穿上，襯衫卻懶得穿回去，搭在肩上，便繼續趕路。末雁依舊不遠不近地跟在後邊，這一程，兩人卻不再有話。

到了墳地，已經有人燒過紙了。草堆裡插了幾束檀香，尚在裊裊地生煙。輕風吹過，將那煙攔腰截斷了，紙灰低低地盤旋起來，如飢餓尋食的蠅。末雁睡了一夜的感覺，又被攪動起來，忍不住對百川說你們藻溪人對人真好。百川冷冷一笑，說你應該說你媽對藻溪人真好——這上街下街有多少家吃過她的好處？

末雁想起從前母親對鄉黨的種種冷淡，心裡替母親生了愧，卻是說不得的那種愧，就默默地從籃子裡掏出冥紙，堆在地上。冥紙是財求伯早就準備好的。末雁知道燒完紙回家，財求伯還會給她一張名單——這兩天要去拜訪的親友名單，是按親疏遠近次序排好的。財求伯甚至準備好了末雁該說的話。這一切末雁都是不懂的，但末雁不需要懂，末雁只需要照辦。從前末雁是個管事的人——管家，管實驗室，管國事，也管天下事。現在她只是財求伯手裡的一個棋子，他叫她爬山她就爬山，他讓她過河她就過河。他操著她的心，她至多不過費點力氣。力氣她有的是，心她卻已經耗費得差不多了。她現在不看報紙，也接不到電話，即使外邊的世界裡發生著天塌地陷的災難，她也渾然無知。她覺得她彷彿是藻溪水裡的一條魚，尾巴一擺的工夫就甩掉了整個世界。她在藻溪的日子是一種藏了頭掐了尾沒有因緣不問結果沒心沒肺的日子，愚昧簡單省心，甚至有些隱隱的快樂。

想到這裡末雁微微一笑，對百川說你那首關心糧食蔬菜餵馬劈柴的詩很好，回去給我抄一份，我叫人寫個條幅掛在牆上。百川也微微一笑，說那不是我寫的，是一個叫海子的人寫的。你別上他的當，以為他真有多幸福。他寫完那首詩兩個月就自殺了，臥軌的。

兩人又燒了一會兒紙，百川突然問末雁：「為什麼要離？」

末雁吃了一驚，又慢慢鎮靜下來。「誰說要離？」

「你這樣的人，若不是叫人給踹了，怎麼會關心糧食蔬菜？」

末雁只覺得身上的血轟轟地湧上來，在臉上脖子上噴出篩孔似的洞來。忍了忍，沒忍住，一腳踢翻了籃子，冥紙雪片似地飛了百川一身。

「百川你別給臉不要臉，我出國的時候，你還吃奶呢。要想教訓我，你先去死幾個來回吧。」

百川聽了拍掌大笑：「罵得好，罵得真好，到底是出過國的。就怕你一肚子委屈說不出來，咱就把自己犧牲出去，撞你的槍口。這回解氣了嗎？到底要我死幾回？我好回去準備準備，寫個遺囑什麼的。」

末雁的臉就繃不下去了，噗嗤一聲也笑了。半晌，才嘆了一口氣，說：「人家要走，我還能攔得住？自然是嫌我悶，不會花巧唄。其實，他比我也好不到哪裡去。他要是好些，也不會嫌我了——兩個悶的待在一起，才非得求變不可。」

百川慢條斯理地將黏在身上的冥紙一張一張地撣下來，都撣完了，才抬頭看了末雁一眼：「要我說，你悶倒是不怎麼悶，凶卻是真凶。你在藻溪不過兩天，罵也罵過了，打也打過了。再往下發展，就該是刑事犯罪了。其實，教訓你兩句也是應該的，我看你壞就壞在出國早上面，思想就停留在那兒，再沒發展了。不教訓教訓你，自我感覺一路良好下去，才叫可怕呢。」

末雁聽了，不禁一怔，想回嘴，一時卻找不出話來。

兩人接著燒紙，竹籃漸漸地見了底。末雁發現籃底的那幾張紙錢和上頭的有些不同，並沒有金元寶和票額，就拿出來細看。只見上邊印了些三紙筆墨硯之類的東西，還有幾張畫的是書，封面上歪歪扭扭地寫著「史記」、「紅樓夢」、「論語」、「十萬個為什麼」等等。便問百川是怎麼回事，百川說那是我們家老爺子關心你媽在陰間的精神生活呢——你媽當年是藻溪鄉裡唯一一個讀過高中的女子。末雁一時很是感動起來，便問百川你昨天說的那話是真的嗎，你家老爺子真想過要和我媽好？

百川站起來，指指山下，說：「豈止是我家老爺子，藻溪哪家的小子不想和你媽有一手呢？可你媽是大戶人家的千金，去平陽上學，來來回回都是長工老媽子接送的。我爺爺是誰？下街角老絕戶在路上領來的小孤兒，除了一把篾刀，赤條條一無所有。階級，你沒忘了什麼叫階級吧？」

末雁也站起來，看見下山的那條小路，已經在晨光中漸漸清晰起來。踩實了的泥土在初醒的陽光底下灰坨坨地延伸開去，如一條洗過的豬腸。她不知道母親有過什麼樣的童年和少年，她對母親早年生活的了解，幾乎完全依賴在百川這幾句輕描淡寫的敘述上。然而，她的想像力卻已經在這極其窄小的空間裡笨拙地飛翔起來了。她依稀看見豆蔻年華的母親，梳了兩條長辮子，穿著一件白斜襟布襖和黑布長裙，腋下夾著書，輕盈地走過這條小徑，身後跟著一個纏著小腳的老媽子。只是不知道，那個時候的母親，是否也和後來一樣的沉默寡言？

其實回想起來，母親也不完全是寡言的。有一回，末雁把鑰匙鎖在了家裡，只好去學校找母親。母親在上最後一堂課。那一天，母親講的是高爾基的〈海燕〉。母親把課本平平地攤放在手心，在講台上走來走去，樣子像一個初出校門的大學生。母親那天的話題是關於海，關於飛翔，關於自由，關於勇敢的。母親的話像水一樣毫無阻隔地流淌著；母親的眼角眉梢到處都是翅膀飛過的痕跡。然而，在見到末雁的一剎那，水猝然止了，翅膀紛紛墜地。母親瞬間又變回了母親。

紙燒盡，日頭也高了，濕氣散去，墳飾的顏色和線條就漸漸清朗起來。昨日下殯之時，末雁被人木偶似地牽過來拉過去，頭昏腦脹的，並沒有看清墳地。今日靜心來看，就很有了些不同。墓地裡一共有二十五座墓穴，分成了三排——大約是按輩分排的。墳蓋是一溜朱紅色的琉璃瓦，角上有獸頭。墓穴之間是五彩瓷磚牆，砌的是十字元寶花紋。三排之間各有一長條水泥平地，也是雕滿了福壽圖形的。遠遠看過去，竟像是舊式人家的三進住宅，東廂西廂正宅天井大院，樣樣具備，只是沒有門。非但沒有那想像之中的陰森之氣，反倒有幾分富貴喜慶的樣子。

母親的墓在最下一排的最右邊，封口的水泥還沒有全乾。母親的石碑極是簡單，只有姓名和生卒年月。這一排其他墓碑上的名字，末雁一個也不認得，猜想大約是母親的哥哥和堂兄弟們。上一排離母親最近的兩個石碑上分別寫著：黃公壽田名志野之墓和元配袁氏孺人之墓。末雁小時隱隱聽母親說過外公一家很早就死了，便問百川這裡葬的是不是自己的外公外婆。百川說這是你的大外公大外婆，也就是你媽的大伯和嬸娘。末雁又問這兩人怎麼死在同年同月呢？百川沒吭聲，只拿鞋子一下一下地碾地上的火星子。都碾滅了，才說：「你媽沒告訴你土改是怎麼回事？」

末雁的腦袋轟地一下炸了開來，滿地都是碎片。待到塵埃漸漸落定，才顫顫地問：

怎麼死的？

槍斃。跳井。墳是後來修的。

我的外公和外婆呢，也是這麼死的嗎？

逃出去了，和你兩個舅舅。

我媽為什麼沒和他們一起逃？

這個你問老爺子，我也不知道。

末雁那天下山的步子很急，腳似乎離開了身體在獨自飛行，百川一路小跑才勉強跟上。

末雁的神經在那一刻興奮起來了，彷彿在沉睡多年之後突然被喚醒，渾身帶著初醒的抖擻和警覺。她知道她正在漸漸走進一個故事，一個讓母親艱難地捂了很多年，發酵到隨時可以轟然爆炸的故事。

下了山，遠遠地，就看見了牽著狗等在街口的靈靈。

末雁是在軍用機場等待登機的時候，發現了越明的信的。信藏在她隨身提包的裡兜，和她的護照身分證件放在一起，她絕無可能錯過。信是越明策劃的，可是真正屬於越明寫的部分，卻只有兩句話：「末雁，希望你能在那樣遙遠的地方清醒地考慮我的建議——趁我們還有機會過另外一種生活的時候。」剩餘的部分是律師起草的離婚協議書。

其實越明在略微年輕一些的時候也提起過分開的事，但是語氣和姿勢都是含混曖昧，接近於暗示的。越明越老，就越急切地想離婚，因為生命的繩索越來越短了，他必須緊緊地拽住最後的一截。末雁後來漸漸明白了，其實男人有時比女人更加害怕老去。

現在末雁回想起來，越明在自己出差去北極的事情上表現出來的過分熱心，實際上是一次精心的預謀。越明無法直截了當地告訴她他厭倦了她，他渴望自由。他寧願背過身去捅她十刀，卻不忍心當面給她一拳頭。越明就是這樣一個可以同時用善良和懦弱來定位的男人。

末雁從頭到尾地看完了離婚協議書，心裡湧上的第一個念頭就是：動用這樣一個頭腦清醒思維詳盡又富有人情味的律師，大概起碼得花費一千加元。她把信摺起來，放回提包。對於這樣迂迴的進攻，她決定完全不予回應。雖然她注定抓不住越明了，但是維繫他們關係的最後一段鎖鏈還捏在她的手裡，她必須看著越明真刀真槍面對面地親手砍斷。越明必須直面這個粗糲的傷口。自由和良心，不能兩者皆得。

懷著一絲接近於快感的漠然，末雁登上了飛往北極的軍用飛機。她和幾位來自歐洲和日本的科學家將在飛機上集合，一起前往加軍基地考察北極大氣層狀況。

經過兩天的集訓和休整之後，這隊人馬開始分組在野外作業。為了防止空氣汙染，工作車輛都必須停泊在一公里以外的地方，大家徒步進入工作區。沿途是一片沒有任何參照物的茫茫雪地，唯一的路標是一條從停車場一直連到實驗室的鐵索——是為了防止迷路的。

和末雁搭檔的是德國人漢斯。漢斯是海德堡大學工學院的教授，德國環境氣象局的高級顧問，同時還持有飛機駕駛執照——從育空山谷到加軍基地的那一段路，就是漢斯開的飛機。

沿著一條單調的鐵索步行，談話就成了瓦解瞌睡的唯一藥方。漢斯會一些簡單的英文，末雁會一些簡單的德文，兩人用有限的共同語言交流，對話就變得言簡意賅起來。

漢斯，你飛機，開得好。

可是，汽車，不開。

上班，怎麼辦？

自行車，沒有汙染，簡單，乾淨。

雁，多倫多，好嗎？

太大，汽車，堵，每天。

大城市，我，不喜歡，麻煩。

漢斯做了個齜牙咧嘴的恐怖表情，末雁忍不住笑了起來。

那天的光照已經十分微弱，整個白天都如令人昏昏欲睡的黃昏。再過一兩個星期，北極將進入漫漫長夜。末雁和漢斯是在微弱的光亮中出發的，卻在途中遭遇了一次驚心動魄的日落。

天黑得很快。沒有建築物和公路的阻隔，天和地之間除卻了連綿環繞的低矮山巒，幾乎是一種赤裸的相擁。日落的過程裡其實完全沒有太陽，太陽在那個時刻裡只是一種想像，一種由光而來的想像。地除了天一無所有，天除了光一無所有。光是無雲無霧，純淨透明的。從橙過渡到紫，從紫過渡到青，再從青過渡到灰。每一層的過渡彷彿都是一種撕扯和掙扎，是天地相擁翻滾的過程中濺出的嘆息。

突然間，天滾到了地的身下，世界墜入一片無邊無際的黑暗。

雖然有過短暫的渲染和鋪墊，黑暗的來臨依舊是突兀沒有防備的。黑暗大筆大筆地抹去了生辣的膽氣、朦朧的渴望，剩下的只是令人顫簌不安的孤單和絕望。這個暗夜不同於以往的任何一個暗夜，這個暗夜太冗長了，通往下一個日出的時辰似乎遙遙無期。末雁知道光滾落下去的那個地方，女兒靈靈大約已經點上了燈。靈靈有屬於自己的燈，即使沒有太陽，靈靈的燈也會長長的亮著，照著腳，照著身，照著別人，也被別人照著。

而她卻只有她自己了。

剎那間，末雁有了一絲永無天日的恐慌，在黑暗中格格地發起抖來。

漢斯回頭，在工作燈微弱的光亮裡他看見了末雁扭曲的五官。

「漢斯，我母親，死了。我先生，要離開。」

「我母親，不喜歡我，從來都是。我先生，也一樣。」

末雁說完，就吃了一大驚。這些話彷彿沒有經過她的腦子，甚至沒有經過她的嘴，從一個似乎不屬於她管轄的地方，毫無預兆地奔湧了出來，湧向了這樣一個素昧平生的人。黑暗遮掩了她最初的羞愧，黑暗中她漸漸習慣了自己的魯莽。多年來死死地壓在心上的兩塊大石頭，突然間挪動了一下，有了一絲的縫隙。長久荷重的地方，隱隱有了一點感覺。過了一會兒，末雁才明白那種感覺是鈍痛，一種讓人死不了也活不好的隱痛。

漢斯沒有說話。後來有一條胳膊伸過來，摟住了末雁的肩。

「雁，你要不要哭一哭，就在這裡？」

末雁靠在漢斯的胸前，防寒服的尼龍面料窸窸窣窣地擦著她的臉。黑暗和寒冷如兩把快刀交錯著削尖了她的嗅覺，她一下子聞到了他下頷刮鬍水的氣味，那是一種接近於生薑水的氣味。她迫不及待地尋找著眼淚，眼淚卻繞過了她，流失在莫名的角落。石頭多年壓迫著她的心，心習慣了壓迫，就長出層層疊疊的繭子。繭子覆蓋之下的一切都是遲鈍的，愛和恨的感覺都離她很遙遠，她擁有的只是大片大片的麻木。這樣的麻木如沙化的土，是留不住激情、留不住眼淚的。

「漢斯，我很久，不哭了。我是說，我不會哭了。」

「雁，哪一天你能哭了，你就好了。」

那天晚上末雁和漢斯面對面地坐在基地的餐廳裡吃晚飯，眼睛裡卻不約而同地有了一些閃閃的光亮。在那樣的曠野裡經歷了那樣的日落，兩人彷彿共同擁有了一個心照不宣的祕密。從陌生到熟稔的過程，只經過了那個日落，輕輕一跳就越了過去。

第二天早上，末雁醒來，發現房間門口擺著一個水杯，水杯裡泡了一株芹菜，莖稈很細，葉子卻很疏大。杯子旁邊是一本書，書的扉頁裡夾了一張紙條：

雁：

在零下二十幾度的北極秋天裡只有這個可以送給你了——是從餐廳廚房偷的。生活在零上二十度陽光裡的人，應該快樂一些。亨利．大衛．索羅的散文極好，尤其是那篇〈沃登湖上〉，送給你打發在這裡的無聊日子，願你心情漸漸好起來。其實不一定非要等待別人來喜歡你的，你可以嘗試著先喜歡自己。如果都在等待，可能至今世界上還只有哲學而沒有科學。

漢斯

在北極後來的日子裡，末雁和漢斯一直在大項目組裡工作，再也沒有機會單獨相處。晚上在餐廳吃飯，末雁用目光邀請漢斯，漢斯也沒有刻意地坐在她身邊。兩人混在眾人中間依舊言簡意賅地維持著他們的對話方式，卻覺得每一句話都蘊藏了許多句話的重量，甚至連停頓和微笑也有了異乎尋常的意義。

項目結束時，是漢斯先送末雁走的。漢斯緊緊地擁住末雁，貼在末雁的耳根，說：

「雁，記得，你是一個簡單的女人。」

「漢斯，你是說，我很愚蠢，是嗎？」

漢斯微笑不答，只說：「等我的電郵。」

末雁在飛機上繼續翻看漢斯推薦的《沃登湖上》[3]，發現書裡有幾段話是漢斯用彩筆畫了加重線的：

我到樹林居住是因為我想有意識地去生活，只面對生活中最基本而必須的內容，看自己是否可從中學到真道，免得面臨死亡時才發現自己原來根本沒有生活過。我不願意過那種不是生活的生活，因為生命實在太昂貴了。我願意深深地扎入生活，吮盡生活的骨髓，過得扎實簡單律己，把一切不屬於生活的內容剔除得乾淨俐落，把生活逼到絕處，簡化成最最基本的形式……簡單，簡單，再簡單。

至此時末雁方明白漢斯臨行時說的話是什麼意思。

其實越明也對她說過類似的話。年輕一些的時候，越明還有幾分耐心來叨絮她缺乏心機的種種具體表現。到後來，耐心被日復一日年復一年的生活磨薄，他學會了只用「簡單」兩個字來概括她的一切缺陷。越明說這兩個字的時候，嘴角帶了一絲醫生對絕症病人的那種無奈和憐憫。

一樣的話，在兩個男人嘴裡，演繹出來的，卻是完全不同的涵義。

那天末雁坐在飛機裡，看著久違了的陽光浪一樣地湧進雲層，回想自己的生活，像是一隻蜘蛛，最初始的時候只是吐著一根絲行走，目的固執單一。後來在不經意間，就織成了一片網，網裡當然也織進了自己。網托著她生活，離了網她無從生活。在網中她看不見天也看不見地，因為網已經成了她的天地。其實她一生裡最快樂的日子，是銜著第一根絲起步時的日子。第一根絲的日子，對索羅來說是到沃登湖去，對漢斯來說是騎自行車上班，對自己來說呢？

末雁的心裡，突然開了一條細細的縫，有光從那裡汩汩流入。她沒有想到，屬於她的光和暖，竟會從那個蘊藏了最濃重的黑暗和寒冷的極地生出的。

回到多倫多，末雁做的第一件事，就是在離婚協議書上簽下了自己的名字。

在後來的日子裡，末雁開始耐心而認真地等待著漢斯的電子信。一直等到自己和靈靈登上了跨越太平洋的飛機，漢斯卻依舊在地球的另一頭長久而固執地沉默著。

漢斯這根蠟燭是在末雁生命最暗淡的那個時刻燃起來的。蠟燭太弱也太短了，蠟燭只夠讓末雁看到了腳前的路，蠟燭卻照不到隧道的盡頭。燭光在遠沒有抵達隧道盡頭的時候就已經被黑暗吞沒。

末雁陷入了前所未有的低潮。

「這個宅院有個名號叫紫東院，是你曾外公取的，先前門上有塊石匾，寫的就是『紫氣東來』。從民國二年正月開始造，到民國四年立夏完工，請的是福建來的泥瓦匠——你曾外公看不上當地人的手藝。你曾外公去世以後，這裡住的是你外公黃壽淵和大外公黃壽田兩兄弟。土改後歸了公，貧協[4]，鄉政府，都在這裡辦過公。」

財求坐在門前的石階上，點了一枝菸慢慢地抽著。菸是雲菸，刀子似地割著嗓子，老頭呵呵地咳嗽著，痰在喉嚨口聚集呱噪著。

石階共有五級，卻沒有一級是完整的。石頭塌裂處，爬著些低矮的不灰不黃的野草，草上稀疏地開幾朵蛆似的花。老宅的破舊，原本也是意料之中的。末雁走上台階，站在厚厚的木門前，用指甲摳著門上的油漆。最上面的一層是黑色的，斑駁之處，隱隱露出來的是朱紅。朱紅底下，是另外一層的朱紅。那一層朱紅底下，就不知還有沒有別的朱紅了。每一層顏色，大約都是一個年代。每一個年代都有一個故事，末雁急切地想走進那些故事。門輕輕一推就咿呀一聲開了——原本是沒有鎖的。末雁跨過門欄，便猝不及防地一腳跌進了歷史。

院中有一棵樹，老是老些，卻還活著。枝葉很是稀疏，早已遮不住陽光了，於是青磚地上便爬滿了黑白交錯的樹影。末雁走近來，看見了樹身上的累累疤痕。再走近幾步，才看出是刀刻的字跡。字大約很有些年月了，隨著樹身漸漸變粗，最後鼓爆成歪歪扭扭的疤痕，宛如垂暮老人手臂上的青筋。費力地看了，依稀看出是「日月水火……田地……玄黃」幾個字。末雁摸著那些凹凸不平的疤痕，心想這大概是母親和她的哥哥們放學回家習字的地方。

財求抽完了一根菸，拿鞋底將菸頭碾滅了，也進了院子。「這個院子有三進，前院從前是長工下人老媽子的房間，沒什麼看頭。第二進住的才是你外公一家子，三進是你大外公一家子的。」

末雁進了裡院，發現又比外院大出許多來，卻沒有樹，空蕩蕩的，腳步踩在青磚上窸窸窣窣的，是鉸也鉸不斷的綿綿回音。地上胡亂地扔了幾根晒衣服的竹竿，竹竿的頭尾都已經爆裂了，敗敗地開著花。院角上有一口井，上面蓋了一塊大石板。井大約已廢棄多年，井沿和石板上都長了厚厚一層青苔。末雁撿了一塊石子，從石板縫隙裡扔進去。石子在井裡翻滾了很久，回聲越滾越大，轟轟隆隆地如雨前的悶雷。

「就是這口井嗎？」末雁問。

財求點了點頭。

「後來這裡為什麼沒人住？」

「來一撥，走一撥，都住不長久。你大外婆總在井邊哭，夜裡還進屋，坐人家床上，好多人都看見的。你可不能讓靈靈到這裡來，小孩子眼尖。」

末雁這才明白為何一大早財求就打發百川帶靈靈去看戲——鎮裡新近從外縣請了個劇團，在街上搭了戲台演《白蛇傳》。

「你呢？你見過我大外婆嗎？」

財求沒有回答，卻指了指西廂，說這是你媽從前住過的房間。紫東院裡，只有這間屋沒讓人住過。

為什麼？

財求又點著了一根菸，哆哆嗦嗦地抽了半截，才說了一句：鄉下人怕官。

末雁知道這個官是自己的父親宋達文。

末雁走進母親的房間，清晰地聽見了灰礫在腳下碾碎的聲音。地板斷斷續續地呻吟著，陽光在散了線的竹簾縫裡長驅直入。屋裡什麼都沒有，所有屬於母親的痕跡都已經被歲月洗成茫然一片空白，只有牆角還剩了一張三條腿的腳凳——卻不知是不是當年的舊貨。腳凳是雕花的，新的時候也許是件貴重的家什，老到這個年齡，就已看不出木頭的質地和漆色了。末雁用腳尖輕輕地踢了一踢，腳凳翻了一個身，滿屋便都是銀亮的飛塵。

「房子得靠人氣撐著，沒人住的房子，說垮就垮了。」財求說。

腳凳覆蓋過的地方，有一個灰布團。末雁撿起來，展平了，才看出是條手絹。布是極老舊了，已經失去了經緯交織的勁道，稀薄鬆垮如同在水裡泡浸過的紙，摺痕中間依稀有幾個灰褐色的斑點。邊角上繡了小小一朵花，像是蓮花的樣子——顏色當然早已褪盡了。

「開嗎？開嗎？」

末雁突然聽見了一個細小的聲音。四下看了，並沒有人，只有財求在太陽底下吸菸——卻不肯進來。

末雁咚地一聲坐到了地上，捏著手絹捧著胸，彷彿心已經掉落在手絹上了。不知這手絹是不是母親用過的？那上面的斑點，會不會是母親留下的？淚也好，血也好，當年再鮮活的一段記憶，在五十年的風塵裡走過一遭，剩下的不過是幾個顏色和意義都很曖昧的斑點。若再等個五年十年，恐怕連這斑點也要消失，變成無形無體的一片混沌。

「開嗎？開嗎？」

那個聲音又響了起來，依舊是細小的，在末雁的手心。這次末雁聽明白了，是手絹上的那朵蓮花。末雁的心，突然疼了起來，不再是那種木然的鈍疼，而是子彈從心裡穿過爆出一個大洞那樣的劇疼。

「我外公外婆走的時候，為什麼沒有帶走我媽？」

「你外公當過教書先生，有學生在香港。還沒到定成分的時候，就去了香港。你媽那時正在平陽讀書，就留下來和你大外公大外婆一起，想晚些時候走——誰知就沒走成。」

「你外公外婆五幾年就死在了香港。聽說你的兩個舅舅都去了臺灣，後來一直沒有消息，估計也早死了。」

「我媽是怎麼到溫州去的呢？」

「她從這個窗口跳出去，鞋都掉了一隻。她是穿著一隻鞋一路走到城裡去的啊。」

財求扔了菸，突然聲淚俱下。

那天你媽是從平陽回來取換季衣服的。財求哭過了，拿手背草草擦了把臉。人中上流著兩條清鼻涕，流得長了，到了嘴邊，就拿兩根指頭捏起來，一把彈在地上。

那天你媽不知道貧協已經進了紫東院，她大伯和嬸娘已經給抓起來了。如果那天回來的不是你媽，而是你舅舅，大概也就給訓斥兩句，轟走了事了。你曾外公的田產，大部分都給了長子黃壽田，你外公黃壽淵名下的田產不多，又在鄉裡教過一陣子書，族裡有好些人家的孩子，都是你外公的學生——鄉下人多少還是敬著點教書先生的。可是那天回家的偏偏是你媽，一個十七八歲的年輕女子，長得好看，又是新潮的讀書人。

那天在紫東院門前站崗的是財得。財得是第一個看見信月走進來的人。財得也是第一個有了想法的人。當然，後來有了想法的，就不只是財得一個人了。

那天是個熱天，信月趕了路，一身是汗，頭髮濕濕地貼在臉上，衣服也濕濕地貼在身上，瘦的地方就瘦了下去，胖的地方就胖了起來。信月掏出手絹搧著涼，一路腳底生風地走過下街上街。在離院子幾步路的地方，她突然看見了站在門口的財得。財得原來是她大伯家的粗工，她自然是認得的。幾個月沒見，財得的樣子有些不一樣了，似乎突然間長高了許多。白粗布褂子洗得很是清爽，腰裡繫了一根皮帶。腰很直，腰下的褂子卻有些鼓鼓囊囊的。當時信月並不知道，財得的褂子底下，掖的是一把駁殼槍。

「財得你今天怎麼得閒？」

信月是這樣招呼財得的。財得的臉在變換了多種表情之後，終於固定在一個淺淺的微笑上。「今天有喜事，不做工，你進屋就知道了。」

信月跨過門檻，看見院子裡有一群女人在紮花。花是紅綢子的，垂垂的，柔柔的，是新郎倌別在胸前的那一種。花不是給人戴，卻是要裹在一塊木牌子上的。女人們將頭湊得近近的，不知在說些什麼，卻都吃吃地笑，笑得有些邪乎，有些放肆，笑得背脊一顫一顫的水浪似地抖。信月認得裡頭有一個是下街的辛寡婦。辛寡婦的男人原來在礬礦做礦工，卻叫一塊飛來的礦石給砸死了。辛寡婦會剪裁衣服，黃家大院遇到婚喪壽誕的事，就請辛寡婦過來幫忙做針線女紅。辛寡婦的兒子，也跟信月的父親斷斷續續地讀過幾堂書。辛寡婦看見信月進來，臉就突然死了，張開嘴輕輕叫了一聲「小……」，又把後半截的話愣愣地嚥了回去。

信月剛要走過去看木牌子，卻聽見財得在後邊催：「快走吧，屋裡有人等你呢。」信月急急地進了自己的屋，還來不及轉身，門就砰地一聲關死了。窗上的竹簾不知什麼時候已經給釘死了，屋裡一片黑暗。信月睜了一會兒眼睛，才漸漸看出哪是門。就拍著門，大聲叫張媽。財得在門外嘿嘿地冷笑，說：「你叫吧，叫得天上出三個日頭都不管用。你們家的好日子過到頭了，你知不知道？」

屋裡突然就安靜了下來，信月是在那個時刻知道了自己的命運的。

那天下午紫東院湧進來一批人，是來抄家的。黃家的地契和浮財，前幾天就已經集中起來了，正等待分配。可是那些浮財裡邊，卻沒有幾樣像樣的首飾——黃壽田老婆袁氏的一個粗使丫頭，曾經親眼看見袁氏將好幾個金戒指藏在一個手巾包裡邊。

那天貧協的人將紫東院牆上和地上所有可疑的裂縫都扒開來找過，卻一無所獲。院子如生過一場瘧疾，到處是排泄出來的碎磚和灰土。人都累了，卻又不是那種過癮的累法。這時有人問了一句：「該不是藏在那婆娘身上吧？」話是輕輕說的，近似耳語，然而所有的人卻一下子都聽清楚了。那話如一根細細的柴火，隨意一丟，眾人的眼睛已經乾久了，便騰地燒起一片火來。

「搜那婆娘？」

最初開始的時候只是一個聲音。那一個聲音是試探性的，怯生生的，甚至有一兩分羞澀，彷彿期待著隨時被沉默淹沒。它的確很快就被淹沒了，可是淹沒它的卻不是沉默。更多的聲音加入進去了，聲浪漸漸滾起來，像雷滾過地面，轟隆隆的，院子顫顫地抖了起來。

「搜那婆娘！搜那婆娘！」

就有人領頭推開了關袁氏的那個屋門。那時黃壽田已經給帶到縣上去了，是工作隊的張隊長親自押送的。黃壽田其實既沒有官職，也沒有血債，論說是到不了鎮壓的級別的。他的死罪是自己給自己找來的。那天貧協進紫東院沒收財產，地契紅木家具衣裳細軟，一一歸了堆抬走，黃壽田見了都沒有說話，卻唯獨捨不得一個鼻煙壺。那鼻煙壺是他的親家公託朋友從錫蘭國帶過來的稀罕物件，他緊緊地攥在手裡不肯放。貧協副主席財來見了就要來奪，兩人差點掰斷手指。到底財來是個年輕壯漢，便得了手。黃壽田忍不下那一口氣，從門後抓了一根扁擔，朝著財來迎面劈去。財來躲過了，不過捎著了一鼻子，流了幾滴鼻血，黃壽田卻為此得了個報復貧農的罪，五天以後就被槍決了。

信月在房間裡關了大半天，已經失去了對時間的判斷能力。她覺得應該是夜晚了——這是她從竹簾的顏色變化上猜測出來的。眼睛被長久的黑暗磨蝕得遲鈍猶豫起來，然而黑暗中耳朵卻分外地敏銳了起來。她聽見財來叫貧協的幹部留下，卻讓眾人先回家，等候通知開大會。眾人極不情願地散了，拖拖踢踢的腳步聲響了很久，才終於響出了天井。接著大門哐地一聲關上了，院子才漸漸安靜下來。

後來又有了關門聲，這次關的是嬸娘那屋的門。門雖然關了，卻沒有關住聲音。聲音隔著門傳出來，聽得見，卻聽不真。信月先是聽見了男人的斥責聲，彷彿是財得，又彷彿是財來。後來就聽見嬸娘在喘氣——嬸娘是個胖女人，素來喘氣聲甚是粗大。後來那喘氣聲似乎被布袋堵住了，漸漸地低矮了下去，低成了嚶嚶的哭聲。接著有了些物什相撞的聲音，再接下來，信月就聽見了嬸娘一聲尖利的哭嚎：

「皇天啊，論歲數我都該做你娘了！」

那天嬸娘的那聲嚎叫像一根鋼銼，在信月的耳膜上銼出了一條永遠無法修復的疤痕。信月緊緊地捂住了耳朵，不聽。不聽。不聽。不聽。不聽。就是不聽。她一遍又一遍地對自己說。

也不知捂了多久，她的門被打開了，走進來幾個人。男的女的都有，男的多，女的少，舉了好幾盞菜油燈。菜油燈原本是昏暗的，卻因了幾盞聚在一起，就照得屋子很是亮堂。信月的眼睛閉了一會兒，才適應了那光。再睜開，就看見了地板上的那攤水跡——那是她的尿。她已經顧不得廉恥，她嘴唇抖抖的，斷續續地抖出一個字：

「餓……」

財得從兜裡掏出一個烤紅薯，扔過去給她。她狗似地接過來，皮也不剝，就塞進了嘴裡。紅薯已經涼了，有些乾，沒有水，很難下嚥。她用唾沫吃力地送著，喉嚨裡發出咕嚕咕嚕的聲響。偌大的一個紅薯，落到肚裡，感覺上只薄薄地墊了一層底。

「什麼小姐丫環的，餓她一天，全都一樣。」

人群嘿嘿地笑了。

她在眾人的圍觀之下吞下了最後一塊皮。嚥完了，身子漸漸地舒適了些，才有了些羞愧。低了頭，不去看人。

「你嬸娘的金戒指藏在哪裡？」財來把燈舉到她的臉上，她聽見了她的額髮在玻璃燈罩上嗤嗤捲起的聲音。

「我嬸娘和我們家不和，怎麼會告訴我？」

這是一句真話，也是一句假話。妯娌之間雖然常有口角，嬸娘對信月私底下卻是很好的。嬸娘年輕時生過一個女兒，和信月同年，小時候常和信月一起玩，卻在八歲上病死了。所以嬸娘見了信月，就多少有些見了自己女兒的感覺。

「問也是瞎問，她能跟你說真話嗎？還得那個辦法，搜。」

眾人都不說話，卻拿眼睛看財來——工作隊隊長和貧協主席都集中在縣裡開會去了，財來是貧協副主席，便是時下鄉裡最大的頭了。財來卻不說話。半晌，財來才轉過臉，指了指辛寡婦，說：「你去。」辛寡婦是貧協的婦女委員。辛寡婦給選上來，是因為她那個死去的男人據說是地下黨，在礬礦上組織罷工，叫人給暗害了的。

辛寡婦遲疑了一下，說她一個孩子，又在外頭讀書，她嬸娘的事，哪輪得著她知道？財得哼了一聲，說辛娘是手軟了呢，一到階級的事上，女人家就是糊塗。辛寡婦白了財得一眼，說你媽才糊塗呢，就過來解信月的衣服。信月那天穿的衫子很單薄，但卻是盤花扣，解起來很麻煩。辛寡婦哆哆嗦嗦地解了半天，才解開了第一個扣。衣襟搭拉下來，露出裡頭一個月白肚兜。肚兜很瘦，就有些兜不住的地方，雪白地鼓脹出來。眾人咕嚕咕嚕地嚥著口水，滿屋都是喘氣聲。

辛寡婦解一點，信月往後退一點，信月很快就退到了屋角，再也沒有可退的地方了。信月縮著肩膀哭了起來，是豬羊拉去屠宰場知道大限將近時的那種哭法。靜靜的，認命的。眼淚一顆一顆地掉下來，在辛寡婦的手上砸出一個又一個的洞。

終於，辛寡婦忍不下那個痛了。

「工作隊張隊長說過的，地主的崽，也是可以改造的。信月嫁個貧農，不就改造過來了嗎？」

財得的手抖了一抖，燈裡的油就灑了。財得是貧協的骨幹，但這並不是他失態的原因。財得失態，是因為他是貧協裡唯一的一個光棍漢。財得早就有了想法，可是財得的那個想法並不是辛寡婦的這個想法。在辛寡婦的這個想法面前，財得一下子覺得自己從前的那個想法簡直太缺乏想像力太小兒科了。財得不敢太露出喜色，只是拿眼去勾信月的眼，信月依舊是哭。財得只好看財來，等候財來發話。財來久久無話。財來無話的原因是財來自己也有想法，當然也不是辛寡婦的那個想法。辛寡婦的那個想法再好，財來卻是沾不上邊的，因為財來早已娶親生子了。

後來有人說話了。

「窮人改造地主的崽，也得看誰最有需要。」

說話的是全記南貨鋪的夥計阿旺。阿旺是從安徽逃荒過來的外鄉人，不姓黃，在藻溪無親無故，二十八歲了，是下街最老的光棍漢。但阿旺不是貧協的人，阿旺是貧協臨時叫來幫忙的。

「我們家財全不光是窮人，還是烈士子女呢。打天下的不治天下，難道還指望不相干的外人？」

辛寡婦拿鞋底蹭著財得灑在地上的燈油，一下一下的，很有勁道。辛寡婦說這話的時候誰也不看。辛寡婦的話讓所有的人都吃了一驚。眾人這才明白其實辛寡婦才是第一個有了想法的人，辛寡婦的腦袋瓜子抵過十個八個見過世面的男人。

便都不說話。空氣硬得如同一塊大玻璃，眾人手裡都牽了一個角，誰也不敢動，一動就碎。

最後還是財來發話了，財來的聲音很低很沉，震得地板嗡嗡地抖。財來的手鬆了，玻璃碎了一地：

「先搜了再說。」

辛寡婦伸出一根小拇指，一心一意地挖著一腔熱鼻屎，不動。

屋裡和辛寡婦有著一樣想法的人，也不動。

沒法子，財來只好自己動手。

財來把油燈擱在地上，走過去，一把揪住了信月的衣襟，將信月小雞似地輕輕一提，立在了牆角。扣子依舊難解，財來嫌麻煩，索性不解了，卻將手直接伸進了肚兜裡頭，上上下下地掏了起來。

正掏著，天井裡傳來一陣紛亂的腳步聲，有個女人在扯著嗓子叫財來：「皇天啊，有，有人跳井啦！」

慌亂之中，財來指派了一個貧協的幹事留下來看守信月，便提著燈領著眾人風也似地跑了出去。

跳井的是信月的嬸娘袁氏。

袁氏是鐵了心要死的。袁氏抱了一個夏天取涼用的石枕跳了井。那年雨水少，井裡水位淺，袁氏跳下去，一頭就扎到了井底。井筒窄，石枕將袁氏的一隻手緊緊地壓住了，眾人花了整整一個時辰才將石頭挪開，把袁氏打撈上來──自然早就沒了氣。

袁氏直挺挺地躺在天井裡，樣子十分滑稽。肚腹鼓脹如孕婦，布衫被釘耙抓爛了，裸露的肚臍眼裡一絲一絲地冒著黃水。一隻手斷了，麵團似地癱軟著。眼睛半開半閉著，嘴角卻高高地挑起，猙獰地笑著。眾人看著，心情突然都有些複雜起來。

後來還是辛寡婦進了屋，取了一床被子將袁氏劈頭蓋臉地遮了。又著了幾個女人，回家去隨便縫了一身壽衣，待天明就將袁氏草草掩埋了。

那晚眾人就把信月給忘了。

而信月就是在那個無星無月的黑夜裡跳窗逃走的。

很多年以後，當粗糲的記憶已經被歲月的流砂磨蝕得逐漸模糊起來的時候，信月依然固執地相信，嬸娘袁氏那天晚上其實是精確地預謀了自己的死來救信月的。信月的生命是從逃離藻溪的那一刻開始的。信月的生命在離開藻溪之後才開始繁衍茂盛，開花結果。嬸娘是信月的丁步，沒有嬸娘信月就涉不過藻溪的水。這個丁步，本來應該是母親來做的。可是當信月需要涉水的時候，母親卻扔下了她。

嬸娘做了信月的母親。

第二天早上有人在藻溪邊上發現了一隻黑布鞋，辛寡婦一下子就認出來是信月的鞋子——那鞋面上繡的一朵百合，是辛寡婦的親手所為。眾人在溪裡打撈了很久，卻一無所獲。

幾天之後工作隊回來，傳達了縣委指示，說藻溪鄉的土改有些冒進，走過了頭，需要整頓。財來給撤了貧協副主席的職，一氣之下去了蕭山給人打短工。

後來財得當上了貧協主席，就給黃壽田和袁氏的獨生兒子安排了一個民辦小學教師的位置，也算是思想改造的一個典型。紫東院裡發生的事情，做了一陣子藻溪人餐前飯後的談資，罵也罵過，嘆也嘆過，就漸漸被人們淡忘了。

幾年以後有人在溫州城裡看見了黃信月，後來打聽出來，才知道黃壽淵的這個女兒非但沒有死，還嫁了溫州城裡的一個大官。回去說了，藻溪人便都嘖嘖歎奇。

五八年鄉裡鬧特大蟲害，農藥化肥都是配額供給的，藻溪是個小鄉，爭不到配額。想來想去，眾人最後想到了辛寡婦，讓她去溫州城裡找信月試試門道。辛寡婦硬著頭皮，找去了信月的家。時隔七八年，辛寡婦已是個頭髮花白跛腳駝背的老太太，而信月卻正在年輕氣壯的歲數上，剪了一頭齊刷刷的短髮，穿著一件雙排扣的列寧裝，完全是城裡幹部的打扮。辛寡婦見了信月，還沒開口，眼淚就下來了。囉囉嗦嗦地說過了鄉裡的難處，信月卻一言不發。辛寡婦嘆了一口氣，說娃呀那年的事你就忘了吧，藻溪總算是生你養你的地方啊。信月聽了這話，轉身就進了裡屋，把門帶上了。

辛寡婦灰頭臊臉地回到了藻溪，發誓餓死也不再進城丟這個人了。

第二天藻溪鄉卻得到了農藥化肥的配額。

六四年特大洪災，藻溪是浙南第一個收到救災款的鄉。

這是兩樁大事，救了一鄉人的命。

還有許多小事，是一家一戶的事。財志女兒的腎病，財留母親的肝硬化，財富老婆的子宮瘤子[5]。對宋達文來說只是一句話，對尋常人家來說，卻是一條命。

藻溪人知道，事情雖然都是宋達文辦的，可是宋達文卻不是為了藻溪人的緣故。宋達文是為了信月。宋達文對這個比自己年輕了將近二十歲的妻子的溺愛，連藻溪那種鄉下地方的人，也是一眼就看清楚了的。

藻溪人唯一能夠報答信月的地方，就是年復一年地恭恭敬敬地迎候信月回鄉。可是藻溪人的期望卻一年又一年地落了空。實在逼得緊了，信月就發話說等死了就回去。這話還真說準了，卻是後話。

藻溪人後來終於找到了一個報答的機會。六七年城裡鬧文革，來了幾撥外調組，調查信月的背景——當然是衝著宋達文來的。外調組在藻溪蹲了幾天，卻一無所獲地回到了溫州。

「辛寡婦還健在嗎？」末雁問財求。

「走了，比你媽早一個月，活到了九十一。」

「財來、財得呢？」

「財來七三年就死了，肝腹水。財得住在敬老院，老年痴呆症，連兒子也認不得了。」

「你外公的祖墳，是鄉裡人合修的——是財得和辛寡婦的兒子牽的頭。」

「開嗎？開嗎？」

末雁長久地失眠著。那個細小的聲音，又在她耳邊開始了週期性的叨絮。

末雁知道這是母親舊手絹上的那朵蓮花，在暗夜中寂寞的自語。這樣的私語，已經持續了五十年，還要持續多少年呢？末雁從枕頭底下掏出那條手絹，煩躁地團在手裡，嘆了一口氣，說開吧開吧，要開你就開個夠吧。

「媽媽你在說什麼？」床那頭靈靈翻了個身，問道。

末雁吃了一驚，問靈靈你怎麼還沒睡？靈靈含糊地嗯了一聲。月光流過竹簾，照得靈靈的臉廓陰晴分明，睫毛在月影的重壓之下微微顫動。末雁想起母親信月逃離藻溪的那一年，也就是靈靈的這個歲數。和母親相比，靈靈這一生的開頭實在是平順得失卻了敘述的重心。心裡似乎有些慶幸，又似乎有些遺憾，便伸出手來摸了摸靈靈的腳——女兒雖然發育得不錯，在她眼裡卻依舊是瘦。

「媽媽，刀片在西藏住過兩年，支教[6]去的。在西藏交了一個女朋友，叫雪兒達娃，是藍色月亮的意思。」

母女兩個私下裡曾笑過百川的眼光銳利如刀，靈靈就給百川起了個外號叫刀片。

「你怎麼知道的？」末雁又吃了一驚，這一驚卻沒有放在聲音上。

「我看見照片了，一身都是銀首飾，辮子上閃閃發亮的。」

「達娃不願離開西藏，他們只好分手了。刀片很痛苦，寫了很多詩給她。」

末雁突然記起百川給自己看過的幾首詩，寫的雖然是景，卻都是致D．W．的，大約就是這個達娃了。又想起那天在藻溪邊上那個炭火一樣熾烈的吻，臉在黑暗中灼灼地熱了起來。百川。百川。百川深井一樣的眼睛。百川濃黑的睫毛。百川沒有一絲贅肉的背影。百川百無禁忌的笑聲。百川的生命之樹正在生發的時節。百川叫一切走進他樹蔭的人，忍不住想擷取一片青春。

不知百川和那個穿著藏袍的辮子閃閃發亮的女子，是怎樣熾烈地做愛的？

「媽媽，詩人是很敏感很特別的人，對嗎？」

末雁在黑暗中微微一笑，卻沒有回應，心想這十年中文學校的正規培育，竟不如短短幾天的實地考察——在藻溪的日子裡女兒的中文實在有了太多的長進。

末雁和靈靈在財求家住下，便天天有人來請吃飯，財求一概替母女兩個推辭了，只讓在家吃。百川笑老頭子有獨霸假洋鬼子的嫌疑，弄得人人受罪，天天吃你煮的豬食。財求掄了拳頭，說你個渾球愛上哪兒吃就上哪兒吃，你姑和你妹子是要在家陪我的。百川脖子一擰，擰出兩條蚯蚓似的青筋：「誰是我姑了？我姑好好的在廣州呢，嫌我親戚不夠的，一路瞎認。」

末雁知道百川這話是說給自己聽的，便忍不住抿嘴一笑。自從在藻溪落下腳，百川就從來沒有叫過自己一聲姑。能含混過去的地方就含混過去，實在含混不過去的時候，就用一個「她」字或是一個「你」字來糊弄了事。

吃過飯，總有客人來，當然是看末雁和靈靈的。大多是黃氏宗族的親戚，末雁雖然在母親出殯時見過一些，終究還不認識。財求一一介紹，其中就有辛寡婦財來財得等家的後代，都是老實本分的鄉鎮人，說窮也不算窮，說富也說不上富，與財求的家境相比，就多少有些落魄了。說話的神情上，就都有些巴結財求，替財求做面子的意思。從這些人身上，末雁看到了母親信月的另外一種可能性。如果母親沒有在那個月黑風高的夜晚逃離那份本來屬於她的生活，也許母親永遠也不會知道城裡的那片天地。那麼母親也永遠不會與父親相遇，那麼母親就會有別的丈夫，別的兒女。也許那個黑夜就是一個契機，是造就了末雁存在的一個契機。隔著五十年的溝壑來看母親的鄉黨，末雁想替母親說幾句狠話，話到嘴邊，卻都瓦解成了細細碎碎的嘆息。

命啊，這就是命。

客人三三兩兩的來，都不空手，帶的自然都是鄉下的土產，有柚子筍乾髮菜臘肉捲式涼席，等等等等。起先末雁總跟人解釋多倫多華人超市裡什麼都不缺，後來便懶得說了，由著禮物堆了半個屋子，卻暗暗交代財求等自己走後再慢慢給人送回去。

客人來了，坐著，呼嚕呼嚕地喝著茶，拘拘謹謹地，很快就將那幾句客氣的話說完了。畢竟隔了兩個世界，可以和末雁討論的話題極其有限。

你家有車嗎？是什麼牌子的車？

你家房子幾層樓？

才兩層？不都說你們外國住幾十層嗎？

你一個月薪水多少呀？

交稅？交它做啥？什麼政府不政府的，你掙幾個錢，藏起來，他知道個球。

說到這一步，財求就起身送客了。財求送人送得遠遠的，一路往人口袋裡塞著物件。末雁雖然聽不懂他們的方言，卻也猜得出那是在推來推去。就問百川財求在做什麼，百川說分紅包呢，誰叫你是洋客呢？末雁氣急敗壞的，說這是什麼風俗呀，我也不能讓他花這個錢啊。百川對靈靈眨了眨眼睛，說你媽跟你爸急的時候也這樣嗎？靈靈說才不呢，我媽跟我爸壞就壞在從來沒有脾氣。末雁越發氣急了，說靈靈你還不給我閉嘴。百川嘻皮笑臉地擋在末雁和靈靈中間，說要鼓勵小孩子說真話嘛。這回就輪到靈靈急了，說誰，誰是小孩子？你才是小孩子呢。末雁捂了嘴笑，說活該，兩邊不討好。

百川才收了笑，說你跟老頭子客氣什麼？我爸的公司這些年這麼紅火，你猜最早是誰給批的許可證？是你爸的老部下。老爺子存了這麼多錢，花點在你身上，很該的。

靈靈在家待得膩味，就問有地方上網嗎？百川說全鎮就有一家網吧，還三天兩頭死機，你要不怕就去試試。

三人就一同去了。

網吧裡冷冷清清的沒有什麼客人。吧主見百川進來，就拍手，說歡迎詩人帶領外國友人光臨。百川扔了一根菸過去，說少廢話，你小子好好地給我端幾杯冰鎮楊梅汁出來，別拿那破糖水來糊弄人。那人果真就進去後邊端了幾杯冷飲，往檯子上一放，一片霧氣。靈靈喝了一口，涼得直嘬腮幫子，說比去北極還過癮。

吧裡總共才三台電腦，一人一台開始上網，慢如爬蟲。靈靈終於上了路，大呼小叫，說媽媽媽媽爸爸一連來了五封信，問我們在哪裡，為什麼不跟他聯繫。末雁一看自己的信箱裡都是些垃圾郵件，就沒好氣，說那你趕緊送封信過去，告訴他你媽在藻溪找了個後爸，準備把你留在這兒了。你吃不飽穿不暖，整天以眼淚洗面。

靈靈呆呆地看著末雁，半晌，才輕輕地說：「媽媽你變了。」末雁哼了一聲，說你媽要早變就好了，這會兒思變也晚了。

母女倆正逗著嘴，末雁的電腦叮咚響了一聲，是有人來信了——卻是一個末雁不熟悉的網名。短短的幾行字，沒有抬頭，也沒有署名：

年歲，在你面前的時候，是一條
無法逾越的河
在你身後的時候，是一條
微不足道的縫
今夜我不想河，也不想縫
今夜我只想你
姐姐

末雁吃了一驚，卻聽見身後有人噗嗤一笑，回過頭來，百川正坐在屋角遠遠地看著她，兩眼如炬，燒得她一身燥熱，汗流如潮。犯了一會兒怔，想回信，卻又不知寫什麼好。

後來便從皮包裡翻出了一張名片，按上面的地址用英文發了一封信：

漢斯：

不知你是否還記得北極的那個日落？我猜想你已經忘了，可是我沒有。從那個日落到今天，我的生活已經發生了許多變化。我離了婚，現在和我的女兒在中國南方的一個小鎮上，漸漸挖掘關於我母親的故事。希望我的女兒不要像我這樣，在母親身後才開始點點滴滴地了解她。

到這個小鎮，原來是想體會索羅到沃登湖生活的感覺，可是在尋找簡單的過程中，我可能又一次陷入了沒有預料到的複雜。

我會繼續等待你的信。

多倫多的雁

剛送出信，叮咚一聲，又馬上收到了一封信，是從漢斯的信箱發過來的。

親愛的女士／先生：

這是一封來自海德堡大學的自動回覆信件。我們已經收到了你給漢斯．克林博士的來信。我們非常遺憾地通知你，我們親愛的漢斯在今年十月十二日於北極考察途中不幸身亡。

漢斯駕駛的貨機是在從加軍基地到育空機場的途中失事的。那天的雲層很厚，雲層的色彩和形狀都與地面的冰層非常接近。在低空飛行中，漢斯將地面的冰層誤認為雲層，導致飛機墜落在冰川之中。飛機上的十二名成員，當時有八名成功地爬出了飛機殘骸，漢斯是其中之一。當時地面溫度在零下二十四度，漢斯將自己身上的抗寒裝置讓給了其他人。六個小時後當救援飛機抵達現場時，還有六位成員活著，只有漢斯和副駕駛員，卻因失去了抗寒裝置而以身殉職。

漢斯不僅是一位傑出的科學家，更是一位真誠坦率樸實的朋友。他的去世是所有認識他的人的損失。

但是我們堅定不移地相信，漢斯不希望你為他的離去而悲傷，他希望你能為他在這個世界上曾經留下的溫暖和快樂而感到欣慰。

海德堡大學工學院

末雁計算了一下日期和時間，漢斯飛機失事的時候，她正坐在從育空飛往多倫多的飛機上，讀索羅的《沃登湖上》。末雁覺得有一片厚重的敗絮般的雲層，正從腳底緩緩地升騰起來，蓋過腳面，蓋過身體，蓋過眼睛，最後沒過了頭頂，身體和感官漸漸墜入一團碩大無比揮之不去的混沌。

末雁扔下鼠標[7]，頭重腳輕地走出網吧，坐到了路砑上。夜風起來了，秋葉開始在路面上窸窣地滾動。秋蟲聲間間續續地傳過來，一季裡最後的螢火蟲還在野草之間飛舞，劃出一個又一個暗淡的圓圈。

末雁的眼淚嘩嘩地流了下來。

漢斯，漢斯。我不信他們說的。也許你不希望別人悲傷，但你一定是希望我悲傷的。你說過我要是能哭，我的病就好了。你是要我流淚的。只是誰能想到，你是以這樣的方式要我流淚的呢？

末雁滿身找手紙，卻在兜裡摸到了一條手絹——那條在母親的老房子裡找到的手絹。末雁攤開手絹擦臉，眼淚瞬間濕透了手絹。五十年後的眼淚和五十年前的眼淚帶著不同的緣由在這塊失卻了勁道的舊布上相聚。布角上的那朵蓮花在夜風中發出一聲微弱的呻吟：

末雁坐了一會兒，坐得背上有了熱度，就知道是百川跟出來了。便頭也不回地說：「我頭暈，帶我回去。」

「開了，開了。」

百川交代靈靈在網吧裡等著，便帶著末雁回了家。

財求不在家，屋裡黑著燈，狗低低地吠了幾聲，認出了人，便將身子矮了，在百川腳邊繞來繞去。百川正要伸手開燈，卻被末雁攔住了。末雁伸出一根手指，準確無誤地勾住了百川的手，兩根交纏的手指在黑暗中結出一朵燦燦的花。

百川引末雁上樓，在樓梯拐彎的地方，末雁轉過身來，摸摸索索地吻住了百川的唇。鐘在那一刻停止了擺動，偌大的世界，突然空了，只剩了兩根火熱的舌頭，深深地，久久地，刀光劍影地交戰著。

百川一把抱起末雁，進了屋。床吱呀一聲，將末雁吞了進去，又吐了出來。百川的手異常地靈活起來，在黑暗中幾乎毫無阻隔地探著了末雁的衣扣，和衣扣底下那大片大片的溫軟和濕潤。那天百川的手指像一根細細的魔棍，伸向哪裡，哪裡便生出水和火來。

末雁的兩腿緊緊地箍住了百川的腰，腳跟蹬在硬實如鐵的肌肉上，先是軟綿的，試探的，後來就漸漸地生出了些勁道。她有多少力氣去蹬他，他就有多少力氣來抗她，蹬得越狠，抗得也越狠。蹬的和抗的都不知道自己原來有這樣的力氣。

後來末雁忍不住呻吟了一聲，又馬上為那樣響亮的呻吟深感羞愧。末雁是在那個晚上第一次發現了自己，又被自己的發現震驚。在這之前她並不知道她的身體可以是火，也可以是水。欲望在茫茫荒漠之中潛伏了五十年，卻在這個有些燥熱的暗夜裡突然完成了水和火的蛻變。

越明，你去死吧。你老婆離老，還有幾腳路呢。末雁在心裡恨恨地罵了一句，牙齒咬得格格生響。

百川用手背擦拭著末雁身上的汗，突然輕輕地笑了一聲。末雁問笑什麼，百川卻不回答。末雁用小拇指捅了捅百川的肋骨，百川怕癢，身子就麥芽糖似地扭了起來。

「我說，你的那一位，怕是一輩子都沒見過你這副瘋樣子吧？」

末雁的心，咚地一聲從水和火之中砰然跌落。彷彿只是做了一個夢，夢醒了，四周依舊是深不可測的荒漠。

便坐起來，下了床，爬在地上滿處找衣服。找不到，只好摸索著打開了壁燈。床上百川一聲驚呼，末雁抬頭，猛然發現了站在門口的靈靈。燈影裡靈靈兩眼深黑若井，身體筆直木然，一如牆上的掛圖。末雁慌亂地套上衣服，扣子扣錯了位置，衣襟無措地團皺在胸前。末雁惶惶地站在靈靈對面，隔在母女中間的是一片濃得塗抹不開的沉寂。後來末雁顫顫地伸出手來抓靈靈的手，靈靈突然觸了電似地驚醒過來，飛也似地跑出了屋子。

末雁追出屋來，靈靈早已跑出了半條街。路燈把靈靈的影子拖得很長，末雁一路踩著靈靈的影子，只覺得腳已經離開了身子，自行其是地狂奔。兩耳呼呼地灌滿了風，口鼻之中都是塵土的味道。兩人不知跑過了多少盞街燈，漸漸地，燈稀了，路窄了，樹卻濃密了起來。靈靈突然停了下來——原來兩人已經跑到了藻溪邊上，再無可走的路了。

末雁猛地摟住了靈靈，靈靈使勁踢蹬，末雁死活不肯撒手。突然臂上麻了一下，過了一會兒才有了疼的感覺，方醒悟過來是靈靈咬的。兩人都吃了一驚，一起癱坐到了地上。靈靈布袋似地軟了下去，將臉埋在膝上，身子團成一個球，一抽一抽地哭了起來。

「為什麼？為什麼？」

末雁的手指一遍又一遍地犁過靈靈汗濕的頭髮，久久無語。

夜已經深了，雲卻依舊濃郁，月亮穿過雲影的時候，水面就裂成了千點碎銀。蟲聲嘹亮如琴，從這岸響到那岸，經久不息地遮掩了水底下一切的聲息。

「孩子，媽媽實在是，太孤單了。」末雁終於說。

這天後半夜，天突然下起了雨。先是一滴一滴的，後來是一絲一絲的，再後來便是一條一條的，刀似地砍著地。

風摑在玻璃窗上，錚然有聲。末雁睡不著，睜眼看著曙色從竹簾的縫隙裡一鼻子一鼻子地探進來，屋裡的家具漸漸有了些輪廓，便暗想自己大概離家太久了，竟全然不記得江南也有這般猙獰而固執的雨。

起了床，來到飯桌上，眾人都有些訕訕的，低著頭，只看自己的飯碗，卻是無話。這頓早餐便吃得持久沉悶而難以下嚥。

財求不知情，就拿筷子咚地敲了敲百川的額頭，說你個渾小子昨晚酒吃多了？怎麼這麼蔫頭蔫腦的？百川含含糊糊地嗯了一聲，算是回答。靈靈卻啪地一聲將碗放了，摟了狗，坐在門檻上愣愣地看雨。

雨在門前的小路上積成一條小河，河面又被雨敲出一個個的洞眼。舊洞眼來不及回復，又有新洞眼生出，滿目都是瘡痍。

卻聽見飯桌上財求吩咐百川，去鎮上買些香菸瓜子話梅糖回來——若是雨一直不停，今晚唱七的人就得進屋。香菸買好的，有熊貓買熊貓，沒熊貓買中華。帶一兩盒阿詩瑪，萬一有人愛抽雲菸。百川又嗯了一聲，半晌，才抬頭看了末雁一眼，說女人家吃的東西，我不會買，要不，你跟我去？

靈靈突然放了狗，走過來，說：

「我看見了外婆。」

眾人嚇了一跳，財求問你夢見她了？靈靈搖搖頭，說不是夢見，是看見。早上我起來開門，外婆就坐在門外哭。

末雁便訓斥靈靈：「胡說，你多少年沒見過外婆了，怎麼認得出來？」

「當然認得，外婆穿的是小姨結婚那年你給她買的那件襯衫，胸前有朵康乃馨的。」

眾人的臉都白了。

財求顫顫地問：「你外婆她，她對你說什麼了？」

「我問外婆為什麼哭，外婆說……」靈靈突然遲疑了起來。

「說什麼？」末雁著急地問。

「說，問財、財求公就知道。」

眾人便都看財求。財求仰了臉看天，下頦抖抖的，彷彿隨時要從臉上掉下來。抖了半晌，才喃喃地說：「妹子你有話跟我說，別嚇著孩子。」

便放下飯碗上了樓。

那天財求就一直沒有下樓。

後來末雁進了財求的房間。

外頭的雨停了，太陽卻沒有出來，雲很濃郁，只隱隱地帶了些光的意思。屋裡有些暗，卻又沒到點燈的時候。財求在床上躺著，似睡沒睡，眼睛突然就塌陷下去，下巴尖利如刀。

「那年把我媽關在屋裡的時候，你也在場？」

財求點了點頭。

「後來財來帶人跑出去撈我大外婆的時候，是指派了你守住我媽的，對不對？」

財求不說話。

「我媽不是逃走的，是你放走的。」

財求依舊不說話，左腳的那半個指頭，卻痙攣似地抖了一抖，六指伸張開來，如一朵猝然開放的梅花。

「你放走我媽不是沒有條件的。那群叫得最響的人裡，其實只有你，才真正沾到了我媽的身體。」

「我媽到溫州城裡的時候，是帶著身孕和我爸結婚的。」

財求猛然從頭底下抽出一條枕巾，緊緊地蓋住了自己的臉。枕巾底下起起落落的，先是急，後來就漸漸緩了下來。

那天夜裡，財求突然中風。搶救了兩天，終於搶救過來了，卻已半身癱瘓，不會說話了。醒來後只是一遍又一遍吁吁地叫，沒有人聽懂他在說什麼。有人猜測他是叫正從廣州趕回家來的兒子華元，也有人說他在叫死去不久的遠房堂妹信月。

這一切，末雁都是不知道的，因為末雁已經走在路上了。

三十六朵蓮花開，
一朵更比一朵白。

鼓聲響起來了。鼓聲節奏極慢，被風撕扯得長長的，鼓點和鼓點之間彷彿隔了萬水千山。在山水之間穿走的，是那個唱詞的人。唱詞人聽不出男女，聲氣裡似乎有著男人的蒼涼，也有著女人的悽惶。聲調起伏如鋸齒，高亢時穿雲裂帛，將夜空割成殘渣碎片；低沉時遊絲散線，將人心細細地牽著，留也留不得，走也走不成。

末雁知道這是唱詞人的開場白。每一朵蓮花，都是有關母親的一件事情。三十六朵蓮花一朵一朵地開起來，母親的身世，也就要在這個夜空之下徐徐展開。

末雁似乎看見財求站在門口，殷勤地給男人遞菸給女人遞小吃的情形。百川呢？今夜大概是沒有百川的。百川經不起這樣的故事。沒人經得起。

有女生在紫東院，

顏若藻溪六月蓮。

末雁現在明白了，母親一生為何如此沉默寡言。母親的所有真性情，都已經被一個碩大無比的祕密，碾壓成一片薄而堅硬的沉寂。那片沉寂底下也許有母愛，只是母愛在堅冰底下，末雁看得見的，只是堅冰。末雁的目光無法穿越堅冰，末雁的目光在還沒有穿透堅冰的時候，就已經被堅冰凝固成了另外一坨堅冰。

末雁也明白了，母親生前為何堅持要讓自己送骨灰回藻溪，因為母親期待著她去撿拾那些丟失在鄉間路上的生活碎片。可是，縱使她撿起了所有丟失的碎片，她也無法搭回一個完整的母親了。

母親和她之間，隔的是一座五十年的山。她看得見母親，母親也看得見她，然而她卻沒有五十年的時間，可以攀過那座山，走進母親的故事裡去了。她和母親都已經等得太久了，錯過了可以爬山的年齡。

可是，現在她還有時間走進女兒的故事。女兒的故事裡會有許多個無關緊要的甚至有點甜蜜的小祕密，可是女兒的故事裡再也不會有山一樣沉重的大祕密了。

現在她只有女兒了。

末雁摟著靈靈，急急地朝長途汽車站走去。

「請你別碰我。」靈靈抖開了末雁的胳膊，冷冷地用英文說。

★本文榮獲中國小說學會二〇〇五年度排行榜上榜作品、中國十月雜誌社十月文學獎

1 非典：全稱為非典型肺炎，臺灣稱「嚴重急性呼吸道症候群」（SARS）。由SARS病毒所引起的疾病，為二〇〇三年新發現的一種冠狀病毒，其傳播力、毒力、致病力均比一般的呼吸道病毒強，病患可能會發生肺纖維化，甚至引發呼吸衰竭而導致死亡。

2 創可貼：即OK繃。

3 亨利．大衛．索羅：Henry David Thoreau，臺灣譯為亨利．大衛．梭羅；沃登湖，Walden Pond，也譯為華爾騰湖。《沃登湖上》（即《湖濱散記》）詳細記載了他到湖邊蓋房開荒的隱居生活。

4 貧協：貧下中農協會的簡稱，一九六〇至一九八〇年代存在於中國的農民組織。

5 子宮瘤子：子宮肌瘤。

6 支教：是指到貧困地區參與教育事業。

7 鼠標：滑鼠。

戀曲三重奏

1

名字？

章亞龍。

年紀？

三十七。

哪裡來的？

福建。

來多久了？

兩年半。

做什麼工作？

衣廠打包。

有移民紙嗎？

……

王曉楠捧著一杯新煮的咖啡靠窗站著，把背脊丟給那個男人。咖啡很燙，她並不喝，只是為了暖手。她的問話很短，男人的回答更短。男人的回答使她想起一管將要用盡的牙膏，雖然還有些內容，卻要狠命地擠。天色有些晚了，可是她沒有開燈。從客廳的那兩扇玻璃大窗直直地望出去，便是那個十分有名的安大略湖。在晴朗的日子裡，水色本來就很亮。太陽墜進湖面之前，總要在那裡迸出一些耀眼的猩紅來，就映得屋裡越發迴光返照似地明亮起來。

當初她和許韶峰就是為了這片水色才決定買下這幢房子的。漂亮的房子在多倫多這樣多少有些歷史氣味的城市裡是隨時可以找見的，然而有這樣的湖光水色做背景的漂亮房子，就不是那麼容易得著的——所以他們很是花了些錢。

問你呢，有移民身分嗎？

……

那個叫章亞龍的男人對這個問題始終保持緘默。男人似乎比他自己說的那個年紀要小一些，是典型的亞熱帶地區長相。皮膚黝黑，顴骨有些高。但男人的身量卻不像是那個地方的人。男人個子不算矮，甚至有些壯。男人的五官膚色和身架其實很容易把他組合成一個粗俗的形象，可是男人看上去一點兒也不粗俗。也許是唇上那一團梳理得很整齊的鬍鬚，也許是鼻梁上的那副金絲邊眼鏡，也許是身上那件青灰色帶著一團一團雲霧般花紋的薄毛衣。總之，男人坐在那裡說不說話都是一副斯斯文文的樣子。這樣的男人若行走在校園區裡，一定很容易會被當成一個教書先生。一個寫了許多書做了許多學問卻不善言辭的教書先生。這樣的男人若平時走在街上王曉楠大概也會多看一眼，甚至會設法製造一些談話藉口的。

可是今天她不會。

因為今天他只是一個揣著她登在報紙上的廣告前來應徵的打包工人。

王曉楠到加拿大雖然才六個月，但她並不是個土包子。對外邊世界的了解，她不比那些出國好些年卻仍然在埋頭打工的人少。從她和許韶峰決定移民的那一刻起，她就努力尋找機會去學習在那個叫加拿大的國家裡生活所需要知道的一切瑣碎。她懂得在多倫多這樣的文明都市裡，有的問題不管在任何場合都可以問，有的問題則在任何場合都不可以問。還有的問題在一些場合問起來是調劑氣氛的幽默插曲，在另一些場合問起來就是沒有教養的粗魯行為。可是今天她把該問的，不該問的，有時該問有時不該問的都統統問了。

因為她不在乎那個叫章亞龍的男人怎樣看自己。她有一手好牌，好得讓人實在無法拒絕——在玫瑰谷這樣的高級住宅區裡白住，又是在這樣一幢倚山臨水的好房子裡。這樣的機會，不是每天都有的。當然嚴格來說也不完全是白住，夏天裡他要幫她打理前後兩塊草坪，冬天裡他要替她剷除行人道上的積雪，週末他得開車帶她出去購物。不過這樣的付出與那樣的回報相比，簡直是不值一提的細節。尤其是對章亞龍這類男人來說。

在他們的談話剛淺淺地碰破一層表皮時，她就已經猜到他是沒有合法居留身分的「黑人」。他的那個家鄉，這邊報紙上倒是常常見到名字的，無非是一些和海呀船呀有關的事。她多次聽到過關於他們的故事，大致知道他們這些人的路數。無論是陸路還是海路，他們的旅途一定是遙遠曲折冗長，充滿驚險插曲的。不管是什麼藉口，他們要在這裡留下來的理由聽起來一定能感動移民官也感動他們自己的。這些人身後欠著幾十萬塊錢的債，前面又沒有什麼發財的路子，於是只好一分一釐摳著省著。她由此斷定章亞龍絕對不會放過這個付出小勞動貪得大便宜的機會，不管她會問他什麼樣的問題——尊嚴是西裝外套，生存是貼身內褲。再體面的外套，也是可以隨時脫下的。而再破爛的內褲，也是不得不牢牢守護的。她不相信他會為了外套而脫下內褲。

她不害怕和這樣的人同住。這樣的人已經斷了退路，這樣的人只能鼎力向前。這樣的人只能像軟殼螺似地緊緊吸附在移民這個希望上。這樣的人日夜生活在移民官無限寬廣的視野裡。這樣的人膽小怕事，規矩行事。這樣的人容易使喚。當她和許韶峰在長途電話上商量人選的事情時，他們不約而同地想到了這類人身上。

只是可惜了這副英俊的皮囊。

王曉楠忍不住嘆了一口氣，似乎要讓他聽見她對他的惋惜。

「你明天早上等我電話吧——我還有幾個人見。」

其實當時她就已經做了決定，然而她並不想在那一刻裡宣布她的決定。她知道每天在多倫多的大街上都行走著許多像章亞龍那樣懷揣著一紙希望的人，可是她也知道多倫多每天的報紙上也有很多給人希望的小廣告。說不定此刻章亞龍的口袋裡，就有三五張諸如此類的從報紙上撕下來的小紙片。她不能把希望太快太便宜地丟擲給他，可她也不能把他推到絕望的死胡同裡去。於是她想出了這樣一句能將他穩妥地放置在希望和絕望之間的安全地帶的話來。

他不置可否地笑笑，起身去穿鞋子。他那天穿的是一雙運動鞋，很舊了，帶著路上的熱氣，卻依然很白。他繫好鞋帶，抬頭看見了門廳裡的一張風景畫，就停在那裡看了一會兒，然後轉身問她：

「王姐，這畫貴嗎？」

他的這個稱謂使她吃了一驚——從來沒有人這樣叫過她。她在廣告上留的是一個王字，他完全可以像別人那樣稱呼她王太太、王女士。如果肉麻一些的話，甚至可以叫她王小姐。所有這些稱呼都顯示著帶有敬意的距離。可是這個男人卻單刀直入地割棄了他和她之間的客套和距離。她一時不知如何對應這樣突然而來讓她毫無準備的熟稔。她愣了一愣，才說：「這是挺有名的一張畫，七人畫派的。三千加元。」

男人搖搖頭，指了指畫框下角的一行小鉛筆字，說：「這是複製品，只不過是限數的複製品。總共複製了一百張，這張是第八十六張。這樣的複製品，最多值五六百塊錢。」

男人並沒有等待她的回答，就關門走了。男人關門的聲音很輕，身子風一樣地走進了滿街的暮色裡。她站在窗口看著男人的背影漸漸地消融在混混沌沌說不出顏色的街景裡，心想這背井離鄉的半年裡自己大概又老了一些了。

2

那個叫章亞龍的男人是在三天以後搬進王曉楠的住處的。

沒多久王曉楠就發現章亞龍不僅在關門這件事上手腳很輕，章亞龍幾乎在所有應該發出聲音的地方手腳都很輕。進門的時候他像一片秋葉似地閃進來，出門的時候他像一股輕煙那樣地飄出去。她的浴室和他的隔了一層樓，她幾乎從來沒有聽見他用水的聲音。可是當他在廚房裡和她照面的時候，他的衣容一直是潔淨的。他進門的時候通常是很黑的夜，出門的時候是不太亮的晨。當然這樣的信息是她根據那輛泊在她車庫裡的滿臉滄桑的黑色豐田車推算出來的。

有時她的推算也會發生誤差。比方說有一天夜裡她一直沒有聽見他開車進來，可是到了早上起床的時候，她從窗口望出去，門前草地上的落葉卻已經被打掃乾淨了。葉子裝了滿滿九個特大號透明塑料袋。那九個塑料口袋圍著院子斜角那棵粗大的橡樹排成一個圓圈，中間的那個口袋上擺著一個碩大無比的南瓜。南瓜也不是尋常的南瓜，穰子早掏空了，剩下一副火紅的皮囊，用刀雕出些鼻嘴眉眼的，頂上又安了兩穗長鬚玉米，在風裡飛飛揚揚的。遠遠一看，竟很像是一個體形健碩梳了兩根沖天大辮的紅臉村姑。她知道這是擺了給她看的，便忍不住笑了一笑：這個章亞龍，倒是有點意思的。

後來秋就漸漸深了，他被她指使來劈柴。柴是入秋的時候她從商店裡買的，等冬天到了好燒壁爐用。柴買過來的時候是大塊大塊的，他替她劈成一小塊一小塊，挨著牆根碼好，再用繩子捆成一扎一扎的。他劈柴的時候就一點兒也不斯文了。他把毛衣脫了，剩了裡頭一件藍色的背心，背心上印著幾個脫了漆的大字：長樂工體男籃。男人掄動長柄斧頭的樣子很凶，像是和柴結下了世代冤仇。她提心吊膽地看著他，覺得那斧頭隨時會脫離斧柄飛落到花園的任何一個角落。

他舞動胳膊的時候嘴也沒有停過，噗噗地發出一種類似引擎起動時的氣聲，肌肉老鼠似地沿著膀臂上竄下跳著。他使她想起了許韶峰。其實許韶峰也是有過這樣的肌肉的。他曾經捏著拳頭彎著手臂讓她來擰他胳膊上的肉。他的胳膊硬得像鐵，她擰來擰去擰疼了手指頭也擰不起一塊贅肉。當然那是他當兵的時候。後來他就不當兵了。許韶峰不當兵的時候比當兵的時候更忙，但都是腦子上的忙，身子上反倒是懶怠了。懶怠了的身子自然就生出些懶怠的肉來。

男人劈著柴，背上的衣服漸漸地濕了兩大團，只剩了中間一條縫是乾的。男人看上去像是背了兩扇肺葉。王曉楠去屋裡拿了兩聽[1]可樂，一聽給自己，一聽丟給男人。「坐會兒吧，那柴，夠燒就行了。」男人噗地一聲拉開了鐵罐，仰了臉咕咚咕咚地喝，水就流了一脖子。喝完了，拿手臂抹了抹脖子，果真在她身邊坐了下來。

男人坐下了，才看明白原來是坐在吊椅上的，就是那種釘在鐵架子上的沒有腿的，人一坐上去就吱扭吱扭晃動的椅子。這種椅子，他在好萊塢老電影裡看過好多次，都是富貴人家的小姐在花園裡與情人祕密幽會時用的。如此一想，便有些不自在起來，就將身子扭來扭去地想離她遠些。誰知那吊椅就越發鞦韆似地搖晃了起來。幸好男人腿長，就拿腳拄了地，方穩了下來。

「你也打球？」她指指他背心上的字，問他。他咧嘴一笑，露出兩排微微發黃的牙齒，算是回答。她說：「我打過排球。」她說這話的時候，嘴角略略向上一挑，挑出一個半是真實半是夢幻的微笑。那是一個年代有些久遠的故事，那時她是一個大學校隊的副攻手。她的球打得不錯，當然再好也只是一個普通校隊的水平。只是她打球的那個年代並不是普通的年代。在那個年代裡任何關於女子排球的小小故事都能引起幾億人熱淚盈眶的迴響。後來校園裡的年輕人開始用國家隊裡一個長得格外秀氣的副攻手的名字來稱呼她。有一天，她參加華東六省市高校排球聯賽回來，突然看見張敏在宿舍門外等她。張敏說我去看過你的球了。她沒有想到他竟跟去了她的賽場——在這之前他們雖然做了大半年的同學，他卻沒有和她認真地有意義地說過話。當然他也沒有認真地有意義地和班裡的任何一個女同學說過話。

那一刻她被太多的意外擊中，瞬間失去了對答的本領，只知道拚命地點頭。他倆在半明不暗的過道裡站了一會兒，誰也沒有看誰。後來他低低地、幾乎有些口吃地對她說：「我看見了一個精靈，一個跳出了形體和語言拘束的精靈。」這是那個年代裡一個中文系一年級學生在朦朧的戀愛情緒中所能想得出來的最離奇的形容詞了。後來回想起來，就是這句話揭開了那段為期三年多的風雨戀曲的序幕。

章亞龍知道王曉楠關於排球的話題只是她進入懷舊情緒的一個極為方便的引子，對於這樣的引子無論他說什麼都是無關緊要的。於是就心不在焉地說了一句：「打排球你那身量……」卻又不說了。她不知道他想說她長得太高了還是太矮——她的身量正是在這兩種說法都適宜的那個範圍。

這時候她兜裡的手機就驚天動地地響了起來。

是許韶峰。

豆芽問你過年回不回來？

再問就說你媽讓你爸給扔在荒郊野地裡等死，正盼著你來救呢。

你看看，又來了。你的那個房客，還好嗎？

好又怎麼樣？不好又怎麼樣？你還能星夜趕回來管我不成？

說這話的時候王曉楠轉過頭來看了章亞龍一眼，這才發現章亞龍其實早已回屋去了。院子裡突然很是安靜了起來，長柄斧蛇一樣地蜿蜒在草地上喘息著，新劈的木柴在初起的暮色裡小心翼翼地吐出一絲森林的芬香。

3

張敏不是個毛頭小伙。

張敏入學時就是一個插過六年隊教過兩年書的知青。張敏比王曉楠大八歲。

張敏早就有了女朋友。張敏的女朋友叫秦海鷗。張敏同秦海鷗認識已經有很多年了。兩人都是南京人，小學中學一路是同學。後來又一起到淮北農村插隊，一起考大學。張敏考進了上海的學校，秦海鷗考進了蘇州的學校。一個學文，一個學醫藥。蘇州離上海不遠，每逢節假日，秦海鷗也不回家，卻坐了火車到上海來看張敏。秦海鷗一來，全班都知道了，因為張敏總是帶著秦海鷗到教室來做功課。兩人一前一後地坐著，你看你的書，我看我的書。有時秦海鷗就掏出一個小手巾包，悄悄地放到張敏跟前——裡頭通常是剝好皮的瓜子和花生。待到教室熄了燈關了門，張敏就把秦海鷗送到女生宿舍擠一晚，然後再自己回到男生宿舍。宿舍裡有幾個結過婚的老大哥，忍不住取笑張敏，說你小子怎麼總不給我們一個肅靜迴避的機會呢？張敏笑笑，卻不說話。張敏是個不太善言辭的人，和男的和女的在一起都這樣。他的緘默使他所說的每一句話，都如壓縮食品似地存放在王曉楠的記憶空間中，在後來的日子裡被歲月泡脹開來，放大誇張了許多倍地充填著她的感情斷層。

有一回張敏帶秦海鷗去學校禮堂看新拍的電影《小花》，剛好坐在王曉楠的前排。王曉楠進去的時候電影馬上就要開演了。張敏偶然一回頭發現了手執票根擠過人群找位置的王曉楠。他們只來得及點了點頭，燈光就暗了下來。後來正片進入一個用當今人的眼光來看過於煽情的情節，那個年輕美麗的村姑妹妹，在催人淚下的音樂聲中抬著失散多年的傷患哥哥，跪行在崎嶇的山路上，膝蓋上的鮮血與崖上的杜鵑花相映生輝。王曉楠發覺秦海鷗的身子漸漸地向著張敏移動。張敏的身子也移了一移，卻不是向著秦海鷗的方向。儘管後來秦海鷗的頭終於還是越過他們之間的距離，輕輕地靠在了張敏的肩膀上，可是就是張敏那微微的一閃，突然間給了王曉楠一線希望。

那天晚上張敏又把秦海鷗送到女生宿舍借宿。剛巧那天宿舍裡的兩個本地女生都沒有回家過夜，鋪位都占滿了。王曉楠說要不你就跟我擠吧，兩個人便睡在了一張單人床上。看上去有些瘦弱的秦海鷗在脫去衣服之後其實是個還算豐滿的女人，沒有了乳罩限制的胸脯飽脹地充盈在洗得稀薄了的舊背心裡，胳膊和大腿在朦朧的月色裡閃著結實的紫薔薇似的亮光。這種膚色在十幾年以後成了必須花錢購買的時髦，而在當時卻僅僅代表著常年的勞作。兩個人都側著身子背對背地躺著，盡量避免著可能發生的身體碰觸，可是王曉楠還是聞到空氣中隱隱的蒜味。她聽見秦海鷗的呼吸漸漸低沉了下來，以為她睡著了，才敢微微地翻了個身，沒想到秦海鷗卻突然輕輕地對她說：

「聽說你的球打得好極了。」

她吃了一大驚，她沒有想到張敏竟和秦海鷗說起過自己。黑暗中她的臉脹得通紅。

「張敏還說過我什麼呢？」

「說你的行李最多。」

王曉楠想起了新生報到那天第一次見到張敏的情形。她在學校門口找到了中文系的接待站。一個穿著藍色工作服鬍子拉碴[2]的男人接過她的箱子，就帶著她去女生宿舍。她以為他是校工，也沒多問就跟著他走了。他很高也很結實，輕飄飄地提著她的兩只大箱子一個旅行包彷彿只是拎了幾只半空的菜籃子。她很快就被他甩在身後，他走出了很遠才停下來等她。他幫她把行李卸在上鋪，並帶她去買了飯菜票，灌了熱水瓶，卻一直沒有和她搭話。到了晚上系裡開迎新會，她突然發現他坐在她對面，方知道他是她的同班同學。他刮了鬍子，換下工作服，穿了一件白底帶細隱格的的確涼[3]襯衫，就變了一個人。襯衫很新，還帶著摺痕，夾著塑料片的領子硬硬地卡著他的脖子。他很適合穿那樣潔白的襯衫，白色使他顯得深沉而具有書卷氣。她忍不住多看了他幾眼。後來輔導員讓新生們一一站起來做自我介紹。他的經歷太複雜了，複雜得無法用幾句話來概括。而她的經歷太簡單了，簡單得無法用太多的語言來敘述。於是那晚他和她的發言都是最簡短的。

想起那個時候的自己王曉楠不禁抿嘴笑了——這一年裡她畢竟長大了很多，在身體上，也有別的事情上。這樣的變化，秦海鷗是不知道，也不需要知道的。

後來秦海鷗就睡著了，可是王曉楠卻一直醒著——她在翻來覆去地想著秦海鷗的話，猜測著張敏對秦海鷗說這些話時的場合和表情。不知為什麼，她認定自己是張敏向秦海鷗敘述大學生活片段時出現的唯一一個女同學。在這樣的思緒中，平時她和張敏之間極為偶然的一個笑容一句交談便突然有了新的意義。後來她聽見黑暗中有一些細碎的嘎嘎聲，好像是老鼠在齧咬家具，又好像是板壁被風吹動。過了一會兒她才醒悟過來，原來是秦海鷗在磨牙。

秦海鷗磨了一夜的牙。

王曉楠一夜都沒有睡踏實。

第二天早上的第一堂課是古漢語，教授選析的是李白的〈長干行〉。教授是個白髮蒼蒼的老人。據說教授娶的是他的遠房表妹，所以教授那堂課上得聲情並茂。從「妾髮初覆額，折花門前劇」，說到「郎騎竹馬來，繞床弄青梅」，一路盡情渲染著青梅竹馬的朦朧詩境。在教授抑揚頓挫的解說裡，課堂上的青年男女漸漸地都被浸潤在一片潮起的感動裡。王曉楠睡意朦朧地忍耐了一會兒，終於沒能忍住，突然站起來打斷了教授：

「青梅竹馬只能造就兄妹之情，不能造就愛情。愛情是異體之間的新鮮碰撞，不是從故知裡產生出來的。李白他不懂。」

教授愣了一愣，繼而哈哈大笑起來：「李白不懂，你懂，是不是？到底是童言無忌啊。」

全班都隨著教授笑了。只有張敏沒有笑。張敏抬頭看了她一眼，她沒有回頭就知道了他在看她，因為她感覺到她的背上很熱。

4

章亞龍是個無可挑剔的房客。

章亞龍認真地打理著王曉楠家的草地和花園，讓該紅的地方很紅，該綠的地方很綠。後來秋天過完了，天大冷了起來，隔一兩天就要落一場雪。章亞龍便仔細地掃除著王曉楠門前便道上的積雪，撒鹽化冰。在王曉楠需要的時候，章亞龍就開車帶她去商場購物。章亞龍帶王曉楠去購物，卻又不和王曉楠一起購物。通常他把她放在商場裡一個方便的入口，說好一個時間再回來接她。有時她準時完事，有時她會略微拖延。他把她接到車裡，至多也就抬腕看看手錶——這就是他對她的一種婉轉責備。當然，這些事情都是他在週末或兩份工作之外的時間裡見縫插針地完成的。總而言之，章亞龍對於他和王曉楠之間的君子協定，一直是恰如其分地遵守著。恰如其分的意思，就是一點兒也不多，一點兒也不少。章亞龍有兩份工作的事，其實是王曉楠根據章亞龍在家時間的長短而推算出來的——章亞龍有一次說過，衣廠的活不夠，老闆又不想裁了熟手，只好減了大家的工時，一天一人只能攤到五個小時。關於章亞龍剩下的時間裡所從事的第二職業，儘管他自己從來三緘其口，王曉楠卻有許多豐富的聯想。有時這些聯想會繞著章亞龍的長相和身材十分複雜地生長蔓延開來。王曉楠也知道自己想歪了，卻任由著自己歪著去想，反正無論是正還是歪，章亞龍都是不需要知道的。

在多倫多安定下來之後，王曉楠就去附近的社區中心報名參加了一個英文補習班。班級裡都是些和她一樣的新移民，遠的來自東歐，近的來自墨西哥，也有幾個從中國來的同胞，英文程度並不比她強多少。上了一陣子課，王曉楠的膽子就漸漸地大了起來，竟敢在課堂上開口結結巴巴地和人用英文爭論。雖是語法錯誤百出，好在眾人都是五十步笑百步，一片嘻鬧之中，就把一應的煩惱之事給丟在腦後了。可是課一散，那一份沒心沒肺的快樂也就丟在了教室裡。回到家來，依舊是形影孤單的一個人。不由得恨起那個章亞龍來——他若在家陪她說說話也是好的。就後悔了當初沒在廣告上提這個條件。可是，這事在廣告上又怎麼提呢？「尋找聊天夥伴，共度寂寞夜晚。」怎麼聽上去竟像是哪份小城晚報上半老徐娘的徵婚廣告了呢？王曉楠忍不住一個人低低地笑了起來。

有一天晚上，王曉楠下課回家，一個人吃過了飯，還不到七點。開了電視來看，都是些鬧劇，哄哄地也聽不懂幾句。外頭下著雨，打著閃，風拖著長長的尖利的尾音跑過長街，將窗戶摑得咚咚作響。那風聲像怨婦哭殯，也像原野上餓了一個冬天的狼。王曉楠從小是在南方長大的，大學畢業後雖然在北京待了十好幾年，也見過一些冷天，卻是從來沒有聽過這樣的風聲的，心裡不免就有些驚悸。忍不住給許韶峰打了個電話，鈴響了很久也沒有人來接。這才突然想起那頭正是週六的大早上。到了週末許韶峰不睡到日上三竿是不會起床的——大概把電話也關了。只好從壁櫥裡抱了床毯子擁在懷裡，靠在沙發上發了一會兒呆，心裡突然就很盼著章亞龍早點下班。後來不知怎的，彷彿受了鬼使神差，竟從皮包裡找出一把鑰匙，去開了章亞龍的房門。當初章亞龍搬進來之前，諸事都答應了，卻只提出一個條件——房門要上鎖。王曉楠當場就給他配了新鎖，又把兩把鑰匙都給了他。當然章亞龍並不知道，王曉楠手裡還有第三把鑰匙。

章亞龍的屋子和從前幾乎沒有太大的差別。除了桌子上多出了幾個鏡框，壁櫥裡放了兩只箱子之外，一切都一如既往地簡單而有秩序著。簡單和有秩序其實是一件事情的兩種說法而已。一個一無所有的人是很難製造出混亂的布局來的。混亂只能是富有的產物，混亂絕少能從簡單裡衍生出來。

王曉楠便湊到桌子上看照片。照片統共有三張。第一張是一對老頭老太太，穿著一身嶄新的西服套裝，別別扭扭地坐在照相館的長凳子上，對著照相機傻笑——看著像是章亞龍的父母親。第二張照片是章亞龍自己，穿著一件洗得泛白了的軍綠球衫，胳膊上兜著一個籃球，額上脖子上濕濕的都是汗。照片大約有些年數了，章亞龍看上去很是消瘦，球衫從顏色到樣式都有些古板。第三張是一個三十多歲的女人，手裡牽著一個五六歲的男孩。女人其實相貌平平，可是女人卻有一個燦爛的微笑。女人還有一把極好的頭髮，在陽光和風裡柳絲似地飛揚起來，細細碎碎的全是金黃。男孩有些怕羞，緊緊地閉著下巴，不肯對著鏡頭笑。章亞龍並沒有出現在這張照片上，可是王曉楠從女人的眼睛裡看到了章亞龍的無所不在。記得章亞龍第一次來應徵的時候，曾經說過他是「一個人過」的。這樣的說法在現今的時代裡被許多結了婚的男人和女人們廣泛而鬆散地使用著，這樣的說法可以有多種多樣的解釋。也許許韶峰現在就在某一個酒吧茶廊裡對某一個年輕而美麗的女人說著這樣的話。當然，這樣的話從成功的人嘴裡說出來，總是更富有吸引力一些。如果章亞龍在彼岸的妻子聽見章亞龍這樣地對人介紹著他自己的狀況，她的笑容大概就不會像照片上這麼燦爛明媚了——每一個女人剛開始做女人的時候大約都有過這樣的笑容，侵蝕和毀壞是在後來才漸漸發生的。

後來王曉楠又在章亞龍的房間裡發現了一樣她先前沒有注意到的東西，這樣東西使她在房間裡的逗留延續了一些時候。她看見牆角裡有一摞白色的布，布底下彷彿覆蓋著一個木頭架子。布顯然舊了，皺皺地發著黃。她本來並不真想去探討布後邊的內容，可是一想到她還有一個非常完整的夜晚需要細細打發，她就無法遏制地向那個角落走去。

她掀起白布，木架上是一幅畫。一幅油畫。

油畫看起來很新，顏料似乎還微微地透著濕氣。王曉楠把手指輕輕地貼上去摸了一摸，方知道早就乾透了。畫上是一個年輕女子，穿著一件月白色的舊式斜襟布衫，袖口領邊上繡了一些細碎的雲邊。女人的頭髮齊齊地梳到腦後，頭頂露出半隻斜插的碧玉髮簪。也許是風的緣故，也許是笑的緣故，那玉簪上綁的紅絲線似乎在輕輕地顫動著。女人的頭髮很密，瀏海黑壓壓地遮住了眉毛，一雙眸子烏亮清明。女人的雙手緊緊地絞在一處，膝蓋上斜斜地放著一枝夾竹桃。夾竹桃大約是新採的，白色的花瓣上沾著些露水，在早晨的太陽底下閃著些晶晶的亮光。

王曉楠只覺得這女人隱約有些面善，過了一會兒才看出來原來就是照片裡的那個女人——只不過是一個年輕些的古妝版本。畫面右下側有一行炭筆字，字很潦草，她顛來倒去地看了幾回才依稀看出是「瓊美印象」幾個字。

王曉楠站在離畫很近的地方看畫，畫裡女人被畫筆肢解在斑駁的顏料中。後來她退後了幾步，距離使女人和她膝蓋上的夾竹桃漸漸地完整起來，整個畫面便帶上了一層朦朧的憂鬱，甚至連陽光也彷彿隔了一層薄薄的霧氣。這時候她突然看見女人的嘴角牽了一牽，發出一聲輕輕的嘆息。她吃了一大驚，再湊近了些，女人卻不再有響動，回到了畫中的寂靜。她便慌慌地想退出房門，卻完全沒有意料到章亞龍會在這個時候推門進來。

他在見到她的那一剎那愣了一愣，手上的拎包咚地一聲掉到了地上。他的面部表情在嘗試了數種變換之後，終於固定在一個模式上。

這是，是你畫的嗎？

他沒有回答她的問題。他直直地看著她，卻又像沒有在看她，他的眼光筆直地穿過她落在很遠的地方。她突然就覺得被這樣的眼光扎得遍體鱗傷。

這是我的房子，我想進就進，想出就出。

她依稀記得自己對他狠狠地嚷了一句這樣的話，她也依稀記得他在她身後輕輕地關上了門。但是她沒有聽見他鎖門的聲音。

那天晚上，他一直沒有鎖門。

在那以後的日子裡，他也不再鎖門。

她回到自己的房間裡，頭疼欲裂。在吞服了幾片安眠藥之後，她昏昏沉沉地進入了半睡眠狀態。那一晚她的睡眠被無數的夢境割鋸得支離破碎。在其中的一個夢裡她看見了那個穿月白布衫的女人。女人站在一片懸崖上，四周是水——不知從哪裡開始也不知到哪裡結束的水。女人的嘴唇在微微啟動著，像是一尾即將死在網裡的魚。可是她始終沒有聽懂女人的話。後來女人朝她顫顫地伸出手來，她也朝女人伸出手去。當她幾乎能感覺到女人指尖的冰涼時，女人突然帶著一聲轟隆的巨響墜入了深淵。

原來是風聲。

王曉楠捂著胸脯坐起來，一身冷汗，心跳得一個屋子都聽得見。她把那個夢從頭到尾地回憶了幾遍，那個巨大的環繞著懸崖絕壁的水澤突然使她想起來章亞龍桌子上的那張照片——那張有女人也有孩子的照片。那張照片的背景其實也是水，很遙遠很模糊的，淡化成一片青灰色煙霧的水。

突然間她明白了那汪水是尼亞加拉瀑布。

突然間她也明白了章亞龍的妻子不在中國。章亞龍的妻子就在多倫多。

5

那年夏天大考完畢，暑假即將開始，班上有幾個同學建議去蘇州無錫旅遊。王曉楠是廈門人，還沒有機會見識過蘇杭一帶的景致，就跟著報了名。其實開始時王曉楠是有些猶豫的——王曉楠的父母是雙職工，有兩份收入，所以王曉楠是申請不到助學金的。她下邊還有一個弟弟也在上大學，兩人的費用都是家裡來負擔，她手頭就沒有幾個寬裕的錢。促使王曉楠決定花錢去旅遊的，其實還不僅僅是蘇杭的景致。王曉楠是在聽同宿舍的女生說起張敏也要去之後，才下了決心的。

到蘇州那晚，正是最炎熱的時節。天像一口嚴絲合縫的大瓦缸，倒著個兒扣在地上，透不進一絲涼風，滿街的樹木都無精打采地搭拉著枝幹。班長點著人數安排眾人住招待所，指了指張敏問：「你去不去你女朋友學校住？」見張敏不吱聲，就把他的名字劃了出去。一行二十來個人分了三個大統鋪房間住下，一間女房靠裡邊，兩間男房靠外邊。天時還早，眾人都沒有睡意，有的跑去娛樂室看電視連續劇《姿三四郎》，有的就扎在一堆鬧哄哄地玩撲克牌。王曉楠見張敏走了，早沒了興致，就推說頭疼，一個人無心無緒地回屋躺下了。

躺下了，卻睡不著，聽著窗外的知了扯著嗓子撕心裂肺地叫，汗就漸漸把身上的背心濕透了。只好起來，用濕毛巾一遍又一遍地擦拭著身子。好不容易略微有了些睡意，卻聽見一陣窸窸窣窣的開鎖聲，黑暗裡閃進來一個人高馬大的影子，也不開燈，徑直就朝她的鋪位走來。

王曉楠驚得汗毛聳立，咚地一聲跳下床來，飛也似地衝出屋去。其實那人是招待所新來的服務員，不懂規矩，怕吵了顧客睡覺，所以沒敲門就進屋了。知道鬧了誤會，連忙追出來說：「是我，別怕。」哪還來得及——早跑到街上去了。

王曉楠昏頭昏腦地跑到街上，迎面就撞到了一個人身上。那人沒防備，險些被撞了一個趔趄。待兩人都站定了，才看清原來是張敏。王曉楠驚魂未定，身子一軟就歪到了張敏懷裡。

張敏見王曉楠穿著短背心花便褲，光著腳，披頭散髮地站在街上，也吃了一大驚，慌忙扶著她在街沿上坐下。王曉楠就把剛才的事說了一遍給張敏聽，一路說，尚一路喘息。張敏聽了，就笑：「這麼多人呢，他哪兒敢？八成是服務員來換水瓶的。」王曉楠這才想起，那人手上似乎提了東西，大概真是熱水瓶，便也覺得好笑起來。

心略略定了些下來，就問張敏怎麼又回來了呢？張敏「嗯」了一聲，算是回答。這時王曉楠感覺到左腳心隱隱生疼。攤開來一看，原來被石子扎破了，蚯蚓似地爬著一線血。王曉楠見了血，就是一聲驚叫。張敏把她的腳舉到自己的膝蓋上，從兜裡掏出一條手巾來包纏傷口。一邊包，一邊笑：「丁點大的事，也值得叫。你們這代人呀。」王曉楠不服氣，說：「誰說我沒吃過苦？你來看看我們球隊訓練的時候。」張敏只是搖頭。王曉楠就問：「秦海鷗我這麼大的時候，比我有出息吧？」張敏不說話。王曉楠又問了一遍，張敏給纏不過，才說：「秦海鷗你這麼大的時候，用一根擀麵杖打死過一條狼。」王曉楠嘆了一口氣，說：「生在好時候也不是我的錯。你總不能叫我把你們這代人的苦都吃過一遍，才肯拿我當真吧。」

張敏聽了，心裡動了一動，轉過臉來看王曉楠坐在路燈底下，手臂肩膀全然裸露在外，一身的肌膚如同上了釉的新瓷，光光的沒有一絲摺皺瑕疵。一副清清涼涼的樣子，反看得他很是燥熱起來。就站起來要幫她取鞋子。王曉楠不肯，要張敏陪著坐一會兒。張敏說你這副樣子，王曉楠這才覺察到自己穿得很是單薄，就說那你把襯衫給我。張敏無奈，只好把身上的襯衫脫下來，給她披上——幸虧裡頭還穿了一件背心。

兩人就坐著看天。

天極是清朗，星星如豆，一望無際。一輪滾圓的月亮，照得地上彷彿被水清洗過了一遭。天色晚了，終於起了些細風。知了也歇了。遍地寂靜中，只聽見滿樹的葉子窸窸窣窣地抖著。兩人久久無話。王曉楠用手指頭梳編著頭髮，梳攏了又拆開，拆開了又梳攏。王曉楠的頭髮很長，有時梳兩條長長的辮子，有時在腦後紮一根馬尾巴。不梳辮子也不紮尾巴的時候，那一堆散雲就把她半個身子都蓋住了。後來她撥開散雲把頭靠在了張敏肩上。張敏沒動。

過了很久她才聽見他幽幽地嘆了一口氣。

曉楠我是不能離開秦海鷗的。

如果我不讓你離開秦海鷗呢？

王曉楠伏在張敏肩頭，低聲問道。

張敏沒有回答。

6

畢業分配方案下達時，張敏的去向是早已預計到了的。老家南京的一所高校，三個月前就發了公函到系裡點名要張敏，而那時秦海鷗已經考取了南京藥學院的研究生。無論於公於私，張敏都是應該回南京的。然而王曉楠的去向卻一直在變動之中。開始時班裡沸沸揚揚地傳說她在四方活動準備回老家廈門的一所高校教書，後來又有人說她在努力爭取去浙江的一家出版社，最後她卻定局在北京一家不大不小的報社當了文字編輯。其實關於她去向的種種傳言都只是人們生動活潑的猜測。當管分配的輔導員徵求王曉楠的意見時，她只稍稍沉吟了片刻就說要去北方。在這件事上王曉楠並沒有像往常那樣地向張敏討教，所以公布名單的時候張敏難免吃了一大驚。當然張敏沒過多久就明白過來了——北京是三個城市中離南京最遠的。

在塵埃落定，眾人的未來都有了著落時，王曉楠突然得了一場大病。嚴格地說，王曉楠的病並不完全是突發的。王曉楠一直有胃病的歷史，只是在那段時間裡她的胃病達到了登峰造極的地步。那時她的同學們都已經到單位報到或趁報到之前的短暫片刻回家探親去了，她卻因為要在學校的掛鉤醫院裡接受檢查而獨自留了下來。她一個人躺在沒有人聲的宿舍裡，在胃痛的間隙裡嘗試著睡一小會兒覺，或者在胃藥製造的片刻安寧中小心而又頻繁地進食，而這種時刻學校的食堂通常是關門的。

張敏決定留下來陪王曉楠看病。

張敏從他的同鄉那裡借來了一個煤油爐子，用剩餘的糧票到附近的農貿市場和農民換來半籃雞蛋，並把自己的自行車賣了，去小菜場買來薏米、肉鬆、活魚和排骨，每天為王曉楠做著小灶。於是宿舍狹窄的樓道裡，便常常充溢著一股蔥花和熱油交混著的香氣。

有一天，在飽飽地喝過一碗鮮魚湯之後，王曉楠有了些睡意，就靠在床頭懶怠地閉上了眼睛。午後的陽光把她的臉色塗抹得嬌嫩異常，該紅的地方很紅，該白的地方很白。汗濕的瀏海在她的額上形成一個個大大小小的圓圈。他用手指頭長時間地挑弄著她的額髮，她醒來時發現他的臉色有些疲憊灰暗。

你該走了。

她緩緩地對他說——他的宿舍在她的樓上，每天他都會被叫上去聽南京來的長途電話。

曉楠。

他叫了她一聲，嗓音有些嘶啞。

我和她還有很長的日子，和你卻沒有了。

後來他決定送她去北京報到。

到了北京，王曉楠的單位分給她一間宿舍，是和一個單身女記者共住的。屋很小，擺了兩張單人床，一張舊桌子和兩張木椅，就連走路也得側著身子了。桌子只有一個大抽屜兩個小抽屜，早讓那個記者占滿了，見王曉楠來，只好百般不情願地騰出一小塊空地來。王曉楠平時愛買書，帶著一箱子的書到了北京，卻哪有個地方放置？只得堆在床頭，高高地就堆了半堵牆。屋裡連盞檯燈也沒有。若一個人占著桌子寫字，另一個就得蜷腿坐在床頭看書，暗朦朦地十分傷眼力。張敏原以為京都大地方，事業生活自然另有一番風景，誰知竟也是這般小氣拙陋，就十分放心不下。反倒是王曉楠時時地說著些寬慰的話。

王曉楠的單位雖小，卻還算熱情，給了她一週的安家假期。正巧張敏前幾天剛收到了一筆稿費，就帶著王曉楠上街買了一盞檯燈、一些鍋碗瓢盆和一條新床單。後來他們路過西單商場，看見服裝櫃檯跟前圍了好些人，就擠了進去看熱鬧。櫃檯裡擺著幾件剛剛上市的太空服。蓬蓬鬆鬆的，上邊匝了些橫橫豎豎的道道，分大紅天藍兩種顏色，很是鮮豔。那年羽絨服是一樁剛剛興起的時髦，從前眾人只是在電影裡見過宇航員[4]穿這樣的衣服，便都好奇，卻還是嫌貴，終是看的人多，買的人少。王曉楠看了看標價，是三十九到四十三塊錢不等，就拉著張敏轉身走了。兩人走出幾步，張敏突然又折了回去，回來時手裡就多了一個大包。王曉楠嚷了半句：「你瘋了，回去不，不辦事了……」就停頓在了那裡。雖然王曉楠異常小心地繞過了那個關鍵的詞，她卻知道張敏這趟回南京，最早國慶日，最晚元旦，是要結婚的。張敏不回答，卻催著王曉楠把太空服套上試試。張敏選的是天藍色中長的那一款，王曉楠穿上了，拉上拉鍊，正好在膝蓋上，那遮住的和露出來的部分都讓人產生無限遐想。找不著鏡子，就問張敏怎麼樣？張敏看得呆呆的，半晌說不出話來。王曉楠悶出了一頭一臉的汗，就把衣服脫了。張敏接過來拿在手裡，就勢將王曉楠緊緊地摟住了。兩人站在當街的秋陽裡，聽著秋風細語呢喃地梳理著秋葉子，突然就有了些地老天荒的悽惶。

第二天張敏去火車站買回南京的車票。買好了票他就到旁邊的郵局掛了一個長途電話。那頭秦海鷗接起來，輕輕一笑，問：「是浪子嗎？」張敏沒笑，卻說了火車的班次和抵站時間。秦海鷗問還有別的事嗎，張敏呵呵地乾咳了兩聲，才說：「海鷗這趟我真的回家了。」秦海鷗那頭半天沒有說話，張敏知道她在哭。事過多年秦海鷗回想起來，仍舊覺得張敏的這句話是一語成讖。

後來王曉楠送張敏去火車站。王曉楠在張敏的車廂裡待了很久，一直待到高音喇叭前後報了三次「送客的同志請下車」，王曉楠才站起來。王曉楠雖然站了起來，卻沒有離開。

這時張敏把手搭在了王曉楠的肩上。張敏的手放得不輕也不重，使王曉楠一時無法判斷他是在拉她還是在推她。在片刻的猶豫中，火車喘了一口長長的粗氣，緩緩地行走起來。王曉楠重新坐了下來，說：「我到天津再下車吧——一會兒去補張票。」

可是王曉楠並沒有在天津下車。王曉楠後來是在濟南站下車的。王曉楠下車的時候走得很急，兩腿像灌了風似地，停也停不住。一直到那輛依舊載著張敏的火車蛇一樣地蜿蜒進一天一地的暮色裡，最後只剩了一個黑豆大小的圓點時，她才發覺她的身子其實一點也不肯與她的腿配合。她的身子如同一攤抽去了筋骨的散肉，腿突然間就載不動那樣的重量了，便咚地一聲坐在了馬路砑子上。她在馬路砑子上坐了很久，看著街燈一盞一盞地亮了起來，行人在橘黃色的街燈下蛾子般笨重地移走著。沒有一盞燈是她見過的，也沒有一個人是她認識的。她想哭，可是她卻沒有哭。因為她知道沒有人會聽她哭。

她於次日下午回到了北京，意想不到地發現她的辦公桌上有兩封加急電報——都是從徐州發過來的。第一封是張敏的。張敏的電報從抒情的角度來說很是簡短，只有兩句話。然而從電報慣常的敘事用途來說，卻囉嗦得幾乎接近奢侈了：

我一直在你和世界中間做選擇，現在才知道它們是一回事。等我回北京。

第二封電報是徐州市公安局發來的，說一個身分不明的男人在徐州火車站旁邊被一輛貨車撞死，口袋裡有一封電報草稿，收件人是王曉楠。請速來徐州認屍。

張敏最後葬在了南京郊區的一個僻靜縣城。葬禮上秦海鷗遠遠地躲避著試圖安慰她的人群，卻從頭至尾一直緊緊地握著王曉楠的手。秦海鷗喃喃地問了很多次：「他為什麼要在徐州下車呢？」

王曉楠沒有回答。王曉楠沒有告訴秦海鷗張敏從徐州給她發過電報，秦海鷗也沒有告訴王曉楠張敏在北京給她打過電話。她們都懷了一個被死亡驟然切去了尾巴，卻依舊能產生無限美麗遐想的巨大祕密，各自以為最終得到了她們一生中最重要的那個男人。這樣的想法使她們開始彼此深切地憐憫著對方——畢竟失去了對方，她們對張敏的記憶就是殘缺不全的了。

秦海鷗與王曉楠的友情斷斷續續地保持了很多年。秦海鷗碩士畢業後直接報考了博士生，後來就留校任教做研究。沒有出國，一直單身。到三十九歲時才嫁給了她的導師，一位在文革中喪偶的知名教授。她很少對王曉楠說起過她的婚姻。然而她和她丈夫的名字，卻常常並排出現在一些很有分量的學術雜誌上。當然還是他在先，她在後。

7

許韶峰回國之前，兩人將買完房子後剩下的幾十萬加元，都存進了互惠基金帳號。本金不動，利息用來做王曉楠在多倫多每月的花銷。王曉楠寫信給國內的舊友，說起這邊移民生活的百般無聊，落款時就會寫上「惜婆」兩個字，諧的是「息婆」的音。

年底的時候，王曉楠收到了投資公司寄來的一封信，報告這幾個月來的投資收入情況。粗粗地看了一眼，就覺得錢數不對。在國內錢上的事從來不需要王曉楠上心，到了這裡沒個商量的人，只好自己學著管錢。就翻箱倒櫃地找著了開帳戶時簽的文件，對了對數目果真少了約有十來萬加元。立時就打電話給投資公司，問這幾個月互惠基金怎麼虧成這個樣子了？那頭的小姐聽了她的口氣，就笑：「算你運氣好，雖然沒賺，卻也沒大吃虧——你看看近來這股市是什麼行情？你先生沒告訴你？他一個月以前從帳號上取走了十萬加幣。你們開的是聯合戶頭，誰單獨簽字都生效。」

王曉楠掛了這頭的電話，又急火火地撥了個北京的電話。接通了，就甚是凶狠地嚷了起來：「好你個許韶峰，還有什麼要瞞著我的，你就一併都說出來……」那頭聽了，沉沉地嘆了一口氣：「什麼事，就不能慢一點說？多少年了，總是這個脾氣。」王曉楠這才聽出來是婆婆的聲音，就多少有些羞愧，又不便對婆婆細說原委，只好收斂了些火氣，問許韶峰哪兒去了。說出差去了。哪兒出差？廣州深圳一帶。什麼時候回來呢？沒準。在外邊討債呢，年底要討不回來，過了年就更沒指望了──這年頭，欠債的大過討債的。豆芽呢？進住宿學校了，週末才回來。王曉楠聽了又是一愣──不是說好了要到這邊來上住宿學校嗎？婆婆就有些不耐煩起來──你不在，誰管孩子的功課？他是孩子的爸，還能不為孩子好嗎？什麼時候去加拿大不是還沒定嘛。王曉楠無話，只好掛了。

許韶峰辦好移民手續帶王曉楠來加拿大登陸時，頭一個星期裡不去看高樓大廈，也不去看名山好水，卻一直呆呆地坐在公寓門口看天。看著看著，就翻來覆去地問王曉楠：「這天，這天怎麼就能藍成這個樣子呢？藍得讓人他媽的想哭。」──好像老婆必須為天的顏色負責似的。到了第二個星期，天依舊還是藍的，他卻不再提想哭的話了。到了第三個星期，他就漸漸忘了天本來可以不這麼藍的──那時他已經待得有些無聊了。許韶峰是在買了房子後的第五天回北京的。飛機場上和王曉楠說好了，這趟回去，最多待兩個月，把人家欠他的他欠人家的債都清一清，再把公司的事徹底交到合夥人手裡，就起身回來，順便把兒子豆芽帶來送進私立住宿學校念書。可是轉眼五六個月過去了，許韶峰電話裡卻漸漸不提回來的事了。王曉楠追得急了，那頭就長一聲短一聲地嘆氣，說公司的麻煩事多了，一時半刻哪脱得了身。問什麼事，又死活不肯細說。王曉楠忍不住和他訴些苦，說這邊家裡的水管漏了，修了幾回也沒修好。考汽車駕駛執照，考了三回也沒考過，眼看冬天就要來了，不開車怎麼出門呢？許韶峰開始還講幾句寬心的話，後來就聽得哈欠連篇起來，說叫出租車就是了，你又不是沒有錢。再不，叫個人住進來，幫你幹些雜活。你這還叫苦，有多少人想吃你這種苦都吃不上呢。王曉楠聽了，心裡一涼，從此不再拿這頭的事煩他。

王曉楠放下婆婆的電話，又馬上撥了許韶峰的手機。許韶峰的手機是全球通，一撥就通了，是個女聲，細聲細氣地問：「是你嗎？什麼時候回來？」王曉楠沒好氣地回了一句：「正是我。你說我該什麼時候回來呢？」那頭一聽來頭不善，頓時就換了種語氣，正正經經地說：「我是許總的祕書。許總正在開會，讓我替他聽手機。」王曉楠冷冷一笑，說：「那正好，請告訴你們許總，他老婆在加拿大讓人綁架了，他若是要人，就火速拿出十萬加幣來。他若不要人了，也得回來收屍。」說完也不等回話，就嘭地一聲掛了。

就坐在地毯上發了很久的呆。想給廈門的娘家打電話，剛接通了，聽見是母親的聲音，又趕緊掛了。母親去年得了乳腺癌，動手術做化療放療加上單人病房高級營養品，一共花了十多萬元——都是許韶峰付的錢。母親從此不再說許韶峰一聲不好。王曉楠又從手提包裡拿出一本通訊錄來，十幾頁紙統共好幾十個名字，從頭翻到尾，竟找不到一個可以說話的。後來還是忍不住給章亞龍撥了個電話——章亞龍衣廠的電話號碼還是當初他留在租房申請表上的。衣廠正是午休的時候，電話裡鬧哄哄很是嘈雜。她等了約有十來分鐘，章亞龍才來到電話機旁邊。聽見是她的聲音，就愣了一愣。她清了清嗓子，說了半句：「那天的事……」就說不下去了。他也不接她的話，由著她尷尬了一小會兒，才噗嗤一笑，說：「我接受你的道歉。」王曉楠「咦」了一聲，說誰給你道歉來著？家裡燉了西洋參雞湯，你吃不吃？他說吃，她就掛了。

王曉楠打了這一大通電話，只覺得周身燥熱無比，在屋裡再也待不下去了，就抓了一件大衣走出門來。出了門，卻又不知道往哪裡去，只好順著平常坐車去英文補習班的路線，無精打采地走了三兩站，兩腿就漸漸沉了起來。正想坐車回家來，突然看見街邊停了一輛漆得甚是花裡胡哨的大汽車，車門大敞著，門外排著一隊人。王曉楠走近了，才發現那人群中有兩個是她班裡的同學。就問去哪裡？說是去尼亞加拉賭場，五塊錢一張票，包晚飯。還有空位置，你去不去？王曉楠就糊裡糊塗地跟著上了車。

車慢吞吞地開了約有一兩個時辰，就到了一個開闊去處。耳裡隱隱的彷彿聽見些轟鳴，車窗上也漸漸地蒙上了些霧氣。王曉楠知道這是到尼亞加拉瀑布了。誰知車路過了瀑布，並不停下，卻一路直直地開進了一幢大圓樓。王曉楠問了同學，才知道這車的司機和賭場有協議，旅客要先進賭場，賭夠了才能放出來觀光——世界上哪有免費的晚餐？王曉楠無奈，只好隨著眾人進了樓。

進了樓，才發現這樓裡的景致反比樓外的明亮。一個碩大無比的圓型屋頂，通通拿來做成了一頂人造天穹。那天也不僅僅是一塊藍天，還飛著些絲絲縷縷的白雲。白雲是絲紋不動的，動的是天穹。這天穹一轉動，雲彷彿就動了，天也就很是逼真了起來。又見四圍的牆壁上，不是西洋壁畫，就是羅馬雕塑，一片金碧輝煌。那沒有壁畫也沒有雕塑的空間裡，就做了各式各樣的店面，賣的是進口菸草、歐洲皮貨、非洲藝術品。地上一律鋪著酒紅色的地毯，幾十個年輕女招待，手托著飲料盤四下走動，給客人送茶飲。一式一樣的瘦高挑身材，一式一樣的超短裙，一式一樣的殷勤微笑，甜媚卻不低賤，親近又不狎昵。王曉楠只覺得這個地方像是大鬧市裡的一個藝術館，像是為富貴人家設計的一家專賣商場，又像是旅遊勝地裡的一座五星級賓館。什麼都像，卻唯獨不像是賭場。

同學就拉她去玩老虎機。她的皮包裡正好裝了兩百多塊錢的現金——原來是想去買吸塵器的。就數出五十塊錢來去櫃檯換了滿滿一筒的籌碼，剛剛投進去四五個，就聽見她的機子鬼似地尖叫了起來，嚇得她心慌慌地直跳。旁邊的同學拍手歡呼起來：好運氣——老虎口裡就叮叮噹噹地掉下好些籌碼來。她接了一筒，沒接完。又淅淅瀝瀝地接了大半筒，才接完。就拿了那個半筒的去給同學玩，自己抱了贏的那一筒，加上原先的那一筒，興興頭頭地接著玩了起來。誰知後來老虎機就很是安靜了起來，再也不肯出聲了。同學說你把一天的數額都贏走了，還指望它給你出錢呢。趕緊換一部機子吧。她果真就換了幾部機子，卻依舊不出錢。沒過半個小時，就把兩筒籌碼輸光了。又去服務台換了一百塊錢的籌碼。輸幾下，贏幾下的，拖拖拉拉地玩了一陣子，終究還是都輸完了。看了看手錶，離吃晚飯的時間還早。實在無聊，又去櫃檯把口袋裡的錢都兌了，換了個一塊錢一次的老虎機玩。這次倒是痛快，全是進的，竟然沒有一個出的。不到一刻鐘，筒就露了底。口袋裡再也沒有票子可換了，只好下決心歇了，不再戀戰。

正好這時晚飯也送過來了，是盒裝的義大利比薩餅外加一小杯可樂。比薩餅上澆了滿滿一層乳酪，王曉楠向來不愛吃乳製品，勉強咬了幾口，就吃不下去了。便沿著走廊逛來逛去看人家賭大籌碼的。看了一會兒玩二十一點的，見都是輸的，一個沒贏，就掃了興。後來走到了一個五顏六色的大轉盤跟前，看見一個精瘦的墨西哥人，半蹲半坐在椅子上，正往檯子上放籌碼。那人將籌碼放得擠擠的，在二十到三十號中間的數字上都堆上了小小的一疊，連邊邊角角都堆滿了。發牌小姐手腕輕輕一轉，轉盤悠悠地轉了一小圈，在一個號碼上停了下來。還沒容王曉楠看清楚，小姐早將一桌的籌碼撣灰塵似地撣得一個不留，單單給那個墨西哥人扔了一大摞子籌碼。到第二輪時，墨西哥人並不著急，等著小姐把手扶到了轉盤上，才開始放籌碼，也是放得擁擁擠擠的。這回小姐用力凶狠了一些，轉盤轉了幾圈才停了下來。眾人只盯著墨西哥人看，只見那人又摟進了一疊籌碼，竟比上回的還多。小姐的臉色就遮掩不住地有些難看起來。這時裡頭走出一個領班模樣的人來，把小姐領進去了。過了一小會兒，小姐又出來上了檯子——卻不是同一個小姐了。

王曉楠看得稀裡糊塗，同學就解釋給她聽，那個墨西哥人可不是尋常的賭徒，是屬於賭精這一類的。這些人從不輕易下注，必是在某張檯子邊上轉來轉去觀察了很久的，早就摸清了小姐轉盤時的手勢和下力的輕重緩急，推算出轉盤大概會在哪個區域內停下，就把賭注下在那個範圍的數字上。這樣的賭客，賭場極是忌諱，卻又找不出由頭來拒絕，只好靠頻繁地換小姐來擾亂他的推理。王曉楠聽了，大長見識，就說那我就跟他投注，他投什麼我也投什麼。同學見她早先也輸過幾百塊錢了，都勸她。她正在興頭上，哪裡聽得進勸？徑直去提款機裡取了五百塊錢，通通換了籌碼，回來一看，不僅是墨西哥人不見了，連同學也走散了。只好自己找了張檯子，自作主張地下起注來。結果又同早上一樣，開門第一炮就紅，紅了一炮卻再也不見顏色了。便越發著急起來，賭注越下越大。那五百塊錢不禁輸，五把十把就全軍覆沒了。本想再去取錢，突然想起銀行卡上的每日取款限額已到，只好殃殃地站了起來，一個人離開了賭場。路過大廳，在玻璃鏡子裡看到了自己的模樣，兩個眼睛紅紅的如燈泡，頭髮根根直立，這才明白了賭徒為何十有八九面目可憎。

走到門外，早已是暮色蒼茫。天上正下雪霰子。雪霰子落到地上，沙沙地像小時候家裡過年炒糖栗子的聲音。路邊停了兩輛城市電視台的車子，有三兩個工作人員正扛著黑黝黝的攝像機在拍晚間新聞——昨天移民局剛剛在賭場抓住了一個通緝已久的殺人犯。一個三十來歲的女記者，穿了一套極是精神的玫瑰紅西裝，胸口別了一個小麥克風，身子在風裡凍得抖抖的，在伶牙俐齒地報新聞。王曉楠不禁微微一笑。時光倒移，她彷彿看見了當年的自己。在北京的那些年月，想起來真是恍如隔世。

遭冷風一吹，王曉楠才清醒了些，明白自己這半天的工夫裡已經扔掉了七八百加幣。這七八百加幣若換成人民幣，也是三四千塊錢，那是從前自己做記者時好幾個月的工資。章亞龍在衣廠裡要打多少個包，才能拿到這個錢數？就有些心疼起來，不由地後悔了自己的孟浪。懊悔歸懊悔，終不肯服氣——自己輸的這個錢數，還不夠許韶峰一個晚上在歌廳酒吧裡的消費。說是招待客戶，誰知道是一群什麼樣豬頭狗臉的人呢？由此想開，又想到那個接手機的青蔥翠玉般的女聲，心裡越發翻江倒海似地難受起來。方才吃的那幾口義大利餡餅，漸漸地堵了上來，忍不住蹲在冷風裡嗽嗽地吐了起來。

吐完了，站起來，看見身邊有個電話亭子，就鑽進去，塞了一張信用卡，撥了家裡的電話號碼。原來只想查一查家裡的電話留言，沒想到卻有人在家。她頓了一頓，才說：

「你，你來接我一下吧。」

8

王曉楠大學畢業分到北京，在報社工作了一年多，就通過公開招聘考到京城一家新成立的電視台當了採編記者。那幾年裡，像王曉楠那樣重點大學畢業有本事也有點相貌的單身女子，是很難被社會遺忘的，尤其是在京城那類充滿了伯樂也充滿了千里馬的地方。她們一如釘子，即使被重重疊疊地包裹深藏著，最終還會在幾經顛簸之後從包裹中破孔而出的。儘管後來在人事關係調離一事上王曉楠遭遇了可以用「萬水千山」來形容的艱難歷程，她畢竟很早就離開了枯燥乏味的文字編輯工作。在單調刻板的辦公室生涯還沒有在她臉上畫下永久性的記號時，她就非常及時地翻開了她人生中截然不同的一頁。

王曉楠到電視台之後選作的第一個專題片，就是關於部隊年輕軍官的。確切地說，是指那批高等院校畢業的大學生軍官。王曉楠的任務就是把這些人從平淡無奇又廣闊無邊的軍營背景裡剝離出來，把他們的故事添上綠色之外的其他顏色呈現給觀眾。王曉楠的節目出現在一個軍隊已經失卻了慣常的神祕色彩，其功能已逐漸退化到不再被社會矚目的太平盛世裡。在當時人人致富的社會主旋律裡，王曉楠的主人公和他們的故事似乎在唱著一支小小的反調。然而在缺少反調的日子裡，微弱的反調引起的注意有時卻可以勝過強大的正調。正是由於這個原因，王曉楠在電視台的首次亮相就取得了意想不到的巨大成功。這個成功為不久之後她成為京城知名的欄目主持人鋪下了第一塊堅實的基石——那是後話不提。

許韶峰是王曉楠製作的軍隊故事中的一個人物。許韶峰是同齡軍官中資歷最老的，十六歲入伍，後來被保送進入一所部隊系統的醫學院，到那時已經有將近十五年的軍齡。許韶峰大學畢業後，並沒有像他的同學那樣進入部隊醫院當醫生，而是被分配去協調管理部隊醫院的設備更新換代和技術人員培訓。在那個異常強調專業對口物盡其用的時代背景裡，許韶峰其實不是那種常規成功故事的原材料。可是王曉楠在一片反對聲中堅持要選用他的故事，用較為通俗的話來說，王曉楠對許韶峰有知遇之恩。那時許韶峰的同班同學中已經有人當上了住院總醫生，而許韶峰卻連一個盲腸小手術都沒有動過。可是許韶峰卻是他們中間第一個被提拔為正營級幹部的。正營級在今天的標準裡如同小數點之後的第三四位數，小得幾乎可以忽略不計。然而在當時卻是許韶峰的同伴們近乎奢侈的夢想。

當王曉楠和她的攝製組跨進許韶峰那個顯然經過精心布置的辦公室時，攝影師馬上把鏡頭對準了牆上那一排框裱得整整齊齊的獎狀和獎章。王曉楠請許韶峰解釋這些獎狀和獎章的由來，許韶峰嗨嗨地笑了一笑，說：「你要聽哪個版本的？是開著麥克風的，還是關了麥克風的？」王曉楠就是在那個時刻注意到了許韶峰的不同之處。許韶峰和他的同伴們一樣，都想急切地通過媒體成名，但是許韶峰不像他們那樣小心翼翼地掩掖著他的企圖。在一片巨大虛浮的喧囂聲中，這一點小小的誠實，卻突然使王曉楠產生了一些感動。

王曉楠還注意到了許韶峰的高大英俊——王曉楠生命中出現過的男人彷彿都是這個樣子的。矮小懦弱的男人走不進她的視野。那天是個極熱的夏日，許韶峰沒有穿軍裝。許韶峰穿的是一件極為普通的白布襯衫，但是他臂膀和胸脯上的肌肉使得那件再普通不過的襯衫突然間有了深刻的內容。他們之間的談話很是順暢，如同一股在平坦的山道上行走的溪水，幾乎完全沒有障礙地自由流淌，即使是在鎂光燈和麥克風的注視之下。當然那天的談話並不都是通過語言進行的，其實眼睛也有很多的參與。當她問起他的家庭情況時，他突然有了小小的一個停頓。隨後他說了一句「不隨軍」，就不再往下說了。這是那天全部的對話中出現的唯一一個阻隔。分手時他表現出一些心不在焉，甚至沒有回應她的道別。後來她才明白，其實在那時他就堅定不移地相信他們還會見面的。

後來王曉楠就全心投入了這組節目的後期製作。再後來她又全心投入了節目帶來的成功情緒之中。再後來她就接受了一組新的節目。日子由這些後來和再後來循環往復地充填著，許韶峰帶給她的短暫感動就漸漸失落在忙碌之中了。生活的隧道太長也太灰暗，那些短暫的火花是很難長久地照亮一個人的行程的。三個月後當樓下傳達室打電話上來告訴她有一個叫許韶峰的人要見她的時候，她已經想不起來他是誰了。

她當時正在和總編談一個新節目的創意，談得興起她竟然忘了他在樓下等她。當她最終想起來時，他已經在傳達室裡坐了將近半個小時了。穿軍裝的他和穿襯衫的他很有些不同，軍裝使他顯得成熟而又威嚴。她看了他好幾眼才把他認了出來，她臉上驚疑交加的表情使她在那一刻裡突然有了幾分未經世事的清純和單一。他覺得自己多年堆積的世故頃刻之間像一片雪花融化在她的目光裡。當然他沒有這樣告訴她，至少在當時沒有。他站起身來，而且站得很是挺直。他雙腿緊閉，雙肩高聳，揚起右手，突然對她行了一個威嚴而標準的軍禮。然後他從口袋裡掏出一封信交到她手裡，就一語不發地離開了傳達室。在眾人好奇的目光中，她追著他跑出辦公大樓。她自然是追不上他的。她看見他的步子從容而又堅定，後來他就化成了熙攘的街景裡一個小點子。可是他一直沒有回頭。這是他設計已久的一個亮相動作。他知道只有採用某種別具一格的戲劇性方式，他才有可能進入她的視野。

她打開了他的信。信有兩頁紙。第一頁紙上是一首詩。詩很短，沒有署名：

默默的等待中，
指間溜過了多少
無風的夜晚。
天上星星，個個都很亮。
為了那一個，
卻迷失了回家的方向。

路過你的窗前，
想問
你的燈火是否為我而亮？

可是我不敢。
夜是沉沉的網，
隔開了你
在窗的那端。
我
在窗的這端。

這是許韶峰對王曉楠第一次也是唯一一次的與求愛模式最接近的感情表白。後來王曉楠多次問過許韶峰這首詩是寫的還是抄的，許韶峰從來沒有正面回答過她的問題。他總是笑笑，不置可否地反問她：「你覺得呢？」

與第一頁紙裡的浪漫情懷相比，第二頁的正文顯得有些不合時宜的嚴峻。

我是在一年以前經戰友介紹認識了現在的這個「妻子」的。

許韶峰在寫到「妻子」這個詞時使用了一個引號。

她家在天津，我在北京。我們是通過書信聯絡交往的。四個月前我們登記「結婚」了。

在寫到「結婚」這個詞時，許韶峰又一次使用了一個引號。

然而我們僅僅只是法律意義上的夫妻，我們始終沒有住到一起。因為在籌備婚禮的前夕，我無意中了解到她有相當嚴重的作風問題，在當地名聲很壞。

看到這裡王曉楠忍不住抿嘴笑了一笑。那是八十年代中期了，「生活作風」這一類的詞語雖然有時還在一些場合出現，在更多的場合裡卻已經被另外一些聽上去不那麼嚴肅的詞語所替代了。

但是促使我決定離開她的不是上面的原因，而是我發覺她並不愛我。作為我妻子的那個女人，可以有千瘡百孔的缺陷，卻至少應該是愛我的。

於是我單方面提出離婚。然而她堅持不肯，並層層告到部隊上級。部隊正在協助地方調查事情真相。相信手續只是一個時間問題。

讀完信王曉楠才認識到許韶峰在一些想法上與時尚很是脫節，在另一些想法上又異乎尋常地前衛。好在那脫節的地方正好在皮毛上，那前衛的地方倒是在骨子裡。因了骨子裡的那點前衛，皮毛上的那些脫節就不顯得那麼迂腐，反倒有了點意外的幽默。其實王曉楠是從心底裡有那麼點喜歡許韶峰的。

可是她還是把他的信鎖到了抽屜裡，不再予以理會。

因為她與張敏那一段長達三年的枝外有節、節外生枝的複雜戀情，早已讓她跋涉得精疲力竭。在她人生的那個生活階段，她嚮往著一種簡單直了、黑白分明的感情，她再也無法忍受兩個人的空間被三個人使用的那種擁擠了，哪怕那第三個人只是一個影子。

當然這只是她沒有理會許韶峰的原因之一。其他的一些原因還包括她的生活方式。那時她已經在京城混了兩年多，在文人的小世界裡有了屬於她自己的圈子。她的周圍不乏對她獻著殷勤的人，其中甚至還有一兩個讓她看得上眼的。

二十五歲的王曉楠那時以為日子是沒有盡頭的，男人如同長長的旅途中的驛站，錯過了一個，自然還會有下一個，他們之間一定是相隔不遠的。

9

王曉楠與許韶峰再次相見，是六年之後的事了。

那時王曉楠在電視台裡已經不再是個跑腿打雜的小字號了。台裡新分配進來的大學生，見了她都畢恭畢敬地叫她一聲「王老師」，而和她差不多年紀的同事，在領導不在的場合裡開始戲謔地稱她為「王頭」。「王頭」在台裡採編並主持一個叫《角角落落》的節目。

節目很短，隔週一次，每次只有半個小時。拍的都是些灰色調的與大悲大喜無緣的小人物，柴米油鹽貧賤夫妻的小故事，沒想到收視率還挺高。

有一天臨下班，社會新聞部的兩個小記者拿了幾張餐券來找她，說是京城鬧市區的一家自助餐廳開業，請他們去捧場。王曉楠看了看餐券上的名字，說這地方我知道，不是一般的貴。一張餐券值一二百塊錢呢，哪是白請的？吃了是要給人做宣傳的。那兩人就沒心沒肺地笑——所以才叫上你嘛。吃了再說，實在逼得緊了，就說你們《角角落落》只拍窮人，哪天變窮了再來找我們，一定給幫著宣傳。王曉楠心想自己回宿舍一人待著也是無聊，不如跟他們去胡亂湊個熱鬧，就罵了聲：「不怕挨刀哪你們。」果真跟著吃請去了。

到了餐館，自然賓客如雲，光花籃，就堆了一整個前廳。來的人個個油頭粉臉，西裝革履的，偶爾有幾個相互認得的，就擠過人群大聲寒喧握手。大多數和王曉楠一樣是來打秋風的，只看盤子不看人。王曉楠嫌鬧，又怕餐廳老闆認出她是電視台來的，就挑了些蔬菜水果，一個人找了個僻靜角落躲起來慢慢地享用。

正吃著，就聽見身後有人噗嗤一笑，說：「還真想大隱於世呢。」王曉楠回頭一看，竟是許韶峰。六年沒見，發福了好些，大樣子上卻還依舊。王曉楠一眼就認了出來，兩人都有些意外的驚喜。彼此伸出手來握著，就半天沒有分開。

許紹峰沒穿軍裝。身上那套銀灰色的西裝和腕上那塊白金錶，都不像是市面上的尋常貨。許紹峰那天看起來很像回事，只是絲毫沒有軍人的痕跡。王曉楠就問：「什麼時候復員的？」許紹峰聽了便笑：「說你不懂吧，兵才復員，官叫轉業。」王曉楠也跟著笑：「那好，官是什麼時候轉業的？轉業都幹了些什麼？」許紹峰就不笑了，認認真真地說：「啥也不幹，就等著星期三看《角角落落》。」王曉楠心裡熱了一熱，暗想這個許紹峰幾年不見，果真有些長進，竟很知道怎麼說好話了。

兩人東一句西一句地說了一會兒別後的事，許紹峰就把手裡的盤子放了，拉著王曉楠往外走去：「什麼東西，要味道沒味道，要顏色沒顏色，倒大街上豬也不碰的，還敢標這個價。不如我們找個清靜地兒煮方便麵吃。」也不容王曉楠回話，兩人就到了街上。許紹峰朝街對過招了招手，王曉楠以為他要打的。就有一輛黑色的奧迪車緩緩地停了過來，裡邊走出一個穿得很是齊整的小年輕，朝許紹峰恭了恭腰，說：「許總請。」王曉楠才知道這原來是許紹峰的座騎。

進了車，許紹峰就同王曉楠一起坐在了後排。車子剪刀似地割進了一街的燈火裡，在熙熙攘攘的人流裡裁出一條窄縫來。許紹峰吩咐司機開些音樂來聽。司機一開錄音機，排山倒海似地滾出來崔健的〈一無所有〉，直震得車玻璃沙沙地抖。許紹峰拍了拍司機的肩膀：「有沒有唱小康的，怎麼天天是這〈一無所有〉的窮調調？」司機聽了，也笑，果真就換了個輕柔些的流行曲來聽。許韶峰側過臉來，問王曉楠：「結了嗎？」王曉楠搖搖頭，也問許韶峰：「離了嗎？」許韶峰點點頭。王曉楠不知道許韶峰離的是第幾次了——兩人都沒提上回的那封信。

後來車就在一座高樓跟前停了下來，兩人坐電梯到了第十一層樓，走出電梯迎面就是一個辦公室，牆上有塊大金匾，上面龍飛鳳舞地印著「韶遠國際旅遊公司」幾個大字，署名是京城一個有名的書法家。許韶峰見王曉楠盯著牌子看，就嗨嗨地笑：「這遍地的水貨裡頭，也只有這個匾是真的。做生意，總想把名字起得大些——在你們文人眼裡，總歸是一個土字。我中學同學裡有一個哥們，他老爺子在國家旅遊總局管點事，能提供點信息財路，我倆就掛在旅遊局下面，合夥開了這個公司。」

兩人就在會客室坐下了，王曉楠看了看那會客室的裝修很是富麗堂皇，不像是個小家當，就猜想許韶峰這些年大概真是發了。問總共有多少雇員？許韶峰說不算當地雇的導遊，真正來上班的約有十四五個人，工資冊上的就比這個數目多多了。王曉楠不解，問不上班怎麼會在工資冊上？許韶峰只瞅著她笑，卻不說話，王曉楠突然明白了過來，就嘆氣：「不能怪幹部不好，只能怪你們的本領太高。」又問有些什麼旅遊路線？許韶峰說：

「遠的遊香港澳門星馬泰，近的遊京津衛，不遠不近的遊蘇杭三峽九寨溝。不過這些線路都是老皇曆了，你有我有大家都有。我們這裡的特色不是這些。」說著遞過一疊宣傳資料，王曉楠略略翻了翻，都是些「井崗山懷舊之旅」，「萬水千山長征路」，「偉人故地吃住行」，「延安窯洞夏令營」等等等等，許韶峰很是得意地告訴王曉楠：「這才是我們的特色菜。剛推出來的時候，是想打部委機關離休老幹部的市場，誰知後來來報名的都是些小年輕，忙的時候一天五條線路三十個導遊都排不過來。」王曉楠聽了，暗暗佩服許韶峰的腦子，就想起當年採訪許韶峰時，眾人只當他是為了升官唱高調，才說專業對不對口無所謂。到今日才看出來，那幾年在部隊管設備更新換代，倒讓他早早地學了些商場的招數，卻真是他的興趣所在呢。

這時候裡頭就嘰嘰喳喳地走出一群下夜班的女孩子來，走到門口，猛然見到會客廳許韶峰正陪著一個陌生女客說話，就折了回去。回去了也不肯老實規矩地待著，都擠在過道裡咕咕地笑。許韶峰喝了一聲：「有話到外邊說，笑什麼笑？」那群女孩子果真就一一走了出來，倒不怎麼怕許韶峰。為首的一個忍著笑低聲說：「許總你說過領導有重要會議時我們不能打擾——我們也沒什麼學問的，怎麼知道什麼重要什麼不重要呢？」許韶峰指著王曉楠說：「這位是電視台的大記者，你說重要不重要？」那群女孩子異口同聲說了聲「重要」，就齊齊地圍過來看王曉楠。其中有一個就認出來了：「你就是，你就是那個……」「就是」了半天也沒把名字說出來。王曉楠就推許韶峰：「喂，管管你的部下。有這麼看人的嗎？又不是猩猩。」眾人越發笑得前仰後翻的。好不容易笑完了，為首的那個女孩子就趴到許韶峰耳朵跟前說：「許總你趕緊把人家追過來吧，我們好去電視台看拍戲。」許韶峰揮揮手，說：「這事容我拿個方案出來。去吧，去吧。」一群人才磨磨蹭蹭地走了，一路走，尚一路笑。許韶峰又是得意了一番：「聽不出口音了吧？全是我們一手訓練出來的。沒有一個是北京人，都是從山西陝西湖南招來的。一能吃苦，二對旅遊景點有感情。」

待人都散盡了，許韶峰就招呼王曉楠到辦公室裡頭轉一轉，王曉楠只是不肯：「知道你氣派大，我們現在是貧富懸殊，再看下去我沒法回去過我的日子了。」許韶峰就嘆了一口氣：「我的窮日子，你又不是沒有見過。一個月七八十塊錢的工資，管爹管媽還要管兩個弟弟。那時候，誰都看著當醫生的強，只有你沒有把我看死。」

王曉楠想說：「其實我也沒想到。」卻終於沒說出來。許韶峰送王曉楠回家，這回是自己開的車。到了宿舍門口，王曉楠下了車，許韶峰把頭探出車來，說：「我沒吃飽，你好歹給我煮包方便麵吧。」王曉楠說：「我從來不備方便麵。」許韶峰涎皮涎臉地不肯作罷，說水總是有的吧，我渴著呢。王曉楠無奈，只好請他進來坐。王曉楠因是單身，在電視台只分到了一小間房，雖也花了些錢略略地裝修了一下，畢竟還是寒酸。許韶峰在沙發坐下來，大衣也不脫，只罵暖氣不足。王曉楠笑笑，說：「京城裡百分之九十五的人就是這樣過冬的，抱怨的卻是另外的百分之五。」許韶峰意識到王曉楠似乎有些情緒，知道自己在這個時候說什麼都不合適，略略坐了坐，就起身告辭了。

第二天王曉楠下班回家，鄰居遞給她一個包，說是快遞公司送過來的。王曉楠回屋打開來一看，是一床南韓產的真絲面料鵝絨被。王曉楠把被子抓在手裡，只覺得輕如蟬翼柔如春水——一下子就猜到是許韶峰送的。不免想起那年張敏在北京街頭給她買羽絨服的事來，便感嘆女人對男人可以有千種好法，男人對女人的示好方式卻是如此雷同單一。又不想去問許韶峰，認定他總會打電話過來的。誰知這一等就等去了一個月，許韶峰那裡一點響動也沒有。王曉楠終於沉不住氣了，就按許韶峰名片上的號碼打了一個電話過去。電話鈴一響，那頭就有人接了起來。一聽到那個底氣十足的「喂」字，王曉楠一時語塞。許韶峰一笑，說：「我知道你會打電話過來的。」王曉楠隔著電話，臉上就有些臊，嘴上卻依舊是硬：「憑什麼？」許韶峰過了半晌才輕輕地說：「為了那六年。」王曉楠不說話，心裡卻很是感動。

這年年底電視台照例給所有的節目按收視率排出檔次，王曉楠的《角角落落》歸在「尚好」這一檔——前兩年都在最佳檔。王曉楠心裡就不是很受用。過了兩天台裡的頭找她談話，說收視率只能代表節目品質的一部分，媒體對社會的引導意義有時比收視率更重要。王曉楠只道是領導明白她心裡的委屈，特意來化解的，誰知那頭話峰一轉——「當然我們也要正視收視率這個現實，看能不能有所改進。」在繞了幾個彎之後，領導終於涉及到了正題：「你看我們能不能依舊由你來編這個節目，再從廣播學院物色一個主持人？」

王曉楠從領導辦公室出來就直接回了家。其實電視台裡有很多面大鏡子，有從上往下照的，也有從左往右照的，有二維，三維，也有四維的。可是王曉楠此刻只願回家照她那面窄小的穿衣鏡。王曉楠在鏡子面前站了很久。側身。正面。低頭。仰首。微笑。沉思。怨恨。無論哪個角度哪種表情，她看見都是一張還算年輕的臉。眼角的那些細紋，必須非常挑剔地觀察才能發現。可是攝像機已經習慣了她的這張臉。習慣的另一層意義就是疲乏。攝像機在狠狠地使用了她幾年以後，終於厭倦了她的臉。攝像機從來不怕得罪任何一張臉，因為京城有太多年輕的充滿新意的臉迫不及待地要和攝像機親近，攝像機已經被那些成千上萬張的臉寵壞了。

王曉楠從宿舍裡出來，信步走到街上。天陰了一整個早上，到這時就飛起細碎的雪花來。街上的人流裹在厚重的冬衣裡，縮頭縮腦地朝她走來，又離她遠去。一切似乎都與她相關，一切又似乎與她全然無關。行走在熟悉得幾乎熟視無睹的街景裡，她突然有了一種深切的幾乎帶了一絲恐慌的陌生感。在這個充滿了機會的碩大無比的都市裡生活了八九年之後，她第一次覺得她依舊是一個孤苦零丁的寄人籬下討生活的外來妹。京城把她高高地舉起來，其實只是為了再把她狠狠地摔下去。

後來王曉楠走進了一個公用電話亭，給許韶峰打電話。電話是祕書接的，說許總在開一個重要會議，暫時無法聽電話。王曉楠突然提高了嗓門，一字一頓地對祕書說：「你們許總就是在開政治局會議，也要把他找出來。告訴他有一個叫王曉楠的女人，問他想不想結婚——我就在這裡等回音。」

五分鐘之後，祕書回來了，說：「許總請王小姐定個時間。」

那年春節，王曉楠和許韶峰在京城登記結婚。許韶峰給王曉楠的結婚禮物是一只一克拉的白金鑽戒和一座位於城郊的小別墅。這兩樣禮物在很長的時間裡都沒有派上用場。鑽戒一直鎖在保險櫃裡，別墅離單位太遠，王曉楠不願意在路上耗費太多的時間。結了婚之後的王曉楠，堂而皇之地加入了電視台裡等待分房的大隊伍，沒多久就分到了一個兩室一廳的中等單元，和許韶峰搬了進去住。

10

章亞龍去尼亞加拉瀑布賭場接王曉楠，正遇上大風雪，滿天飛絮刮得路都不見了，車像一隻肥白的蟲子在高速公路上笨拙地蠕動著。走走停停的，王曉楠的胃就顛簸得很是難受起來。隨手抓過一個塑料口袋，便又哇哇地吐了起來。撕心裂肺地吐完了，臉色煞白如紙。章亞龍嚇了一跳，問要不要把車停在路邊歇一歇？王曉楠搖搖頭，就閉了眼睛靠在椅背上養神。兩人半晌無話，後來章亞龍嘆了一口氣，說：「你再怎麼折騰自己，他也是看不見的。」一句話說得王曉楠紅了眼圈，忍不住流下淚來。章亞龍也不勸，由著她窸窸窣窣地哭完了，擦淨了臉，才把身上的大衣脫下來，蓋到她身上：「睡會兒吧，到家叫你。」

開到家，已是半夜。王曉楠下了車，腳下一滑，就摔到了雪地上。章亞龍伸手去攙，卻摸著了一隻滾燙的手掌。進屋拿出體溫表量了，竟是三十九度多。就馬上要開車去醫院，王曉楠只是不肯，說去急診室等兩三個小時，還不如在家躺會兒。章亞龍就翻箱倒櫃地找出了幾片退燒藥，讓服了。又去廚房煮了一鍋紅糖生薑湯，逼著王曉楠喝了驅寒。正喝著，床頭的電話就驚天動地地響了起來。王曉楠也不接，由著它響到疲軟為止。章亞龍注意到王曉楠已經把電話上的留言機關了。後來電話又響了幾回，一回比一回聲嘶力竭。王曉楠聽得膩煩了，就把電話線給拔了。章亞龍見王曉楠臉頰紅撲撲的，額上濕濕地出了些熱汗，就吩咐夜裡要蓋好被子睡覺。正要走開，卻聽見王曉楠輕輕地叫了一聲：「亞龍，」從被窩裡顫顫地伸出一隻手來，對他說：「陪我一會兒吧。」聲氣裡竟帶了幾分悽惶，平日的果斷尖刻突然都不見了。章亞龍就將屋裡的大燈關了，只剩下幽幽的一盞檯燈。又拖了一張椅子過來，在床前坐下，握住了王曉楠的手。那隻手裹在他的手掌裡，是柔柔軟軟的一團。起先是沒有多少分量的，後來就漸漸地沉了起來——便知道真是睡著了。

這一睡，就睡到了次日清晨。王曉楠一覺醒來，太陽穴尚隱隱生疼，嘴裡甚是苦楚。暗朦朦的曙色裡，突然發覺章亞龍歪在旁邊的椅子上睡著了，手裡依舊握著她的手。這才把頭天晚上的事一一想了起來。就摸索著下了床，只覺得頭重腳輕，滿眼晃著金星。靠著牆歇了一歇，將氣喘勻了，才顫顫地去衣櫃裡拿了一床毯子給章亞龍蓋上。誰知章亞龍就醒了。章亞龍一醒，第一件事就是找來體溫表給王曉楠量體溫。見燒已退了好些，臉色也比昨晚清朗，就說：「你依舊躺著，我去給你煮一碗熱湯麵來吃。」王曉楠果真躺了回去，卻忍不住笑：「看不出你這麼能體貼人。你們家瓊美倒是個有福氣的。」章亞龍聽了這話，臉色驟變，笑容一絲也無了，起身就走出了房間。王曉楠暗想這個叫瓊美的女人也不知做下了什麼事，竟讓章亞龍如此提也提不得，放又放不下。

一會兒工夫，章亞龍就回來了，手裡端了兩大海碗熱氣騰騰的麵條，清清淡淡地只放了些蔥花榨菜，上頭鋪了兩只黃燦燦的荷包蛋——那顏色香味都很是誘人。兩人果真是餓了，也顧不得多話，就呼啦呼啦地吃了起來。王曉楠怕滯食，不敢多吃，只吃了半碗就放下了。就問章亞龍是在哪兒學的畫。章亞龍說是工人文化宮美術班打的底子，後來又在師範學校的美術系進修了半年——實在算是玩票的，當不得一回事。王曉楠忍不住嘖嘖驚嘆：「那科班出身的也不見得有你這份感覺——再好的訓練，學的也都是技巧，感覺是爹娘給的。生下來有就有了，沒有你也模仿不成。」章亞龍聽了雖不吱聲，心裡卻很是得意。

兩人說了一會兒話，就聽到屋裡有鳥兒啾啾地叫了幾聲——那是王曉楠的掛鐘，指針中間坐著一隻紅脯羅賓鳥[5]，時辰一到就要跳出來鳴報鐘點。王曉楠一看掛鐘，就嚇了一跳：「都什麼時候了——你老闆還不開除了你。都怨我，害得你一夜沒睡好。」章亞龍卻依舊坐在那裡不動身。王曉楠又催了一回，章亞龍才咧嘴一笑，說：「還上什麼班呢？衣廠都關門了。」王曉楠就吃了一驚。想起章亞龍是沒有身分的，沒有身分就沒有工卡，只有衣廠這樣的地方才肯雇用這種工人，圖的是最便宜的勞動力——兩下都不敢聲張。若丟了這份工作，再找一份也不是十分容易的。家那邊還不知有多少人在指望著他的錢呢？如此一想，心裡就有些難受起來。沉吟了片刻，才說：「前幾天我去央街買東西，看見那兒大大小小地開了不少畫廊。我雖不是行家，也看得出那些畫都不及你的。要不咱們合夥找個店鋪做畫廊——也不用專門賣畫。有生意就賣畫，沒生意也可以訂製鏡框，翻晒照片。你看能學得會不？」章亞龍半天沒有回話，王曉楠猜著了他的心思，就說：「資金我包了，你出力就是了。」章亞龍就嗨嗨地笑，說：「我知道你要說這個——這個世界上就有兩種人總愛惦記著錢。」王曉楠問什麼人，章亞龍說：「有錢的和沒錢的。」王曉楠忍不住哈哈地笑了起來。笑過了，又問章亞龍：「怎麼樣——畫廊的事？」章亞龍依舊不肯認真回答，一路打著哈哈：「有錢人怎麼總喜歡包，不是包人，就是包事。我看上去一無所有只有力氣，你看上去一無所有只有錢。咱倆要是合作，真叫共產主義——物盡其用，各取所需。」這本來是一句沒心沒肺的玩笑話，卻突然觸著了王曉楠心裡一個埋藏了多時的痛處，就愣愣地呆在那裡，半晌說不出話來。章亞龍瞧見王曉楠的臉色，便知自己把話說擰了，想解釋，又覺得越描越黑，只好「咳」地拍了一下自己的額角：「我知道你都是為我好——你犯不著為我這種人生氣。這錢若是你的，一百萬我也敢用。若是他的，我一分一釐也不能動。」

王曉楠聽了心裡不禁動了一動。細細地將這話想了一遍，只覺得裡頭沒有一個字是關於私情的，卻又沒有一個字是與私情無關的，思緒竟很是煩亂了起來。

11

王曉楠很是慪了幾日的氣，總不肯聽許韶峰的電話。後來實在是掛念兒子豆芽，忍不住接了電話。許韶峰那頭自然是輕言慢語地解釋了一番：「公司捲進了一堆三角債，債主裡頭有一家新成立的小公司，規模小，就靠著這麼點錢過年。不還了他就是不走人，白天黑夜地賴在辦公室裡，門都沒法鎖。這麼點債，其實真算是小頭。只是現在資金暫時周轉不靈，只好先挪了你那邊的錢。實在是怕你知道了擔心——原先想等兩三個星期債一追回來就填回去，誰想到你偏偏就知道了。你怎麼就不是個省心的命呢？」王曉楠聽了雖還是將信將疑，語氣上卻已漸漸溫軟下來了。

又問什麼時候能把豆芽帶過來呢？許韶峰的口氣就有些遲疑——公司的事，比想像得複雜多了，一時半刻怕是移交不了。豆芽在住宿學校裡適應得挺好，功課進步了，身體也比從前壯實。要不，就這樣先對付一陣子，等你在那裡待滿了三年拿了公民，咱們再做長遠考慮？

王曉楠放下電話，心裡空落落的，竟沒有個依託之處。這些年不知不覺地靠慣了許韶峰，漸漸地竟不知道怎麼靠自己了。她突然明白過來，在這個龐大的舉家移民計畫中，也許許韶峰從一開始就沒有把他自己囊括進去。而她則必須孤獨地在加拿大住滿三年。三年之後，她會得到一本新的護照，可是她也會失去一些舊的東西。三年的時間在人生的某些階段只是一個和其他瞬間沒有太大區別的短暫瞬間，而在人生的另一些階段卻像是一道截然的分水嶺。走過了這道嶺，若想再回過頭來看那邊的河，河雖然還是同一條河，水卻已經不是同樣的水了。嶺那邊的景致便不再是故事，而只是故事裡的背景了。

王曉楠是在情緒十分低落的時候想到出國的。現在回憶起來，她人生的幾個重大決定幾乎都是在情緒十分低落的時候做出的，比如北上京都，比如向許韶峰求婚，又比如辭職出國。

那年生下豆芽歇過產假回到電視台，《角角落落》的節目早已由別人接管了。接管的是一個年輕編輯，原先是一家報紙的娛記。那人追蹤的是社會上的新異現象，關注的是異類人的心態變幻，所以節目雖然還叫同一個名字，風格走向都與從前很是不同了。王曉楠從旁看著，總覺得好像是自己的一個白胖兒子，讓人家過繼了去給養成了癩痢頭，心裡很有幾分窩囊和不甘。後來也沒排上什麼正式節目，一直跟在別人節目裡當零工。懶懶散散地混了好幾年，才派上了一個新節目，叫《神州書苑》，是介紹新書新人的。內容大多是文化界的事，正是老本行，王曉楠倒是很上了些心去做。可惜純文化品味的節目，曲高和寡，收視率不高。所以電視台裡有一條不成文的規定，凡是上了《神州書苑》的文人，都得贊助電視台六萬元。王曉楠按台裡的規定試了幾期，結果不甚滿意——那出得起錢的，寫的東西實在入不了王曉楠的眼界。王曉楠看上了的書，偏偏作者不是出不起錢，就是清高不屑出錢——節目的品質可想而知。原先排在週末晚上黃金時段播出的，後來就給挪到了週末白天。再後來又給挪到了週二白天。王曉楠氣不過，便常常找台裡的頭頭腦腦理論，說：「我這個節目，是給你們打品牌的。我不信你們這一大堆下里巴人的節目，就養不活我一個陽春白雪，非得我開口問作者討錢？」領導礙著她的資歷，開始時還耐著性子聽，後來見她嘮嘮叨叨地沒個完，便商量著一起躲避著她，暗地裡都說這個女人大概是提前進入更年期了。

王曉楠在電視台裡遇到不痛快的事，回到家裡自然也沒有好臉色。許韶峰見了，就勸她：「你的這份工，本來就是玩的。你那點收入，還不夠在賽特買一瓶進口香水。既然是玩，玩成什麼樣都好，就是不能玩得太上心。」王曉楠嚷了半句：「我好歹是名牌大學中文系……」就噤了回去。生活像一只細砂輪，耐著性子日復一日年復一年地磨人。十年二十年下來，誰能保得住不被磨平了呢？大學裡的那點理想，早已是桃源舊夢了。這種時候，王曉楠就格外懷念死去的張敏。張敏會被日子磨平嗎？磨平了的張敏就不是張敏了。張敏是一塊花崗岩，砂輪磨不平花崗岩，花崗岩倒有可能磨禿砂輪——死亡像一張永久有效的保鮮膜，將張敏所有的優點都鮮活地保存在王曉楠的記憶裡。在新潮疊起變幻莫測的日子裡，只有古舊的記憶是不變的。不變的記憶相對於多變的日子就顯得格外珍貴。許韶峰自知是敵不過這樣的記憶的。每當王曉楠站立在窗前，一語不發地眺望著其實沒有什麼景色的都市夜空時，許韶峰就知道王曉楠又在緬懷她和張敏也許真切地存在過也許僅僅在幻覺裡存在過的如歌歲月。這時他往往會保持沉默，等待著她思緒的回歸。可是那天他卻犯了一個愚蠢的錯誤。

他走過去拍了拍她的肩膀，用一種時髦的瀟灑語氣對她說：「要不我化名給你們台裡捐它個百十萬，指名是給你們節目的，讓你盡興玩幾手？」王曉楠看了他一眼，沒有說話。王曉楠的眼光很冷，彷彿是兩潭正在結冰的積水。

那天晚上王曉楠早早地洗了澡換了睡衣，坐在床上看《動物世界》。那天的節目是關於澳大利亞袋鼠的。可是許韶峰知道王曉楠沒有在看，因為她始終沒有回答兒子豆芽提出的關於袋鼠的任何問題。在節目即將結束的時候，王曉楠突然喃喃地說：「體育部的小王剛剛出國採訪回來，說加拿大那個國家不錯。」許韶峰當時什麼也沒說。後來王曉楠半夜醒來，看見床頭一明一滅地閃著一顆菸頭。「也好，我們豆芽將來上那邊的大學。」許韶峰半躺半坐著對她說。

第二天他們就開始物色合適的移民公司，著手辦理去加拿大的移民手續。手續進展的速度完全超出了他們的意料，當他們接到那張淺綠色的、印著加拿大移民部大鋼印的移民簽證時，感覺上彷彿只是做了一個離奇的夢。臨別時，電視台裡的同事們設宴為王曉楠送行。那天眾人的情緒都很高漲，在一片震耳欲聾的卡拉ＯＫ背景音樂裡，彼此勾肩搭背一遍又一遍地聲嘶力竭地高唱〈過去的好時光〉。連平時與王曉楠交往很疏的那幾個人，也都紅了眼圈。以往的摩擦碰撞所結下的痂痕，頃刻之間平服在酒精製造出來的亢奮和寬容之中。只有那個素來和王曉楠有些過結的領導，始終坐在角落裡，一枝又一枝地抽菸，一言不發。到曲終人散的時候，才站起來，重重地握了握王曉楠的手，嘆了一口氣：「可惜了，你。」

這句話後來就像一隻蛀蟲，一遇到發霉的心境就爬出來齧咬王曉楠。可是王曉楠卻明白自己是流出溪頭的一股水，無論如何也已經走不回去了。

王曉楠一個人坐在屋裡發了一會兒呆，把過去現在將來揉過來捻過去地想了又想，卻一直沒想出個頭緒來，只好無精打采地打開窗簾看後院的雪景。

後院一片銀妝素裹——這場雪下了整整五天五夜。籬笆不見了，樹不見了，工具房不見了，鳥籠也不見了。看得見的只是高高矮矮肥肥瘦瘦的雪包。地上有兩行梅花腳印，一路延伸進入鄰人的地界——大約是松鼠覓食的蹤跡。章亞龍穿了一件檸檬黃色的羽絨服，正彎腰跪在雪地上堆雪人。雪人已經堆了十有八九。肥碩的身子，滾圓的頭，眼睛是兩顆烏棗，鼻子是一根蘿蔔。頭頂上歪著一頂紅帽子，脖子上纏了一條舊圍巾。肩上斜插著一根樹枝，枝上挑了一角小黃旗，在風裡獵獵地飛。旗子上歪歪扭扭地寫著：「我不醜，我也很溫柔。」王曉楠看了忍不住微微一笑——這個章亞龍倒真像是楚霸王，窮途末路了還能高歌一曲。

章亞龍這些日子除了晚上有時出門一下，白天幾乎都待在家裡，悶頭作畫。她很想問他找工作的事有什麼進展，可是她不敢。有時她覺得她和他都是落在水裡沒有退路的人，他們只能奮力朝前游。她游她的路程，他游他的。他們無可奈何地看著彼此在水裡掙扎，誰也幫不上誰的忙。但是他畢竟在水的那一方對她揚起了一面小小的黯黃色的旗子，那是他給她的加油信號。而她呢，她到底為他揚了什麼樣的旗子呢？

她一聲不響地走到了後院，團起一堆積雪，朝他扔了過去。他嚇了一跳，但馬上進入了反擊狀態。她自然不是他的對手，在她還在籌備第二次進攻的時候，她身上就已經挨了他的三個雪球。其中有一個不幸落到了她還來不及繫上圍巾的裸露的脖子上，有些疼，也有些冷。她突然蹲在地上，捂著臉哭了起來。雖然他不是第一次看見她哭，他還是不知所措地站在了那裡。

為什麼你們男人總也不肯讓女人一點呢？

她問他。

他蹲下來，脫下手套，幫她擦拭臉上的淚水。「因為你不是普通的女人。你不需要任何人對你讓步——無論是男人還是女人。」

他扶她站了起來，擁著她朝屋裡走去。她細細瘦瘦地縮在他的懷裡，像一個受了驚嚇的孩子。

後來發生的事情似乎完全超出了他們原先的預料，又似乎完全在他們的意料之中。開始時他有些拘謹，對於女人他畢竟有點陌生了。然而她很快就使他恢復了所有關於女人的記憶。她的身體溫軟若水地承載附和著他，使他無論是想給還是想要的時候都夠運作自如。

當欲望漸漸退卻，思緒如沙灘在落潮之水中漸漸呈現出來時，他撫摸著她汗濕的、有了些細碎皺紋卻依然明麗的額頭，久久無語。其實他很想問她一些事情，一些與許韶峰有關的事情。可是話到喉嚨口卻如隔夜的沉澀魚骨，始終無法輕易地吐到舌尖上。後來他說的那些話其實並不是他最想說的。他說：「那天我實際上是替一個朋友看廣告找房子的。到了你這裡，才認出是你來。你的《角角落落》，我每期都看，而且都錄了——所以我臨時改變了主意，決定自己搬進來住。」

「搬進來了才知道，原來是這麼一個庸俗懶散的女人半老不老，又自以為是。倒也好，從今往後就絕了你追星的念想。」

章亞龍聽了就嘿嘿地笑：「燈泡到了哪兒也是燈泡，星到了個哪兒也是星——臉是留不住的東西，早晚都是要老的。只是那留得住的東西，你可別丟了。」

「世上哪還有什麼留得住的東西呢？橫豎不過是邊走邊丟的。」

章亞龍嘆了一口氣：「要真沒有一樣留得住的東西，人活一輩子也真算是個浪費。加拿大這個地方，不該是你來的。你哪到養老的時候了呢？實在是可惜了，你。」

王曉楠一下子想起電視台那個跟她有些過結的領導臨別前對自己說的話，突然感覺到彷彿有一根棍子在心底攪了一攪，泛上來的是隱隱的鈍鈍的莫名的疼。她只能緊緊地捂住棍子，因為她寧願容忍長長的隱疼，也不願承受拔出棍子那一剎那的劇疼。她披衣坐了起來，冷冷地看著他：「沒有什麼可惜的，這是我的選擇——至少我還有選擇的自由。」

他聽出了她話語裡的惡毒。在他和她居住於同一屋簷下的日子裡，他已經不止一次地看到了她諸如此類的情緒起落，所以他並沒有特別在意。況且他尚沉浸在肌膚之親所造成的隨意之中。於是他爬到床的那一端去尋找她。他摟住她的肩膀，貼著她的耳根，低聲對她說：「我沒有這個自由，我已經被你鎖住了，所以我只能賴在你這裡不走。」他不合時宜的隨意使她越發惱怒起來。她甩開他的手，冷冷一笑：

「加拿大是不怎麼好，偏偏還有人非得做偷渡客呢。」

他聽了她的話，突然就愣在了那裡。他直直地盯著她看，然而他的眼神卻渙散地不知所終地失落在了半空。這樣的眼神讓她有些害怕起來。她看著他拿起衣服，頭也不回地走出了她的房間。她想叫住他，她的嘴唇輕輕地囁動了幾下，卻始終沒能發出任何有意義的聲音來。

第二天早上她起床時，已經完全忘記了他們早先的短暫不快。她顧不得洗漱就直接來敲他的門，因為她想起了這天正好是小年。她想叫上他一起去超級市場買菜回來做火鍋——

這將是她在國外過的第一個年。她敲了很久的門，他一直沒有回應。後來她推門進去，才發覺他已經走了——他連同他簡單的行囊。她走進他住過的房間，脫下襪子，赤腳踩在橡木地板上，彷彿在重溫他們曾經有過的短暫的肉體接觸。她試圖尋找他在這個屋子裡留下的痕跡，可是她一無所獲。她輕輕叫了一聲：「亞龍。」她的聲音在空蕩的四壁間來回蕩漾，發出嚶嚶嗡嗡的迴響。

12

半個月後王曉楠收到了兩封寄給章亞龍的信，一封來自西尼卡學院，另一封是聯邦移民局的。兩封信都只輕輕地封了個口，王曉楠輕而易舉地就啟了封。西尼卡學院來的是一封很短的格式信，祝賀章亞龍先生學業圓滿結束，取得電腦圖像設計專科證書。移民局的信就略微長了一些：

我們已經詳細地審查了你的移民申請。我們很難過地得知，你的妻子劉瓊美和你的兒子章小龍半年前在尼亞加拉瀑布遭受車禍不幸身亡。你最初是以探親為理由進入加拿大的，你後來的移民申請也是基於家庭團聚的概念。然而由於你妻子（同時也是你的擔保人）已經亡故，你實際上已經失去了繼續留在加拿大的理由。我們完全可以拒絕受理你的申請。但是我們在仔細審理你的個人資料時發現，你在最近的兩年多時間裡不僅一直堅持工作向政府納稅，並且在業餘時間進修大專課程。事實證明你是一個已經適應了加拿大環境並對加拿大社會做出積極貢獻的守法居民。出於人道主義的考慮，我們破例通過你的移民申請。近期內當地移民局會通知你領取移民文件的具體日期。

王曉楠看完信，愣了很久。後來她就把信天衣無縫地封了回去。

她開始考慮用哪一種途徑可以最快地找到章亞龍。

當然不僅僅是為了這兩封信。

1 聽：英語「tin」的音譯，即一罐的意思。

2 鬍子拉碴：形容鬍子參差凌亂的樣子。

3 的確涼：dacron的音譯，是指一種合成聚酯纖維及其織成的衣料，特色為輕和薄，所以取名「的確涼」。

4 宇航員：即太空飛行員，臺灣常簡稱為「太空人」。

5 紅脯羅賓鳥：又稱紅襟鳥（Redbreast）。羅賓，英國人稱為Robin，所以也稱知更鳥。

陪讀爹娘

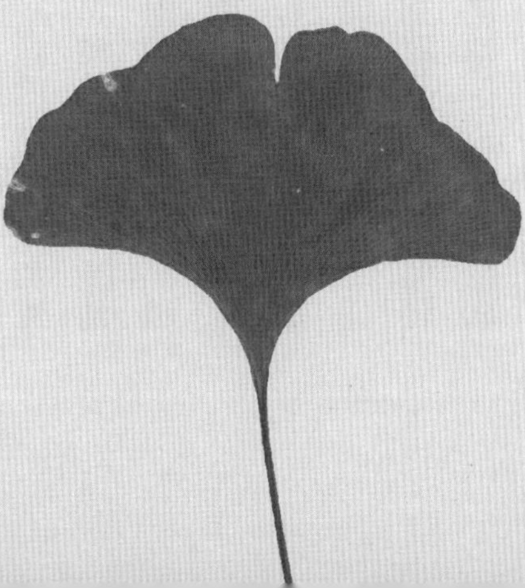

查爾斯大道徒有了一個虛名，其實只是一條極短的街，在多倫多鬧市區亂線團般繞來繞去的街巷群中，扎了一個猛子就不見了。街一短，景致也就有限起來。從街頭望到街尾，只有幾幢大小高矮不一的公寓樓房。那些樓房在晴朗的日子裡被太陽晒得白白淨淨的，依稀的也還有幾分平頭齊臉的喜慶模樣。若遇到有風有雨的天數，便都變得灰拓拓的，不由地顯出些頹敗的老相來。

查爾斯大道五十三號就是這些樓房中的一幢。

查爾斯大道五十三號是多倫多大學的國際學生樓，住的大都是研究生院的外國學生和家屬。粗粗一看，這幢樓與旁的樓也沒有多大的差別。樓後照例有一個黑黝黝的大洞，是地下停車場的入口。樓前靠街面的，照例也都做了店鋪，賣著些鮮花小吃和過季的時裝。玻璃窗上減價清倉的紅字碼，彷彿是樓臉上滴淌下來的血。進了樓，迎面的兩扇電梯門口，照例橫七豎八地貼了些搬家變賣家具電器的廣告。電梯門一開，偶爾也會帶出一兩絲狗屎貓尿的氣味。

查爾斯大道五十三號的與眾不同之處，倒是要細細觀察一番方得知曉的。這幢樓的祕密，其實都掩藏在窗口和陽台上了。比如三層東側的那個陽台上，斜斜地扯出了一面綠底帶黃道的小紙旗，裡邊住的，就是一對巴西來的年輕夫妻。七樓中間的那個窗口，貼了一個淡藍色的六角星星，裡邊住的，就是一個以色列的女學生。十二層背陰的那個窗台上，擺著一對一尺多高的汲水男女黑木雕塑，裡邊住的，就是兩個海地來的姊妹。八層南側的第三個窗口，倒掛著一個金帛紙剪出來的福字，裡頭住的，當然是一戶中國人家。查爾斯大道五十三號的每一個窗口，彷彿都是一片小小的疆界。每一片疆界裡，都在上演著一個異國風味的故事。窗台的主人換了一撥又一撥，窗台的標記也換了一套又一套，故事卻還在日復一日年復一年地演繹下去。

我們的這個故事，就是從八樓南側那戶倒掛著大金福字的人家說起的。

這戶人家在學校房管處的登記表上的正式戶主姓孫，單名一個越字，是大學電機系的博士研究生。隨住家眷姓項，叫平凡，在大學教學醫院的一個實驗室裡做實驗助理。如果你把這張登記表認真查看一眼，就會發現上面的填寫日期是三年前的某一天。從那時至今，這戶孫姓人家已經發生了很多變化。首先，隨住家眷人數已經從一名增加到三名。新增人員之一是一個剛滿兩歲大名叫孫崇小名叫蟲蟲的女孩。你大概也猜得出她就是孫越項平凡夫婦的女兒。新增的人員之二是一位具體姓名不詳人皆以項媽媽稱之的老婦人，她就是項平凡的母親，孫越的岳母，小蟲蟲的外婆。這戶孫姓人家的另一重大變化就是，孫越現在已經從多大電機系畢業，新近在一家有名的工程公司謀到了一個職位。因為租約已經簽到了年底，一家人只好暫且擠在兩房一廳的學生樓裡，只等著租約一滿便要搬遷。

我們的故事是在一個平常得讓人記不起具體日期的早晨裡開場的。那天項媽媽像往常那樣早早地起了床，做好早飯，包好午飯，打發女兒女婿去上班。然後自己回到飯桌上，端起那杯變涼了的牛奶，慢慢地喝著。太陽帶著初醒的羞澀探進窗戶，光亮之處似乎聽得見輕塵飛舞。項媽媽突然發覺屋子裡有些不同尋常的寂靜──過了一會兒才想起原來蟲蟲還沒有起床。就放下杯子，咚咚地進了屋。

推門進去，小蟲蟲早醒了，正坐在床上睜著兩隻大眼睛發愣。見人來，扁扁嘴，說了一個「波」字，就蹬手蹬腳地哭了起來──她開聲很晚，至今還說不全外婆兩個字。項媽媽心知有異，就將她一把舉起來擱到地上──褥子果真已經濕了一塊。最近一個月以來，小蟲蟲開始不穿尿布睡覺，今天是第一回出事。項媽媽飛快地把被罩床罩席夢思罩一層一層剝洋蔥似地剝了下來，扔進洗衣簍裡去。又拿了個臉盆接了些溫水，跪在地板上用濕毛巾擦洗席夢思床墊。籃球大小的一塊水跡一下子化成了臉盆大小的一團浮水印。小蟲蟲待了一會兒，見沒有人來哄，便自已止了哭，走過來將臉貼在席夢思上，聞了聞，說：「臭。」惹得項媽媽忍不住笑將起來。

項媽媽正把濕被子拿到陽台上攤開了晒太陽，突然聽見有人按門鈴。小蟲蟲光著腳，磕磕絆絆地跑過去要開門，項媽媽一把拽住了不讓動。老人家踮著腳尖從貓眼洞裡望出去，看清楚了來人才擰開門鎖。門口站著一個三十來歲的中國女人。女人穿著一套玫瑰紅色的西式套裝，左手挽著一件豆綠色的風衣，右手提著一個黑鱷魚皮的公文包，一看就是要去上班的樣子。見了項媽媽，開口便問：「明天早上八點一刻行嗎？」項媽媽點點頭，說：「記得下午五點半來領人。」女人爽快地答應了：「行——反正我現在實習，五點鐘就下班。就這樣定了，明天這個時候我就送人過來。」

女人走出大半個過道，又被項媽媽叫了回來：「中午飯你別管，我包了。」

這時候過道上的電梯叮咚一響，裡頭走出十樓的鄰居李伯伯來——這幾年大學裡來了不少中國學生家屬，滿樓進進出出的都是熟面孔。女人見有人來，匆匆說了聲「明天見」，掉頭就走了。李伯伯剛剛買了菜回來，手裡大包小包的，額上微微地有些汗濕。見著項媽媽，就大聲招呼：

「怎麼總也不見你下樓鍛鍊來著？天一日比一日和暖起來了，你也很該動動了。」

項媽媽拿一個指頭指了指嘴巴，李伯伯才把聲音低了些下來，卻忍不住嘿嘿地笑：「沒辦法，大嗓門慣了，我們家小瑋也天天說我。」

李伯伯的兒子李瑋，和項媽媽的女婿孫越原先都在電機系讀書，還共一個導師。李瑋小孫越幾歲，比孫越矮一級，有事就免不了要向孫越討教。兩家又都是從同一個城市出的國，所以兩個老人也跟著孩子們熟絡了起來。早先蟲蟲小一些的時候，放到嬰兒車裡一睡就能睡半天。項媽媽時常推著蟲蟲到樓底下的街心花園裡，放到樹蔭下頭睡覺，自己便和樓裡一幫中國來的老人家一起打一段太極拳。這個李伯伯在國內是個建築工程師，大江南北地跑慣了，出了國也閒不住。仗著從前跟人學過些氣功太極拳，就自告奮勇做了那一撥老頭老太太的教頭。後來蟲蟲長大一些了，在嬰兒車裡待不住，到了公園稍不留神就滿處亂跑，項媽媽就練不成太極拳了。

李伯伯也不等項媽媽來請，就自說自話地進了項家的門。放下手裡的塑料口袋，坐到沙發上呼呼地喘氣，說：「這氣功怎麼越練氣越短了呢？」項媽媽起身就往屋裡走：「我有血壓計，幫你量一量，看血壓高不高。」李伯伯趕緊攔住了：「你們做醫生的就是這個職業病，見了人還沒開口就先診病。叫你這一嚇，血壓能不高嗎——沒病的也讓你們給嚇出病來了。」

項媽媽一邊說：「咳，你們這些醫盲。」一邊就從茶壺裡倒出一杯溫茶遞過去，李伯伯咕咚咕咚一口氣就喝了大半杯子，又從褲兜裡掏出一塊手帕來揩汗。項媽媽發現地上的菜袋子在一動一動的，就蹲下去看，原來裡頭綁了兩隻青面獠牙的活龍蝦，便打趣說：

「今天怎麼不替你兒子省錢啦？」

「我哪會去吃這個——這是給見明買的，人家晚上來吃飯。小瑋交代說她們廣東人不愛吃肉，就愛吃海鮮，最好是活的。」

見明是李瑋去年結識的女朋友，從廣州來，在懷爾遜技術學院學服裝設計。項媽媽撥了撥塑料口袋，看到貼在上面的價碼，就嘖嘖地嘆息。

「聽我們孫越說，見明在溫哥華服裝節上得了個什麼獎，可是真的？」

李伯伯嗨嗨地笑了起來，露出兩排烏參參的牙：「比利時人看上了她的設計呢。」說著就從挎包裡拿出一團甚是花哨的東西來，攤開了給項媽媽看：

「這是見明給小瑋設計的，才穿過一水。昨天我去洗衣服，沒想到烘乾機計時器壞了，烘了三個鐘點也沒停下來，就把衣兜上的那顆鈕子給烤化了。我們家裡一顆鈕子也沒有，不知道你們家有沒有這個顏色的，相近的也行，給補上去。見明是個近視眼，粗粗一看她是看不出來的。」

項媽媽拿過衣服一看，是一件淺綠色的棉織高爾夫球衫，領口袖口和兜口都縫了些墨綠色的三葉草圖案——那三葉草是安大略省的標記。就去屋裡翻出一個針線盒來，將五顏六色的鈕扣嘩啦啦地抖了一桌子。小蟲蟲聽見聲響就爬到凳子上來，將臉貼在桌面上看波波找鈕扣。李伯伯拿了一顆大紅的鈕扣，問蟲蟲是什麼顏色。蟲蟲說：「紅。」又換了一顆黃的，小蟲蟲想了想，還說：「紅。」李伯伯敲敲蟲蟲的腦殼，說：「你是一隻小笨毛毛蟲。」蟲蟲爬到李伯伯的膝蓋上，一把抓住李伯伯的幾根剩髮，說：「你蟲，大。」兩個大人忍不住哈哈地笑了起來。項媽媽說：「我們小蟲蟲說話慢點，腦子卻不慢，可不敢小看了她。」

項媽媽在鈕扣堆裡耕了幾個來回，終於找到了一顆顏色紋路相近的，就戴上老花鏡來縫上。李伯伯一邊幫著項媽媽把餘下的鈕扣收回到針線盒裡去，一邊問：

「剛才那個穿紅衣服的，看著面熟，是不是也住在這個樓裡？」

「七樓十七號，姓竇，在教育系念博士。她家男的去了美國做博士後，剩了她一個人帶著個孩子。那孩子原來一直放在學校的托兒所裡。這陣子托兒所老師鬧罷工，她才找到我，讓我幫著看幾天。」

「一個是看，兩個也是看，多費不了什麼心神的，還有點收入——兩下都好。」

「托兒所收她多少錢？咱們收的是人家的一半。」

李伯伯探頭朝屋裡看看，見沒人，才問：「你帶蟲蟲，他們多少得給你些零花吧？」

項媽笑笑，卻沒有回答。

項平凡下班回到家來，蟲蟲「媽媽媽媽」地撲了上來，抱住她的兩腿，口水糊了她一褲子。她顧不得回答，掰開蟲蟲的手，便急急地進了洗手間，半晌才出來，走路一顛一顛的。項媽媽迎上去，問：「又犯啦？」項平凡不回話，身子卻已矮到沙發上去了。

自從生了小蟲蟲之後，項平凡就得了個尿頻的病，略微憋上幾分鐘，小腹就很是脹痛。坐著還好些，站著就越發地墜著疼。西醫不管用，也去唐人街看過幾家中醫，嫌開的方子貴，吃了幾帖就作罷了，病就時好時壞地拖著，竟一直沒能根治。待坐了一小會兒，喝過母親端過來的一杯熱茶，方漸漸輕緩了些。就問蟲蟲今天淘沒淘氣。項媽媽朝陽台上呶了呶嘴，說：

「尿床了。我說還沒到時候嘛。白天就算了，晚上還得穿尿布，要不你就天天洗被子去吧。」

項平凡「咳」了一聲，說：「這麼大了，還穿？你反正沒什麼事，晒幾回被子也不要緊，又不是天天尿——晚上在床單下面墊張塑料布好了。」

項媽媽就不再吱聲，只問等不等孫越回來吃飯。項平凡說他們的項目組今天要加班，

九、十點鐘才能回家。項媽媽就在微波爐裡把菜都熱了熱，又盛了兩碗滾燙的飯出來，招呼女兒來吃。叫了一聲，沒人答應。又叫了一聲，才發現項平凡已經歪在沙發上睡著了。

項媽媽去衣櫥裡找了條毛毯給女兒蓋上，突然覺得女兒的睡相並不十分中看。嘴唇一張一張的，門牙大大地豁露在外頭，嘶嘶地漏著氣。頰上斑斑點點的都是烏星，鼻翼兩側生出兩條淺溝，順著嘴角一路切割下來，臉上就有了幾分老相。一隻手軟軟地攤在胸口，指頭上纏了幾條膠布——大概又是洗瓶子的時候割破的。

那年項平凡出國探夫婿，原想申請一份獎學金去念書，誰知沒過多久就有了身孕，生下蟲蟲之後就待在家裡養孩子。後來申請母親出來探親，幫著帶蟲蟲，她才在學校的實驗室找了份打雜跑腿的差使，來供孫越念完博士。幾年過去了，自己竟一直沒有機會回大學進修。那項平凡從小就不是一個美人兒，可是年輕些的時候畢竟有幾分清淨乖巧，還是蠻討人歡喜的。上大學時繼承父母的衣缽，也報考了醫學院。讀書成績很是一般，手卻極為靈巧。畢業分配到一家大醫院裡，沒幾年就成了主刀手。若不是跟著孫越出國當了陪讀太太，現在大概也是醫院裡的一個什麼頭目了。

在女兒還很小的時候，項媽媽和她的丈夫對女兒的這雙手就做過很多的設想，有的設想很遙遠縹緲，有的卻很實在。但幾乎所有的設想都與鋼琴儀器手術刀之類的東西有關。當時他們都沒有想到，女兒的手有朝一日還會被派做洗瓶子掃地擦桌子的用途。想到這裡，項媽媽嘆了一口氣，把女兒的那碗飯扣回鍋裡溫著，自己將蟲蟲抱到一張高腳椅上坐好，婆孫兩個先吃了起來。

項平凡的父親叫項警予，和一個著名的革命家的名字很相近。項警予是一家很有名氣的醫學院的腦神經科教授，在蘇聯留過五年學，這就使他與別的教授有著一些不可忽略的差別。比如他時常會用漢語夾雜些俄語來授課，也不管學生聽不聽得懂。課上得盡興處他會踱開方步大聲朗誦馬雅可夫斯基的階梯詩。他的頭髮留得很長，卻又一點兒也不亂。灰色藍色或者黑色的中山裝始終一塵不染，領口處露出一線白襯衫。項教授在列寧格勒工人總醫院裡當過腦手術主刀，但是項教授吸引學生的並不僅僅是他的學識。當時班級裡幾乎所有的女學生都在暗戀著他，項媽媽也不例外——當然她那時還不是項媽媽——儘管她的方式和她們的不太一樣。她只是把他的那幾門課修得天衣無縫完美無缺，期待著他會在分數的排列上注意到她的存在。

他果真注意到了。

項教授有家室，老婆在郊區的一家塑料製品廠當工人，和一個十二歲的兒子住在廠裡，每星期到城裡一次，幫項教授清洗衣服，整理房間。有一天星期天，後來成為項媽媽的那個女學生帶著作業到項教授家裡討教，意外地發現院子裡有一個黑矮的女人，正踩著一張小板凳往繩子上晾衣服。衣服上的水順著女人的胳膊往下滴淌，女人隔著窗戶和男人說話的聲音無遮無攔地刮疼了她的耳膜。她突然明白了他衣容的整潔也許與他本人無關。

她一言不發，扭頭便走。她走得很急很快兩腳生風，根本沒有發現他追了出來。

他趿著拖鞋跑到街上，衣領的扣子也沒來得及繫上。沿街的夾竹桃一夜之間突然開放了，粉的白的襯得一街清朗生輝。他看見她面泛桃紅，雙眸清盈欲滴。他本想說一句讚美的話，這句話來自普希金的詩，可是話到嘴邊又嚥了回去。他摘下一朵沾著隔夜雨水的夾竹桃遞給她，她扭頭不接。他用衣袖將花上的水擦乾了，然後夾進她的書裡。

「你還有一整個世界，我沒有了。你懂嗎？孩子。」

不知為什麼那天他管她叫「孩子」，其實他只比她大了十幾歲。

「我不懂！」

她惡狠狠地衝他嚷著，眼裡卻充滿了淚水。

她成為他的妻子是八年以後的事情，那時他的留蘇背景已經不可避免地把他推為眾矢之的。他的第一任妻子禁不起恐嚇，離開了他，另嫁了廠裡的一個同事。她從同學那裡聽到他的消息找到他時，他正戴著一個大口罩挨個清理教學樓裡的廁所。她發現他的衣服上滿是灰塵，鈕扣扣錯了位置。他們站在空寂無人的廁所裡，許久對視無語。他把他的驕傲維持了很久，卻沒有維持到最後。後來是他扔下掃把朝她走過來的。

就這樣，她整個地錯過了他年輕而光鮮的日子。到後來他終於又穿著潔白的襯衫走到講台上，接受了比從前更重要的職位時，他已經是一個形容枯槁兩鬢斑白的老人了，馬雅可夫斯基對他來說只是一個遙遠淡漠，不帶任何色彩的記憶了。

於是他就把所有的希望寄託在了女兒身上。

在女兒上幼兒園的時候，週末接女兒回家，他就和女兒玩給布娃娃斷肢再植的遊戲。女兒讀小學時，他就已經教她背全了頭顱頸部十二根神經的名稱和走向。遇到颳風下雨的天氣，他就把女兒留在他的辦公室裡單獨與人體骨骼做伴——他想藉此來訓練女兒的膽量。他為女兒起名叫「平凡」，其實一如鄉下人為三代單傳的金貴兒子取名「阿狗」一樣，他暗地裡期盼的是不同凡響。

可惜他沒有看到這一天就死了。

在他身後，她從他的辦公室裡找出十幾本記得密密麻麻的病例分析，每一本的扉頁上都寫著同一句話：

「給我心愛的女兒平凡：我傾身做你樹下的泥土，只願你的枝葉能比我更高。」

這是他詩人情結的最後表露。她悄悄地把扉頁撕下留存起來，卻把筆記交給了學校資料室保管。於是一系列原本充滿私心親情的小動作，就成為一樁可圈可點的事業佳話，被記載在醫學院的歷史上。

只是他和她的女兒最終還是做了一個平平凡凡的女人。

其實在認識孫越之前，項平凡早就有了一個要好的男友了。

那人是她高一班的同學，還沒畢業就考上了公派名額，去美國馬里蘭州的約翰・霍普金斯大學做了訪問學者。兩人陸陸續續地通了好幾年的信。剛開始時信裡說的都還是些黏乎乎的話，後來的信就很適宜公開了，再後來就只剩了生日新年兩張賀卡——卻始終沒有說過分手的話。有一回項平凡實在熬不住了，就去郵局掛了個國際長途電話。電話掛了很久才掛通，那頭說的是洋文，她聽不懂，就慌慌張張地摔了話筒，一會兒才回味過來是個女聲。

那年春節，科室裡有個醫生的妹妹從美國回來探親，碰巧也是約翰・霍普金斯大學的學生。項平凡聽說了，就跑過去打聽男友的消息。那人支吾了半晌，才嘆了一口氣，說：

「你就不要再等了。」

那天回到家，項平凡腳也沒洗就上了床，倒頭便睡。這一睡就睡去了整整一天。醒來後坐起來飽飽地喝了兩碗八寶粥，然後抹了抹嘴巴問母親：

「你醫院裡的那些朋友今年會來拜年嗎？」

那年項平凡二十八歲，不用任何提醒她就已經知道了自己的處境。在那以後的一年裡，項媽媽發動了所有的親戚朋友走馬燈似地幫女兒張羅對象。項平凡一次又一次地被領到陌生的男人面前，拘謹討好地微笑著，突然就失去了往日的靈氣。眾人看在眼裡，暗地裡都說項家的這個女子想男人腦子想壞了，漸漸地就不再熱心。

第二年夏天，醫院急診室裡送來一個急性闌尾炎病人，外科病房沒有床位，就要往別的醫院推。病人疼得滿地打滾，早已說不出話來了。項平凡看不下去，便私下做主添加了一個臨時鋪，當下就動了手術。那人在醫院裡住了幾天，就和病房裡的醫生護士漸漸熟稔起來。小伙子看見項平凡資歷不深，為人處事卻很是老成，竟將一班醫生護士調撥得服服貼貼的，卻又不是那種張牙舞爪的個性，就不由地生出些好感來。

項平凡從護士那裡打聽到那人是電訊工程學院的老師，比自己小三歲，還是單身，就不免動了些私心。卻因為剛給他動過手術，那人身上再也沒有她不知道的祕密，就突然沒了從前相男人時的那份急切拘謹，反倒有些瀟灑自如起來。於是這頭倚老賣老地做著醫生大姐姐，那頭倚小賣小地當著病人小弟弟，兩人竟出奇不意極其迅速地相好了起來。當項媽媽注意到女兒突然對約會男人之類的事情懶洋洋起來時，項平凡早已暗地裡和孫越完成了男女之間從繁瑣到簡單的所有必經程序。

吃過晚飯，項媽媽替蟲蟲擦洗過了，就摟著蟲蟲上了床。原想哄蟲蟲睡了，再起身收拾碗盞，誰知還沒拍打幾下，自己就先歪在蟲蟲身邊睡著了。一覺醒來，看見牆上的螢光鐘正滴答滴答地走向十一點。心裡惦記著孫越是否回到家了，就起床開門出去查看。剛走到門口，隱約聽見隔壁屋裡有些窸窸窣窣的響動。那響動原本是極為細碎的。那樣的響動項媽媽從前也聽到過。只是那個晚上她卻在那些細碎的響動中聽出了一個更為細碎的聲音。

項媽媽在黑暗中站了很久，才明白過來她聽見的是一聲嘆息。那聲嘆息被暗夜緊密包裹著，似乎很輕，又似乎很沉。剎那間她的胸口彷彿被一根木棍杵了一下，竟鈍鈍地疼了起來。

第二天早上，項媽媽一早就起了床，幫女兒女婿熱牛奶，烤麵包。孫越坐在餐桌前，一邊用電動剃刀呼嚕呼嚕地刮著鬍子，一邊有一搭沒一搭地翻看著報紙。項平凡嘴裡叼了把牙刷，滿口白沫地從盥洗室裡走出來，站到孫越跟前，抖著頭天剛買的裙子。孫越頭也不抬，就說：

「好看。」

「猜猜多少錢？」

孫越正在查股票行情，嘴裡「嗯嗯」地應付著，心思卻不在那上面。待項平凡又問過了一回，才呵呵地笑著說：「你還能買出什麼貴重品味的東西呢？還不是打過一回折扣再打一回折扣的。」

項平凡半晌沒說話。孫越抬起頭來，才發現老婆不知何時已經陰了臉。

「我自然是不配買貴重品味東西的——誰叫我是你的抗戰夫人呢？抗戰夫人注定是陪你吃苦的。將來你的勝利夫人自然是懂得品味的。」

孫越只好陪了笑臉，說：「你還要怎麼樣提醒我呢？你若真想我記你的情，就不要老把這話掛在嘴上。」

項平凡冷冷一笑：「你若真想記情，怎麼都記住了。你若不想記情，我說不說你都記不住。」

項媽媽端著早餐過來，兩人拿了麵包，悶頭就吃，都不說話。項媽媽忍了半天，沒忍住，就勸孫越：「你現在立住腳了，也該騰出手來幫小凡立起來——她好歹也是個外科醫生呢。」

孫越拎了公文包起來往門外走去：「我還要怎麼幫她呢？托福，GRE，家裡什麼書沒給她買呢？她要想立，誰也擋不住。她要不想立，誰也扶不起——也不用老拿我做藉口。」

走到門口，又回頭交代：「下週一蟲蟲年檢，你早點跟老闆請假。」

項媽媽舉著杯子追到走廊上：「你把牛奶喝完呀。」那頭早沒了人影。

蟲蟲還沒睡醒，母女兩個就接著吃早餐。項平凡的神情，便有些木愣愣的。項媽媽在桌上的桌曆上畫了一個圈，寫下「體檢」兩個字，就問女兒：

「都五月底了，考醫生執照的事，聯繫得怎麼樣了？錯過了又得等一年——你要自己不爭氣，將來怨不得別人看扁你。」

「哪有時間複習呢？白交報名費。」

「孫越現在工作了，你就是把工辭了複習功課，省著點過，也是夠開銷的。」

項平凡低頭喝了半杯牛奶，半晌才說：「孫越想再生一個，蟲蟲能有個伴。再說他們家是三代單傳，也想有個兒子。」

項媽媽聽了只是搖頭，說：「你爸要看見你現在的情形，咳。」

這樣的話，項平凡也聽過許多回了，不免有些心煩，就忍不住回了一句：「看見又怎麼著？你們生了我孤家寡人一個，遇事也沒個商量排解的。蟲蟲可不能這樣——我這輩子就算完了，將來只能看蟲蟲他們的造化了。」

項媽媽嘆了一口氣，飯也不吃了，就起身幫女兒打點午餐。先裝了一盒蛋炒飯，放了一個香蕉一個蘋果，又塞了兩只花旗參茶包。都裝完了，又從屋裡拿出一把雨傘來：「看你的眼圈，都是浮的，抽空去查查腎——你和孫越，也得節制些。」

項平凡將一張臉緋紅了，身子一扭就出了門。

其實只是極小一杯的二鍋頭，還是分了好幾口才喝下去的。開始時他感覺到有幾根細針在他的舌尖輕輕扎動著。後來那些細針就漸漸往下沉去，在喉管和肚子裡滾動起來。麻麻癢癢的，又微微有些疼。

晚飯時喝一小口白酒是他多少年來的習慣。這瓶二鍋頭還是他出國的時候偷藏在行李裡帶出來的，可他卻一直沒有動過。其實他習慣的還不只是晚飯時的那口酒。他曾經是設計院裡出名的煙囪。那天當他抽完最後一枝從國內帶出來的菸，走到街角的便利店，偷偷看到了菸盒上的價格之後，就愣在了那裡。幾十年的習慣，連妻也沒能拗過他，卻在兒子這裡徹底地改了。今晚兒子有興致，叫開瓶，他才抿了幾口酒。他不記得二鍋頭竟有這麼辣。

龍蝦很鮮，輕輕一撥，就從硬殼裡滑離出來，落到盤子上。肉是粉紅色的，殼是大紅的，薑是黃的，蔥是綠的。紅的黃的綠的攏在乳白色的細瓷盤子裡，竟像是有氣派的人家掛在廚房牆上的油畫。

他不知道他原來可以做這麼絕的菜。從前他至多幫著摘摘洗洗，下廚卻從來是陶文蘭的事。一直到陶文蘭病了，他才開始學著做飯燒菜。可是真正讓他上了路子的，還是這幾個月的事情。兒子李瑋的三餐，餐餐都是他管。他若不管，兒子就去學校的食堂吃炸薯條。

「我老爸的手藝怎麼樣？」

兒子把粉紅的龍蝦肉從殼裡撥出來，撥成小小的一堆，一筷一筷地夾到見明的盤子裡。見明不說話，只「嗯嗯」地點著頭笑。見明是個嬌小新潮的女孩子，穿的是一件有兩根細吊帶的短裙子。其實那兩根吊帶至多只能算一根半，因為左邊的那一根是斜掛下來的，露出半個細白的瘦骨嶙峋的肩膀。他不敢抬頭正眼看她。

你老爸的手藝豈止在這上面？到青海看看那座嶄新的綠州賓館再說話——那才是你老爸

的絕活呢。

他很想對兒子這樣說，可是他沒說。兒子已經很大了，兒子想聽的不是這些話。

上一回吃龍蝦，是三年前的事了。醫生告訴他，陶文蘭的乳腺癌已經擴散到肝和肺。

「別省啦，給她買點好的吃吧。」他回到家，愣愣地在她的床前坐了一會兒，才說：「我們晚上吃龍蝦。」——她是在海邊出生長大的，卻很多年沒吃過家鄉的龍蝦了。那天他狠心買了兩隻龍蝦，那個月的薪水袋立時就癟了一大半。他不會燒，是專門請了別人來燒的。他把蝦肉剝下來放到她的碗裡，她吃了兩口就吐了。

「小瑋呢？」她問。

那時他們的女兒李玨已經留學去了日本。他去外屋把兒子叫過來。她哆哆嗦嗦地把龍蝦肉推給兒子吃，她端著盤子的手上瘦骨歷歷可數。兒子接過盤子，卻不肯吃。她突然就生氣了，急出一頭一臉的汗來：

「你將來要管你爸。」

她說這話的時候神情很是霸道，手小小地攥成一個拳頭，緊得彷彿要擠出水來——那陣子兒子已經開始在申請加拿大的學校。他趕緊丟眼色給兒子，兒子夾起龍蝦，吃得一絲不剩，她才安靜下來。

第二個星期她就走了。

後來兒子出了國，果真就申請他來探親。他原本不肯，兒子來信說功課忙得沒時間做飯，餐餐都吃方便麵，他心疼起來，才和單位請了一年假，出來照看兒子。

三個人終於慢慢地將晚飯吃完了。他將髒碗筷堆成一疊泡在水池子裡，就要出門——見明和李瑋平日讀書都忙，只有週六能聚上半天。見明的宿舍小，又和另外兩個女生一起住，李瑋過去那邊有諸多的不便，所以一到週六李瑋就開車去接見明來這邊家裡。這邊是一房一廳，房和廳都小。他在廳裡，他們兩個就得窩在房裡。所以見明一來，他就設法避出去。

正要走，突然覺得便急，他就轉身去了廁所。廁所和客廳隔得近，怕見明聽見了不雅，他就收緊了小肚子，細水長流地尿。尿得十分不得勁。斷斷續續地尿了一會兒，總覺得沒尿乾淨，卻又尿不出來了，只好作罷。

下得樓來，走到街上，才知道外頭的夜風很有些涼。剛才在廚房裡做飯，熱出一身汗，脫得只剩了一件短袖T恤衫，遭涼風一吹，胳膊頭頸裡就起了好些雞皮疙瘩。勉強走了幾條街，想找家商店進去坐一坐，商店週末都早早地關了門。只有街角一家咖啡店，還熱熱鬧鬧地開著。就進去找了個角落坐下，撕過一張餐巾紙來擤鼻涕。這時就有一個繫著圍裙的黑妞扭著腰肢走了過來，咿哩嗚嚕地說了幾句洋話。黑妞很高也很壯，穿的又是極緊身低領的衣裳，兩團胸乳飽飽脹脹地幾欲戳到他臉上來。他英文雖然不好，卻猜得出是問他要什麼飲料的。摸摸兜裡也沒有錢，就低著頭嚅嚅地謝了幾聲，賊似地退了出來。

回到街上，天就大黑了，街燈刷地亮了起來，照得路上一片枯黃。方才喝的二鍋頭突然湧了上來，便覺得有些頭重腳輕。靠著牆喘了一回氣，才一腳高一腳低地回了查爾斯大道五十三號。走進電梯，伸手就揿了一個八樓。揿完了才想起孫越項平凡這會兒都在家，去了那裡也礙人家的事，便又改揿了十樓。

走到家門口，他很響地咳嗽了幾聲，才掏出鑰匙叮叮咣咣地開了門。進了屋，一眼就看到見明仰面躺在沙發上，裙子撩得高高的。兒子跪在地上，兩隻手正迫不及待地在見明身上摸索著——屋裡電視開得山響，兩人都沒有聽見開門聲。突然看見有人站在門廳裡，兩人都吃了一驚，不約而同地坐了起來，臉上就很有幾分尷尬。他頭一低，趕緊閃進了兒子的臥室。坐在床沿上，心猶跳得萬馬奔騰似的。

平日裡兒子睡臥室，自己睡客廳。兒子的房間，他並不常進。兒子的屋很亂，桌子地板上堆滿了書。電腦開在那裡，屏幕上是一雙碩大無比的眼睛。他只覺得那雙眼睛隱隱有些面熟，仔細看了幾眼才明白，原來兒子把見明的照片做成電腦屏幕的牆紙了。書架上沒有幾本書，卻大大小小地擺滿了見明的照片。有幾張是在海灘上照的，見明穿的是三點式泳裝，兒子的雙手從身後環繞過來，在她胸前打了個結子，看上去像是在當眾摸她的奶子。這個想法使他的臉微微地有些發燙。

他怎麼從來就沒有這麼地摟過陶文蘭呢？別說是摟她，他在人前其實連手都沒有牽過她的。兩人若是一起上街，他走在前，她就走在後。他慢走幾步等她，她就搶在前頭走了。年輕時他喊她小陶，到老了他就隨別人喊她老陶。他當他的建築師，她做她的化學工程師。他完全不懂她的專業，她也從不拿她的專業來煩他——卻是相安無事地過了三十多年。哪像李瑋，見明幹什麼他都想知道。陶文蘭死了不過三年，他現在竟想不起來她的樣子來了。若她也像見明那樣會纏人，他是不是會多記得她一些呢？男人大約都是賤的，總是為那些折騰他們的上心，而漠視那些讓他們省心的。

像陶文蘭那樣中規中矩的個性，若真見著見明，還不知會怎麼想呢。別看兩人黏乎熱火的樣子，其實見明不著急結婚。見明小李瑋六七歲，正在玩的年紀上呢。幸虧兒子和女兒的對象，陶文蘭都沒有見過面——女兒李玨去年嫁給了一個叫伊藤三郎的日本人，入了日本籍，改了名字叫伊藤惠子。

他坐在兒子的房間裡胡思亂想了一會兒，突然覺得又一陣尿意漸漸逼來——大約是剛才在外頭遭了風涼之故。忍了一會兒，忍不住了，便又要起身去廁所。走出房間，看見兒子嘩啦嘩拉地甩著車鑰匙，拉著見明往外走去。

「我們去看晚場的電影，別等我了。」

門在兒子身後重重地關上了。聽著兒子的腳步聲漸漸遠去，他終於吁了一口氣，走進了廁所。門也不關，咚咚地，無拘無束地撒了一泡酒後的長尿。

孫越吃完午飯回到辦公室，聽同事說老婆來過好幾個電話了，口氣還挺急，就撥了個電話到項平凡的實驗室。那頭說項平凡早上來了一下就請假走了，好像家裡出了急事。孫越又趕緊給家裡掛了個電話，就聽見項平凡帶著哭腔說蟲蟲摔了一跤，額角上摔了個口子。剛剛從醫院回來，縫了好幾針，流了不少血。孫越一聽就著急，說話便哆嗦起來：

「怎麼會摔成這樣的？你媽不是在家看著嗎？」

項平凡的聲音便低了下來：「誰知道她還收了別人的一個孩子在家裡帶著——是七樓一個叫竇曉敏家的男孩，比蟲蟲大一歲。兩人也不知道搶什麼東西，那孩子推了蟲蟲一把，蟲蟲從椅子上摔了下來，撞到茶几角上。」

孫越聽了，越發氣急起來：「也不事先問問我們，就敢帶別人家的孩子？你媽也真是夠可以的。」

項平凡嘆了一口氣：「該說的我都說過她了，那家的孩子反正是不能再讓她帶了。」

孫越趕回家來時，蟲蟲已經睡著了。額頭上貼了塊紗布，紗布上還滲著些血印。受了些驚嚇，睡得也不踏實，時時地抽動兩下鼻子。孫越將蟲蟲的小手捏在自己的手裡，在床前呆坐了半晌，才出來。三個大人在沙發上坐著，都不言語。後來項平凡問晚上做什麼吃？也沒人回應。項媽媽就站起來去了廚房，孫越也跟了過去。幾次話到嘴邊，都叫項平凡的眼光給頂了回去。後來還是忍不住了，說：

「媽你要是缺錢，就跟我們要——這麼大的事，總該先跟我們商量商量嘛。你又不懂這邊的法律，自己的孩子就罷了，要是別人家的孩子出了事，誰負得起這個責任啊？」

項媽媽嘩嘩地淘著米，也不抬頭，半晌才說：「說好了等罷工一過就送回托兒所的，不就幾天的事嘛。原想讓蟲蟲有個伴，誰知道那孩子這麼淘呢？」

孫越一肚子的氣正沒個發引之處，聽了這話就越發惱怒起來：「做父母的，是怎麼教育他們家孩子的？我找她去。」

項媽媽轉身去攔：「人家也請了一天假在醫院陪蟲蟲了——一個女人家，沒有幫手，也不容易。」

孫越正在氣頭上，哪裡聽得進去，早咚咚地跑去了七樓。

到了七樓，找到十七號，也不揿門鈴，就砰砰地敲門。門開了一個縫，探出一張小圓臉來，問找誰。孫越猜著這就是那個闖了禍的傢伙，就沒好氣地說：「找你。」小傢伙猶猶豫豫地開了門，孫越這才看清原來這孩子的全副精神頭都長在臉上了，身架子卻比蟲蟲還小。穿著一件長汗衫，露出兩條細腿，膝蓋上的骨頭鼓鼓包包地戳出來，竟有幾分像拯救飢童的廣告畫。心裡便已經軟了一兩分，就問：「你家大人呢？」小孩不說話，卻指指屋裡。

孫越進了屋，隱隱聽見裡頭有些水聲，猜想大人正在洗澡，便在沙發上坐了下來，一邊等，一邊四下隨意張望著。發現這屋裡的幾樣家具都是舊的，五花八門，各不般配。兩張沙發也是一黃一褐，一長一方，一看就是二手貨，湊合過日子的。沙發扶手上扔了幾件衣物，其中有一個玫瑰紅色的乳罩，四圍縫了些同色的花邊，中間繡了一朵粉紅色的小花，很是精緻——屋子裡也就這一樣東西算有幾分考究。孫越的目光不敢久留，就抬頭去看牆上的照片——是一張放大的畢業照。一個女的戴了頂方帽穿了身黑袍，懷裡胡亂摟了捧鮮花，嘴唇雖然開啟著，眼睛裡卻沒有什麼笑意。

卻沒有看見男人的照片。

這年頭的女人若有幾分學識，看上去他媽的都像是債主，好像全世界都欠了她們似的。孫越心裡還沒罵完，浴室的門吱扭一聲開了，走出一個頭裹浴巾身著浴袍的女人。女人看見孫越，吃了一驚，慌忙欠身繫緊了浴袍上的帶子。沒想到頭上的毛巾卻落到了地上，突然間湧下一頭潑墨似的長髮來。孫越從來沒見過這樣黑密的頭髮，愣了一愣，才去地上撿起毛巾來遞給女人。女人接過毛巾，就在腦後鬆鬆地挽了一挽，一堆散雲滴滴答答地往下淌著水。女人的洗頭膏有一股隱隱的清香，像是夏天割草機走過之後的原野。孫越的心便又軟了幾分。

「康康，找你算帳的人來了，看你還往哪裡跑！」

女人對著男孩凶凶地嚷了起來。那個叫康康的男孩偏偏是個人來瘋，遭他媽這一吼，就竄上了沙發，蹦豆似地蹦得半天高。一邊蹦，一邊說：「就跑，就跑。」女人又喝了幾聲，男孩全然不理會。女人氣得臉色煞白，一把揪過孩子來，按在地上，狠狠地拍打了幾下。孩子殺豬也似地嚎了起來，直嚎得額上暴出股股青筋。女人拍打得痠軟無力了，方丟下孩子，自己坐到地上喘氣。孫越知道女人是打給他看的，坐也不是，站也不是，只好訕訕地過去勸女人：

「他哪裡懂，你白氣自己。」

康康嚎了一頭一臉的汗，見沒人答理，只好自己漸漸收了聲。孫越去廁所找了一條毛巾出來，給他揩淨了臉。女人依舊生著氣，一時無話，便都安靜了下來。待了一會兒，孫越才問：

「這孩子怎麼長得這麼小樣呢，不是比我家蟲蟲大一歲嗎？」

女人「咳」了一聲，說：「生他的時候，正趕上碩士論文答辯。熬了幾個夜，沒想到就早產了。當時沒弄好，來就總也補不上了。」

孫越指指牆上的照片：「是那個時候嗎？」女人點了點頭。孫越就說：「難怪呢，這照片照得不好。」

女人聽出了話裡的潛台詞，就繃不住臉了，忍不住抿嘴微微一笑。女人這一笑，臉上的表情突然就清朗生動了起來。

「聽說康康他爸去了美國，什麼時候回來呢？」

「誰知道呢？興許人家就不想回來了呢——總說那邊好，機會多。其實，他不在也好。他若在，我得管兩個孩子。他不在，我只管一個。」

女人起身去廚房洗了一碗葡萄出來，讓孫越吃。康康見了，也黏過來要。葡萄紫紫脹脹的，個頭很大。女人就掰開了，取出裡頭的子來，一粒一粒地餵孩子吃。「我們康康的爸，對孩子可不是你這樣上心的。剛才看你坐在那裡的樣子……」

女人還沒說完，孫越早臊得臉皮發熱。康康吃了兩口，吃膩了，歪了頭臉不再去接，只說要找蟲蟲玩去。孫越看見孩子早就把先前的事忘了，倒是大人心裡膩膩歪歪地放不開，便越發地有了幾分羞愧。

女人看出了孫越的窘迫，就換了個話題，問：「你的英文在哪裡學的呢——那篇感言，有點意思。『所有已經發生的都屬於過去，眼睛是為將來設計的。』這話不像是學理工科的人寫的。」

女人說的是他博士論文得到北美高校科研獎時寫的發言。那發言是在麻省理工學院禮堂裡宣讀的，隔行如隔山的女人不僅知道了，還記得那麼清楚。孫越心裡很有些得意，嗨嗨地笑著，就等著女人往下問，誰知女人又不問了，卻嘆了一口氣：

「要想在這裡成番事業，家裡沒老人幫著可不行——康康的奶奶早就去世了，外婆是個病人，兩邊都指望不上。瞧蟲蟲的外婆多有經驗——康康放在那裡才三四天，就長斤兩了。胃口好，話也多了。」

孫越聽了就笑：「她有什麼經驗？就生過一個女兒，還是幼兒園全托帶大的。不都是在這裡現學的。」

「能學得那麼快也不容易啊，看她對孩子的那個耐心樣子。」

「別人都說她性子好，其實心裡主意大著呢——從前是個有名的醫生，管著一個科室，人人都得聽她的。到了這兒總覺著她女兒是個多大的人才，跟著我陪讀是天大的浪費似的。」

孫越說著說著，自己就吃了一大驚——怎麼竟像是找人訴苦似的呢？女人聽了只是笑：

「你這叫生在福中不知福。把我們家的淘兒子換給你，再把你們家的岳母借給我使幾天，你就知道什麼是苦了。」

孫越看看錶，都過八點了，知道家裡在等他吃飯，就趕緊把話收了，要告辭。康康纏著不放，要他帶著去找蟲蟲。他說蟲蟲早睡了，明天再來吧——可不許再欺負蟲蟲了。女人聽了，知道這是同意康康明天還去孫家的意思，很是喜出望外，就推著孩子，說：

「快謝謝叔叔，要不媽媽明天去實習，你就得到大街上流浪了。」

康康果真涎皮涎臉地走過來，說了聲謝謝。孫越走到門口，又折回來，低聲對女人說：

「以後教訓孩子，要關起門來，也不能打頭臉——讓人看見了告你，你就倒楣了。」

「我是學兒童教育的，哪能連這個都不懂？你沒看見我打的是屁股？」

兩人掌不住一同笑了起來。

孫越站在走廊上等電梯，電梯很久也不來。他回頭看見女人還站在門口望著他。女人兩個眼睛黑黑大大濕濕的，靠在門上的樣子很瘦也很疲憊，他心裡突然就熱了一熱。

孫越進了電梯，就覺得好笑。他到七樓去，原本是要告訴那個姓竇的女人，她的孩子再也不能來他家了。他並沒有完成這個意想之中的任務，可是他也並沒有意想之中的失望。他甚至有些隱隱的歡快，似乎得到了一些意想不到的收穫。他一邊獨自微笑著，一邊迅速地在腦子裡設想著該如何向項平凡敘述這個晚上的遭遇。

轉眼就到了夏天。天一暖和，多倫多街面上的熱鬧事兒也就多了起來。

一天早上，李伯伯咚咚地來敲項媽媽的門，問去不去街心公園看戲。項媽媽說公園裡怎麼演戲，那不成了從前的文宣隊了？李伯伯好久沒聽見這個詞了，就哈哈地樂：「人家演的是露天劇，莎士比亞的《羅密歐與茱麗葉》。」

項媽媽連連搖頭：「不去，不去，莎士比亞的劇，中文都聽不懂，還看英文呢。」

「你這個人呀，真是的，白看的戲還不去，看看戲裝也算過個癮嘛。」

項媽媽一聽說不花錢，就不吱聲了。進屋將蟲蟲隨身用品裝了個小包，三個人便一起往樓下走去。剛走到電梯門口，李伯伯猛然想起家裡的爐子上還燉著綠豆粥，就要先回家一趟把爐子關了再來，讓項媽媽婆孫兩個在樓底下等。

李伯伯關了爐火鎖了門，坐電梯到了樓底下，卻發現項媽媽和蟲蟲都不在。又等了一兩刻鐘，還是沒人。暗想興許是項媽媽聽錯了，帶了蟲蟲跑到公園去等他了，便三步併做兩步熱急火燎地趕去了公園。

露天劇場裡稀稀落落地聚了一群人，正劇還沒開場，只有幾個演家丁的小演員，正拿著短刀長劍呼呼嗙嗙地練對打。李伯伯把角角落落都找了一遍，也沒看見項媽媽和蟲蟲的影子，只好耐著性子獨自看了回戲。好不容易熬到茱麗葉出了場，竟是個鴨公嗓的半老女人，穿著緊身衣裙，腰身在戲裝裡疊出好幾疊。手裡捏了一枝玫瑰花，一步三搖的，作派和念白都甚是粗俗，哪是他心中那個窈窕淑女的形象？只覺得十分敗味，看了個開頭就跑回來了。

剛拐進查爾斯大道，迎面就看見兩輛警車停在五十三號門口，警燈紅一道藍一道鉸過來剪過去，樓就給鉸得變了形。幾個穿黃色螢光背心的警察，從門廳裡進進出出的，時不時對吼上兩聲，可惜李伯伯一句也聽不明白。正巧身邊站著一個看熱鬧的香港學生，李伯伯也不管人家聽不聽得懂普通話，開口就問到底出了什麼事。那學生結結巴巴連說帶比劃地告訴李伯伯，說樓裡有一部電梯壞了，大概有人給關在裡邊了。開始時七樓有人聽見小孩的哭聲，哭著哭著後來就沒聲音了。

李伯伯聽了，猛然想起蟲蟲婆孫兩個，就驚出了一身冷汗。趕緊用樓下的公用電話往項媽媽家裡打了個電話，沒有人接。愣了一會兒，才想到給兒子打電話，讓趕緊去找孫越項平凡。

警察和電梯工折騰了兩三刻鐘，才把電梯弄開了。裡頭關的果真是蟲蟲婆孫兩個，都蹲在牆角不動。蟲蟲的嗓子早哭啞了，只能嘶嘶地抽著氣，褲子上濕濕的都是尿跡。李伯伯想擠過去說話，卻被一把攔開了。看了看手錶，兩個在裡頭起碼關了兩三個鐘點了。這時就有幾個人高馬大的警察進了電梯裡頭，將大人小孩都架了出來。一個背著急救包的人跟了過去，又量血壓又測體溫，折騰了一陣子，才轉身對領隊的那個警察咿哩嗚嚕地說了一句話。這回李伯伯聽懂了——說是一切正常。李伯伯的心才放了些回去。

警察就走到圍看的人群裡頭問話。李伯伯猜想是問家人在不在場，就自告奮勇地走上去，又點頭又哈腰地說：「我是，是我。」警察拿出一張紙來讓李伯伯簽了字，又將大小三個一直送到了家門口，才離開。

項媽媽進了屋，就咚地癱到沙發上，說：「我這是怎麼了呢？蟲蟲生下來四個月就是我帶的，都沒出什麼事。怎麼這一出事就出個沒完了呢？」

「不怕的，孩子摔摔打打，長得快。我也真是的，好好的，非拉你去看什麼戲呢？又不好看。」

項媽媽懶得回話，卻抬手指了指蟲蟲。李伯伯便去屋裡翻箱倒櫃地找著了一套乾淨衣服，把蟲蟲抱到廁所裡，換下了身上的髒衣褲。又從冰箱裡找了一瓶橙汁，倒在杯子裡，看著老小兩個喝了些下去。說了聲「等著我」，便起身回十樓去了──早上煮了一鍋綠豆粥，他想略微溫一溫，拿下來給項媽媽和蟲蟲吃。綠豆敗火，這個天時吃正好。

李伯伯在樓上將綠豆粥用慢火溫了溫，又加了些冰糖，就連鍋端到八樓去。正碰上孫越和項平凡兩口子也趕回家來了，李伯伯就把早上的事前前後後地講了一遍。孫越聽了就罵大樓管理處：「這麼舊的電梯，也不修，總有一天要鬧出人命來的。」

項平凡從鍋裡盛了些綠豆粥出來，餵蟲蟲吃。蟲蟲喉嚨疼，勉強嚥了幾口又哭了起來，是那種只有眼淚沒有聲音的哭法。孫越將孩子抱起來放在肩上輕輕拍打著，嘴裡哄著：「哦哦我們蟲蟲好可憐，額角還沒長好，喉嚨又開始疼。」

一邊拍著，一邊讓項平凡去熱牛奶──牛奶稀一些，容易吞下去。蟲蟲喝過了一大杯熱牛奶，方漸漸安靜下來，有了些睡意。項平凡見孩子睡了，就忍不住說項媽媽：「你做了這麼些年醫生，怎麼會不認得緊急鍵？你一按緊急鍵，警鈴就響了，也不至於在裡頭關了這麼久。」

「裡頭斷了電，我什麼也看不見。」

「看不見，摸也能摸著。挨個揿一遍，總有揿對的時候嘛。」

項媽媽就不說話了。李伯伯也不好插嘴，呆站了一會兒，只好告辭出來。

那天晚上李瑋有課，不回來吃飯，李伯伯就一個人無滋無味地熱了些剩飯來吃。吃完了飯，心裡惦記著項媽媽，拿起電話來，想想又放下了。正要提了衣簍到樓下洗衣房去，就聽見電話鈴響了，原來是項平凡，問媽媽在不在他這兒——他們兩口子剛剛洗了個澡，出來就發現媽媽不在屋裡。平常媽媽出去，總會在冰箱上留個條。洗衣房娛樂室都找過了，也沒人。

李伯伯一聽心裡就有數了，嘆了一口氣，說：「你們兩個，以後可不能這麼跟你媽說話。」

項平凡的聲氣，便有些著急起來：「誰想到她心思那麼重呢？一家人在一起，說話總不能都想穩妥了才開口的。」

「你媽恨不得把心都剜了給你——也不容易的。你們趕緊給樓裡的熟人都打打電話，我到街上找一找。」

李伯伯撂下電話就急急火火地下了樓。

項平凡放下電話，呆呆地望著牆壁不說話。孫越見狀過來勸她：「你別著急，她路又不熟，車也不會坐，走不遠的。」

項平凡聽了，心裡越發害怕起來，一把摔了孫越的手：「都是你那張嘴，你就不能忍一忍？」

孫越就把臉拉長了：「難聽的話是你說的，倒怪到我頭上來。」

「我說的傷皮，你說的傷骨。」

「好，好，從今往後，我橫豎不管你們的事就是了。」

李伯伯下了樓，徑直就去了街心公園。戲班早散了，只剩了幾個人在那裡拆戲台。一輛清潔車呼呼地開過來開過去，清理滿地的瓶罐廢紙。李伯伯想起了打太極拳的那個地方有個小涼亭，走近一看，亭裡果真有個人。月白的襯衫，月白的背心，黑底小碎花的裙子。那人背靠著柱子坐在涼亭裡，雙手放在膝蓋上，仰臉看天。太陽偏了，在那臉上灑下一層不溫不火的橘黃。

這個女人年輕的時候是個什麼樣子呢？

李伯伯一路這麼瞎想著，就進了亭子，在項媽媽對面坐了下來。夜風悄無聲響地刮了起來，刮得項媽媽的頭髮飛絲似地爬了一臉，有些是黑的，有些是灰的。

「回去吧，把他們著急的。」

李伯伯一句話，竟引得項媽媽紅了眼圈。又沒帶手帕，只好拿衣袖來擦。誰知這一擦，就再也擦不乾了。李伯伯也不勸，索性由著她窸窸窣窣地哭了個痛快。項媽媽哭過了，就漸漸安靜了下來，對李伯伯說：

「天涼快些，我就回去了——醫院裡也等著我呢。」

「你不是辦了退休手續才出來的嗎？」

「退是退了，醫院實在是缺人手，要聘我當顧問。」

「你就平凡一個孩子，回去那邊也沒人。你這一走，誰帶蟲蟲呢？別太心硬了。」

項媽媽的眼圈又紅了上來：「這年頭，只有心硬的兒女，哪來心硬的爹娘呢——你又不是不懂。」

李伯伯想起自己家裡的一攤事情，便一時無話。半晌，才嗨嗨地笑了：

「你看看平凡就知道了——嚇成那個樣子。我說個道理你聽聽：你媽養你，你養平凡，平凡養蟲蟲。這人生的孝道，都是從上往下走的。就算平凡欠你，你還欠你媽呢。將來又自有蟲蟲欠平凡的。這麼一折衷，就誰也不欠誰了。所以，就別跟受了多大委屈似的。」項媽媽細細一想，果真還有幾分道理，臉上的怨色也就消散了些。李伯伯見機就勸她跟自己回去。項媽媽見天色漸漸暗了下來，公園的人越來越少了，心裡也有些害怕，就半推半就地起了身。

兩人走到街口的便利店，李伯伯拐進去買了一筒牛奶出來，塞到項媽媽手裡：「一會兒見了他們，就說是去樓下買牛奶了，聽見沒？」

孫越下班回家，下了高速公路，發現車裡的油位低了。看見路邊加油站的油價比前一日略降了一些，便拐進去加了滿滿一罐的油。加完了油，又借了海綿刷子來刷車窗。正刷著，突然聽見有人喊他的名字。回頭一看，加油站停車場的石凳上，坐著一個中國女人。女人穿了一套蛋清色的西服套裝和一雙同樣色調的皮鞋，剪了一頭極短的頭髮，清清爽爽樣子，依稀有幾分面熟。

女人見他木愣愣的，就衝他抬頷一笑，露出兩排細細碎碎的牙齒。這一笑他就想起來了——原來是七樓的竇曉敏。自從那日為蟲蟲的事找過她之後，孫越再也沒有見過她。雖說住在一幢樓裡，他們在查爾斯的地下停車場和電梯間裡都沒有彼此相遇過。兩個月的時間裡，女人換了一款髮式，也換了一種韻致。都好，卻是不同的好。孫越突然發現，其實他一直都在暗暗盼望著和這個女人不期而遇的。

竇曉敏也是到加油站來加油的。加完了油，車卻再也啟動不了了。剛打了電話給汽車協會，正等著他們派拖車來拉。孫越聽了就將自己的車停了過去，下來察看竇曉敏的車。車很舊了，前前後後都生了些鏽斑，又自己拿漆噴過了。噴得也不怎麼地道，底下的鏽斑越發地蔓延開來，將漆皮頂得凹凸不平，看上去像發了霉似的。孫越就笑：「你開這樣的車，實在是個誤會。」

竇曉敏斜了孫越一眼：「你要損我另找個場合，今天就不要落井下石了。」孫越打開車後蓋看了看，問：「是不是電池沒電了？我車裡有電纜，要不我們先充電試試看。」兩人就叮叮咣咣地接上了電纜，充了一會兒電，卻還是打不著火。竇曉敏說：「算了，死心踏地等拖車吧，哪兒最近就往哪兒拖。」

「你這是伸著頭頸等人宰你哪——這些車鋪都跟汽車協會通好了的，專宰你這樣的老帽。我知道個地方，離這裡也不遠，是我一個朋友的弟弟開的，價錢還算公道。我帶你去。」

於是兩人就一同坐到石凳上等拖車。

孫越問今天康康怎麼辦呢？竇曉敏說給托兒所的老師打過電話了，老師答應再等半個鐘頭。孫越就著急起來：「半個鐘頭哪裡夠呢，看路上的車都堵成什麼個樣子，誰知道拖車什麼時候能到呢？」就問竇曉敏要了號碼，起身去公用電話亭給老師打了個電話，央求無論如何要等到家長來再走人——延時按加班費另算。老師聽了就不好意思回絕了。

這時暮色就劈頭蓋腦地鋪了下來，天上不知何時竟落起了雨。雨很細卻很霸道，看不見，摸得著，濛濛的全在半空中。不知不覺間，街道就濕澀了起來，如同一條用得太久了的失去了彈性的橡皮筋，汽車行人走在上面，也都蔫蔫地沒了生氣。竇曉敏就去推孫越：「趕緊打個電話向太太報告一聲，免得回去跪搓衣板。」

「我們家沒有搓衣板，得跟你們家借——我常常加班，回家沒個準時候。」

孫越見竇曉敏穿得單薄，就勸她去加油站裡邊躲一躲，等拖車來了再叫她。竇曉敏怕錯過了拖車，死活不肯進去。兩人只好挪了幾步到樹蔭底下避雨。

「最近在忙些什麼呢？住一幢樓裡，人都見不著。該不是你躲著我吧？」

「忙著找工作——年底就實習完了。誰躲誰呢，你家蟲蟲過生日，也不邀請我們康康。」

孫越吃了一驚：「我們家的事，你怎麼都知道？」

竇曉敏「咦」了一聲，說：「你緊張什麼，我知道的事，大多數都沒有超過客廳和廚房的範圍。」

孫越的臉就熱了一熱。

孫越又問竇曉敏要往哪裡找工作。竇曉敏抬頭看天，半晌才說：「這要看為什麼找工作。若為康康，我該去美國。若為我媽，我該回中國。若為人民教育事業，我該去剛果。」

竇曉敏說話聲音軟軟的，句尾稍稍往上一提，帶出輕輕一笑。在這之前孫越並不知道女人原本是可以這樣說話的。他聽她說話，就忍不住想笑。

這時雨下得大了，漸漸地，路面上就有了積水。積水被前面的汽車噗呲一聲帶起來，又嘩地甩到後面的車窗上。於是，街、車和人都模糊了起來。偶爾有幾滴水從樹上漏下來，落在竇曉敏的衣肩上，孫越就舉了自己的公文箱來擋。竇曉敏由他擋著，卻嘆了一口氣：

「天底下的好丈夫，怎麼總讓別人搶先了呢——有你這把常開牌雨傘，你老婆是不愁下雨的。」

孫越想說我這一輩子還沒替別人遮過雨呢，又覺得這話太酸，就忍住了沒說。兩人都安靜了一會兒，孫越耐不住，就問：

「怎麼把頭髮剪了呢？」

「留著醜，剪了更醜。」

「剪了好，不剪更好。」

「咱們這是在練英文比較級句型嗎？」兩人就哈哈地笑了起來。

兩人說說笑笑的，竟忘了是在等拖車。後來雨也停了，車也稀了，拖車才慢慢吞吞地來了。孫越開著自己的車引著拖車去了朋友的車鋪。將一應事情都與朋友交代清楚了，才把壞車留下，自己帶著竇曉敏去托兒所接康康。

到了托兒所，老師早等得嘴大眼小，哈欠連篇。竇曉敏接過兒子，免不了千恩萬謝了一番。孫越偷偷塞給老師兩張十塊頭，老師的臉色才清朗了起來。

孫越抱了康康，三人朝停車場走去。康康的腦袋搭在孫越肩上，沉沉地睡著了，口水淌了他一肩。天被雨洗過一遭，就很乾淨起來。一彎細月照著地上的兩條人影，一條粗，一條細，一條長，一條短。樹影子鬼魅似地鋪了一地。

走著走著，竇曉敏突然叫了一聲：

「孫越。」

孫越扭頭答應了一聲，她卻無話。

孫越又應了一聲，她還是無話。

進了車，將康康放到車後座上，滿車便都是孩子細細碎碎的鼻息聲。孫越見竇曉敏歪靠在車座上不出聲，就說你也睡會兒吧，到家叫你。竇曉敏「嗯」了一聲，果真就閉上了眼睛。孫越開了一會兒車，見沒動靜，以為竇曉敏睡著了，就低下頭去看她。只見竇曉敏的兩排睫毛梳子似地梳攏了兩隻眼睛，嘴角微微往上一牽，彷彿正要結束一個微笑，又彷彿正在開始另外一個微笑。臉上的皮膚清清亮亮的，好像輕輕一碰就要碰出水來。就鬆了身上的安全帶，將西服脫下來蓋到她身上。誰知竇曉敏突然霍地一聲坐直了身體，兩個眼睛小燈籠似地熠熠生光。孫越嚇了一跳，臉色就有些訕訕的。黑暗裡她將手伸過去，輕輕地搭在他扶著方向盤的手上。他想在她的手裡尋找骨頭的感覺，可是他始終沒有找到。在她那一團小小的卻又碩大無比的溫軟中，他覺得他突然就迷失了方向。

那天晚上，三十二歲的，做了丈夫也做了父親的電機工程博士孫越，在載著一個不是他妻子的女人回家的路上，居然渴望歸家的路途能遙遠綿長一些。

項媽媽帶著小蟲蟲去樓下越南人開的雜貨鋪買豆醬，發現貨架上擺出了幾盒中國月餅，才猛然想起來是中秋了。拿起月餅盒子看了看價格，暗暗照兌換率換成人民幣算了筆帳，就把盒子放了回去。誰知蟲蟲看見了，拉著衣角不依不饒，嚷著要吃餅餅。項媽媽給纏不過，只好又折了回去，挑來挑去挑了一盒最小的，買回家來。

那天孫越公司裡提前完成任務，老闆開慶功會，將孫越兩口子都請去吃飯了。項媽媽餵蟲蟲吃完了飯，自己也胡亂吃了幾口，就搬了張椅子，披了件毛衣，抱著蟲蟲坐到陽台上看月亮。天骨並不冷，卻有些風。雖是極細極軟的，吹在身上也微微帶出點秋涼的意思了。夜空不怎麼清朗，稀稀鬆鬆地堆了一大團的散雲，左等右等也沒把月亮等出來。很有些失望，就掰了塊月餅給蟲蟲吃。蟲蟲不餓，吃了幾口椰絲，就膩了，便將裡頭的蛋黃挖出來，放在手心玩。項媽媽罵你這個小敗家子呀，便撿過來自己吃了。

這時屋裡的電話驚天動地地響了起來。項媽媽跑過去接起來，那頭卻不說話。項媽媽「喂喂」了好幾聲，那頭就掛了，聽筒裡只有嗡嗡的一片盲音——這樣的電話，項媽媽前幾天也接到過。跟孫越說了，孫越說多半是小孩搗亂，不用理它。項平凡就笑：「你怎麼知道是小孩不是大人呢？說不定是你的女朋友，聽見你的聲音就有話，聽見我們的聲音就掛吧。」孫越直罵：「屁話。」

項媽媽放了電話，剛坐下來，鈴聲又響了起來。這回有人說話了，是十樓的李伯伯，要項媽媽趕緊上樓一趟。項媽媽問什麼事，李伯伯哼哼了兩聲，說你快點，就把電話掛了。項媽媽一聽聲氣不對，不敢耽擱，撕了張保鮮膜包起一塊月餅揣在兜裡，拉了蟲蟲就出了門。

到了十樓，門是虛掩的。項媽媽推了門進去，只聽見廚房裡的水龍頭嘩嘩地流著，一張木凳歪倒在地上，一個粗瓷藍花大盤摔成好幾瓣，東一瓣西一瓣地散了一地。項媽媽踮著腳尖繞過碎盤子，將水龍頭關了。回頭就看見李伯伯坐在廚房過道裡，面如紙灰，兩腿蜷成一團。便趕緊跑過去，問摔了哪裡，是腰還是腿？李伯伯說是手，是右手——前兩天李瑋的導師來家吃飯，動用了幾件平常不用的瓷器，一直沒來得及收拾。今天想把藍花魚盤放到頂層碗櫃去，有點氣短，就撐著冰箱歇了一歇。誰知凳子一滑，就摔了。偏偏落地時又拿手去撐了一下，這一下就把筋給扭傷了。

項媽媽抓過李伯伯的右手來，前後左右進進退退地甩扯了幾下，又將五個指頭挨個拉了拉。項媽媽動一下，李伯伯「嘶」一聲，額上滲出些冷汗珠子來。項媽媽問李瑋呢？說到溫哥華開會去了。項媽媽說怕不只是傷筋，還傷到骨了。李伯伯問是大骨還是小骨？項媽媽說要拍過愛克斯光片子才知道。李伯伯一聽，急了：

「我要拍愛克斯光還來問你？你是醫生，多少能猜得出來。」

項媽媽給逼不過去，才說：「看起來不像大骨，不過你最好拍一張片子。」

李伯伯鬆了一口氣，說：「拍什麼片子呀，你給我綁一綁固定一下就行了——小骨兩天就長好了，沒那麼金貴。」

項媽媽明白李伯伯沒有買醫療保險，是捨不得去醫院看病的。知道勸也沒用，就回家拿了從國內帶來的急救包，又去箱底翻出幾張加元票子——那還是前陣子替竇曉敏看孩子時掙的——揣在懷裡，到樓下街角通宵服務的藥房，買了兩塊夾板和一瓶高效止痛藥，將上面的價格標籤都撕了，再回到十樓替李伯伯做固定。

做完固定，就拿出血壓計來給李伯伯量血壓。量了一遍，又量了一遍，一共量了三遍。李伯伯問：「怎麼樣？」項媽媽頓了一頓，才說：「有點高。」李伯伯說：「沒事。我這個身體，還是挺爭氣的，沒給小瑋惹麻煩。」

項媽媽就問李伯伯感到氣短有多久了？李伯伯說就這一兩個月的事，一陣一陣的。又問李瑋什麼時候回來呢？說明後天吧。項媽媽就不問了，起身插上電壺煮了一杯熱茶端過來，給李伯伯服了一片止痛藥。把靠墊蓬蓬地拍鬆了，扶著李伯伯在沙發上平躺了下來。

又搬了張小凳子，讓蟲蟲坐在沙發跟前，給病人講故事。蟲蟲講的是獅子王的故事。確切地說，是蟲蟲想講獅子王的故事。蟲蟲自然講得很是混沌，李伯伯聽得也很是糊塗，兩下倒都相安無事。

這頭項媽媽就去了廚房，收拾一地的碎盤子，又把水池子裡的髒碗碟都洗乾淨了。洗完了，看見冰箱門上都是油膩，就噴了些洗潔精來清洗冰箱。突然發現冰箱上貼著一張印製得極為精緻的特大號明信片，畫面上是一幢二三十層的摩天大樓，樓的一邊高，一邊矮，正中間豎立著一個大圓球，球身上掛滿了細細碎碎的白色燈飾。遠遠一看，那樓倒像是一棵頭上長角身上掛刺的仙人掌。樓面上有兩個霓虹燈大字：「綠洲」，明信片下角寫著：「斯德哥爾摩，瑞典。」

項媽媽歪頭看了半天明信片，說：「這樓設計得有點意思。過去是咱們崇洋，現在是洋人崇咱們，什麼地方都要加兩個漢字，趕時髦。」

李伯伯從客廳裡伸著脖頸，說：「你看看仔細，這不是在他們境內，是在咱們的青海。這個設計是得了斯德哥爾摩國際金獎的。」

項媽媽恍然大悟：「怪不得，沙漠裡才有仙人掌，才叫綠洲呢。現在的世界真是開放了，什麼世面都能見著。學人家的建築風格，跑出去一看就會了。再一發揮，還挺像一回事。」

李伯伯聽了就嗨嗨嗨嗨地笑。這一笑手便牽牽地疼了起來，他只好將笑忍了些下去：「這樓是我這個從沒出過國的土老帽設計的——還沒有全部完工，就匆匆忙忙跑到這兒來了。是院裡幫我收的尾。」

項媽媽一愣，又呆呆地看了半天樓，才嘖嘖地嘆息著：「只知道你是蓋房子的，真沒看出來你還有這個藝術細胞——李瑋可沒有你那兩下子。」

「我那兩下子，李瑋沒學著，李玨倒學著了。李玨本該比我強的——人家二十一歲上大三的時候，就得過全國設計新人獎。」

「現在呢？」

「東京大學建築系，再有半年就得著博士了。猜怎麼著？小姐說要體驗家庭主婦的生活，說不讀就不讀了。」

項媽媽一下子想到了自己的女兒，心忽地墜了下去，半晌才回出話來：「咱們大約真是老古董了——你說我們這把年紀的，出來幹什麼呢？倒成了白吃飯的。」

兩人又隔著廚房說了一會兒話，李伯伯的聲音就漸漸低矮了下去。項媽媽探出頭來一看，李伯伯不知何時已經睡著了——大約是止痛藥起了作用。就去李瑋的房裡抱了一床毯子出來，給李伯伯蓋上。蟲蟲見了，就對波波說：「死，死人。」蟲蟲最近在看一部《睡美人》的動畫片，開始管一切閉著眼睛不說話的人叫死人。項媽媽「呸」了一聲，趕緊捂了蟲蟲的嘴：「他可不能死。」

項媽媽坐到沙發跟前，看見李伯伯取了假牙，兩頰沉沉地塌了進去，精精神神的一個人，頓時就老了十年。老歸老，睡相卻是極好的。身體平正，眉目坦伏舒展，並無絲毫疑態愁容。就想到李伯伯素日的為人，暗暗感嘆果真是相由心生。又見李伯伯額頭脖子上濕濕的都是汗跡，就要掏出手帕替李伯伯擦汗。手一伸進口袋裡，突然碰到了一團硬硬的東西，愣了一愣，才想起是那塊月餅。便把月餅掏出來，放到李伯伯的枕邊。抬頭看窗外，夜這時方進入狀態。一天的陰雲不知幾時全散盡了，半空中浮現出一盤毫無斑痕晶瑩透亮的大月亮。月亮雖大，卻不怎麼圓，微微地缺了一小沿，四周灰灰黃黃地起了層毛邊——卻無星子。

這邊十五，那邊就是十六了。十五的月亮不圓，十六的才圓呢。項媽媽想。

李伯伯睜開眼睛，滿屋都是細碎的飛塵。太陽直直地照在臉上，有些酥癢，像有無數個暖蟲子在臉上蠕蠕爬動。他想伸手去抓，手卻很沉重。他知道自己還沒有完全睡醒，卻又不知道該怎樣把自己弄醒。他感到自己正越來越深地陷進一個舒適無比的爛泥淖裡。他覺得如果繼續沉陷下去，他會再也無法浮出地面。這樣的聯想使他突然間恐懼萬分。他動了動嘴唇，叫了一聲「文蘭」，叫完了才想起文蘭早已不在了。

這一叫就把自己徹底叫醒了。

李伯伯坐起來，才發現自己睡在兒子的床上。兒子的床很陌生，沒有他熟悉的參照物，過了一會兒他才漸漸找到了方位。坐在床沿上，他就把前一晚的事情慢慢地回想了起來。兒子是前天從溫哥華回來的。兒子回來後從機場直接開車去了見明那裡。兒子是從見明那裡給他打電話的。

「天太晚了，我明天再回家。」

其實他很想叫兒子回來。不是為那件事——兒子快三十了，又在國外，在不在見明那裡過夜，他們隨時都可以做那件事，他是管不了的。那一刻他只是想說：「兒子你回來吧，爸爸想你。」這句話就像一口濃稠的痰在他的喉嚨口翻滾了好幾個來回，最後終於被他嚥了回去。

他沒有告訴兒子自己摔傷的事。

第二天早上兒子從見明那裡直接去了學校。後來是孫越打電話告訴兒子他摔傷的事的。孫越還告訴了兒子其他一些事情。

「你老爸的血壓高得像定時炸彈，隨時要炸飛了。不看醫生要出事的。」

兒子趕回家來，臉色嚇得發白，雙唇哆嗦。平常兒子那些胸有成竹的樣子，只是做給見明看的。兒子其實還是個孩子。文蘭去世時，兒子雖然也經歷了好些事情，卻畢竟還有他做父親的擋在那裡。就算是一場地震，傳到兒子身上，也只是餘震了。可是這回他要是真的出事，兒子就被無遮無擋單槍匹馬地推到了前線。他突然很是心疼起兒子來了——剎那間他覺得生病的是兒子而不是他自己。

「你項媽媽是個醫生，醫生都有職業病，說話愛誇張。現在的人營養太好，多少都有些膽固醇高血壓的病，沒什麼大不了的。明天打電話給你北京的小姑，讓她準備些降壓靈，碰到有人從那邊過來時順便捎過來就是了——那東西一吃就靈。」

兒子將信將疑地看著他，似乎部分地接受了他的理論。那天兒子就沒有再堅持帶他去看醫生。

到了睡覺的時候，兒子突然對他說：「你睡屋我睡廳。」他不肯。兩人推來推去的，推得兒子生氣了，抓起他的被褥扔進屋裡，將門反鎖了。他知道這是兒子唯一能為他做的事，這個面子他是要給兒子的。於是他就不再推讓。

他抓起兒子的枕巾放在鼻子上聞了一聞。兒子不太講衛生——若是拿陶文蘭的標準來看，就是非常不講衛生了。枕巾吸了不少的頭油，黑黑的很有些重量。可是他聞到的不僅僅是頭油的氣味。

他聞到的是兒子的體味。淡淡的，帶了一絲奶香的油味。這是兒子與生俱來的體味。這是他的兒子與天底下所有其他兒子的區別。這個區別大得讓他和陶文蘭閉著眼睛也能識辨出來，卻又小得連見明那樣的親密女人也未必知曉。

他做了幾十年的建築工程師，常年累月地出差在外，兩個孩子從小都是文蘭帶大的。記得李瑋四歲那一年，他去武漢郊區的一處工地當監工，一走就是四個月。回家那日正好是個星期天，文蘭正蹲在地上生火爐做飯，一院子飄的都是熏眼的煤煙。女兒到鄰居那裡玩去了，兒子一人坐在門檻上，看著麻雀從一棵樹上飛到另一棵樹上。他把一個裝著蟈蟈的草編籠子遞給兒子，蟈蟈一到兒子手裡就聲嘶力竭地叫了起來。兒子驚喜得不知如何是好，顛顛地跑去拿給媽媽看。文蘭問是誰送的，兒子歪頭想了半天，才說：「叔叔。」他和文蘭聽了不約而同大笑起來。兒子給笑得臊了，躲進屋裡再也不肯出來見他。

兒子很久都沒有開口叫他「爸爸」。在非和他說話不可的時候，兒子用「你」來稱呼他。在別人面前提到父親時，兒子稱他為「他」。他處心積慮地用電影票、麥芽糖、花生酥、小人書之類的小恩小惠引誘兒子上鉤。兒子從不拒絕他的禮物，小心翼翼地快樂著，卻不用他所希冀的方法回報他的苦心。面對一個比自己小三十來歲的孩子，他竟然顯露出了黔驢技窮的窘相。

直到有一天。

那天院領導讓他提早下班回去整理行裝，因為第二天他就要出差去新疆。他下班後沒有直接回家，卻心血來潮地要去幼兒園接兒子——平常陶文蘭和他都不用管兒子，兒子很早就學會了自己去幼兒園，自己回來。兒子從來沒有迷過路。

他把自行車停到幼兒園的大門口，正要進門，突然看見他的兒子站在教室前面的台階上。兒子的頭髮在風裡支支楞楞地飛著，兒子的嗓門很大。兒子並不是一個人，兒子身邊還站了一群孩子，都和兒子年歲相仿。

「我爸爸是院長，管你爸爸。」一個孩子指著兒子的鼻子說。

「我爸爸造房子，你爸爸不會造。」兒子毫不退縮。

「我爸爸有汽車坐，你爸爸沒有。」另一個孩子推了兒子一把。

「我爸爸造房子給汽車住，你爸爸不會造房子。」兒子反推了那個孩子一把。

「我爸爸的汽車比教室都大，你爸爸騎個破飛鴿。」那個孩子上前揪住兒子的衣襟，兒子一個趔趄，幾乎跌倒在地。圍看的孩子們哄地大笑了起來。

兒子的臉脹得通紅，扁扁嘴，想哭，卻忍住了。兒子站定了，一腳朝那個孩子踢去。兒子揚著頭，一字一頓地說：

「我爸爸能造世界上最大的房子，裝得下一百輛你爸爸的汽車。」

兒子說完，頭也不回地走了。兒子走出院門的時候，猝不及防地看見了他。兒子愣了一愣，突然撲過來，抱住他的腿，剛說出一個「爸」字，便嚎啕大哭起來。兒子哭得昏天黑地，聲嘶力竭。他從來沒有看見兒子這樣地哭過。可是他並沒有哄兒子，他只是把兒子緊緊地摟在懷裡，一遍又一遍地說：「你哭，你哭，你哭吧。」兒子的頭髮髒了，擰成一團一團的，卻有一股混著花生油味的奶香。

他是在那一天裡才徹底放了心的。他知道不管他將來離家多久多遠，兒子是永遠不會把他忘了的。他當時完全沒有想到，後來兒子竟走得比他還遠。

他抬頭看了看牆上的掛鐘，已經八點半了。平常這個時候，他正忙著給兒子做早中兩頓的飯。今天他竟睡過了時候。廳裡沒有響動，兒子還在睡覺。這幾天兒子出差在外，生活沒規律。回來又直接去了見明那裡——年輕男女小別重逢，免不了要纏綣一番的，大概也沒睡好。兒子是真累了。

他輕手輕腳地摸到廳上，沒想到卻聽見了一陣極低的電話聲。

「……問過了，那個日本人不肯，我姊做不了主……我知道你著急，你也得容我想個法子……我開不了口，總不能硬叫他走……看病的事，總有辦法的……」

兒子轉過身來，突然發現他站在過道上。兒子的臉在嘗試變換了多種表情之後，終於不知所措地僵在那裡。兒子後來說出來的話，飄飄抖抖的，彷彿不是出自他的喉嚨：

「見明打工太辛苦了，想搬過來住，省點房租。」

他似乎沒有聽懂兒子的話。他的目光越過兒子，直直地望著牆角。牆角上有一隻蜘蛛在爬來爬去地織網。蜘蛛是圓的，網是多邊型的。網為什麼是多邊型的呢？

「你記得，記得那個蟈蟈籠嗎？」

他呆呆地問兒子。

星期三上班時孫越的腳步特別輕快。他先去茶點室倒了一杯濃苦的咖啡，風捲殘雲似地吞下了兩只巧克力甜圈餅和四片奶油夾心餅乾。此時他早已把項平凡設計的健康食譜丟在九霄雲外。吃完了這樣的早點，他掏出一張手紙對著牆上的鏡子仔細地擦著嘴角，張開嘴巴查看著牙縫裡是否有餅乾渣子。鏡子裡的他微微有些發福，鬢角躥出幾絲白髮。少白頭是他們孫家歷代男人的特色，可是他從來沒有想到要染髮。他甚至暗暗希冀他的白髮能越過鬢角進入更加寬闊的視野。其實項平凡也是這樣希冀的，只不過她的理由和他的不盡相同。她希望他的白髮能夠遮掩他們中間的那個年齡溝壑，他則希望自己看上去更成功一些——一個滿頭黑髮的男人很難讓人產生成功的聯想。比爾．蓋茲，史蒂芬．賈伯斯都是在很年輕的時候就有了白髮的。

他對著鏡子看過了嘴角牙縫和鬢髮，然後彎腰從櫃子裡拿出一瓶「清潔先生」牌清潔劑，呲呲呲呲地噴在辦公桌上。噴完了自己的桌子，又去噴同屋的。都噴過了，就找出一塊抹布來，一揮一灑地撣除著辦公桌上的積塵，空氣裡立刻瀰漫開了檸檬的清香。他兩手擺動的幅度很大，看上去像是在跳舞。儘管他在埋怨著大樓清潔工的懶惰，但即使是再遲鈍的人也看得出來他其實心情很好。後來他就停止了埋怨。但是他的嘴巴並沒有停止工作，因為他馬上開始吹起了口哨。他的同事過了好久才聽出他在吹《費加洛婚禮》裡那首〈從軍歌〉。

「約翰你這小子是不是昨晚有豔遇了？」

同事彼此對視著，不懷好意地笑了起來——孫越的洋名叫約翰。孫越停了口哨，說：

「幹嘛非得昨天，今天就不行嗎？」

他對自己的這個回答十分滿意。半年前對這樣的玩笑他只會哼哼地傻笑，現在他已經學會了如何把洋同事的玩笑當作球踢來踢去。

快到中午時他明顯地表現出了心神不寧。他頻頻地看手錶，卻一次也沒有上廁所。他的目光時常小偷似地掠過電話機，又飛快地逃走了。可是那個早上辦公室裡的電話卻異常地安靜。午休時同事們紛紛到樓下的小食攤去吃午飯，他卻找了個藉口一個人留了下來。早餐吃得太飽，他並不餓，他只想在遠離關注的角落裡孤獨地舔撫他的失望。他把頭靠在高背椅上，閉目養神，這時他才知道其實希望和失望都同樣能使人筋疲力盡。

當電話鈴響起來時，他已經做過了一個夢。夢是一個好夢，夢裡他和一個女人做了一件極盡興的事情，在做這件事情時他們並沒有像好萊塢的俗豔影片裡那樣一絲不掛。夢裡的場景有些朦朧，彷彿是從年代久遠的膠片裡洗出來的照片。但是他能想得起夢裡的許多細節，包括女人的衣著。女人戴了一頂猩紅的圓帽子，帽簷很寬，歪斜著遮住了半個臉。檐上別了一枚金屬徽章。可是他卻始終想不起女人的五官相貌。

電話響了很久他才接起來，是樓下總台的祕書打進來的，說接待室來了一位客戶要見他。當時他一點也沒想到會是她——她原先說好要打電話和他約地點的。她背朝著他坐在接待室裡看報紙，身子低低地陷在寬大的皮沙發裡。聽見他的腳步聲她站起來朝他伸出手來，他一眼就看見了她頭上的那頂帽子。剎那間他的心篤篤地狂跳了起來，說話居然帶了些口吃。

「對不起我沒有打電話預約——我正好路過這裡，就冒昧上來試試運氣。」

她看了一眼祕書，用英文對他說。

「沒有關係，我正好有空。我們找個咖啡館子，把上次的事聊完。」

他也看了一眼祕書，用英文回答她。然後他們一前一後地走進了電梯。

一直到電梯在他們身後徹底關嚴了，他才敢較為放肆地看她。她的穿著不像往常那樣正式，她甚至連外套也沒穿。今天她換了一件白色的厚毛衣，底下配一條寬鬆的帶著兩條背帶的工裝牛仔褲，足蹬一雙白色網球鞋，頭戴一頂紅色絨線帽。這樣的裝束使她看起來年輕了很多，甚至有點像高中女生——他猜想她今天不用去實習。

中午那個短暫的夢使他對她的帽子產生了強烈的興趣。他走近她，終於看清了她帽簷上別的那個徽章原來是一個小小的帶著飛翅的守護天使。這是他有一天在路邊的報亭裡偶然發現之後買下的。他買了兩個，一個給蟲蟲，一個給康康。她卻把它別在了這樣一個顯眼的地方。他知道她只是要讓他看見的。他的心裡湧上了一股潮濕的感動，他突然很想將她整個地摟在懷裡。她似乎讀懂了他的遲疑，她主動將手伸出去，環繞在他的腰上。他感到了她的胳膊在毛衣裡面的熱量，她瘦弱的身子裡蘊藏的熱量常常讓他吃驚。可是電梯很快就到了底層，她的動作還沒有完全展開就匆匆結束了。

後來他們就被捲進了人流。天是個好天，也無一絲雲彩，半空中掛著一輪明豔豔的太陽，像是紅紙剪了貼在藍紙上的。沿街的樹木正在經歷季節的巨變，葉子綠一叢紅一叢黃一叢，似乎已經知道來日無多，喧鬧得沒了章法。風刮起來，就有葉子紛紛落下。她不肯規規矩矩地行路，卻只挑著路邊的落葉來踩。葉子在她的鞋底發出窸窸窣窣的裂響。她踩了一片，又踩一片。漸漸地，他就趕不上她的腳步了。她遠遠地走在他的前邊，帽子紅紅地燒著。她回過頭來對他招招手，做了一個揿照相機的姿勢，喊著說：

「笑一個，好嗎？」

他把手招回去，忍不住對她笑了一笑。在那一刻裡，他和她之間彷彿有了一種地老天荒的相依和默契。

當他們終於在咖啡館坐下時，她已經跑熱了。她把帽子摘下來拽在手裡，額髮被汗濕成幾個小圈。她在高腳凳上來回晃動著兩腿，臉上浮起一絲略帶歉意的微笑，像是一個翹課被父母抓住的孩子。他完全無法把這個形象和那個身穿西服套裝手攜公文包的女人重合起來。自從那天修車事件之後，他們也曾在中午相約著出來喝過幾回咖啡，可是她從來都沒有像今天那麼無拘無束過。

「真看不出來你有過康康了。」

他給她要了一杯熱巧克力，插上吸管送到她手裡。她埋頭就喝，喝得很快也很專注。

「活得久了，總能看見幾樣讓你吃驚的事。」

「上次託你打聽的事，有回音了嗎？」

「有倒是有，卻不是你想要的。天主教救助中心願意幫忙，可是捐款只能給天主教背景的家庭。」

「只去看了一次醫生，做了兩項檢查，開了一瓶藥，就花了八百多塊錢了。李瑋那點獎學金，咳。老爺子是打死也不肯再去看醫生了。」

兩人由別家老人的身上，免不了想到了自家老人，就笑不起來了。

「我在猶他州找到工作了，下個星期就動身去美國。」

她突然抬頭對他說。

他知道她的丈夫在楊百翰大學做博士後，她此行大概就是投奔他去了。雖然這是遲早要發生的事，真正發生的時候他還是覺得異常突然。他猜測她其實一直都在準備著去美國，他感到自己被她蓄謀已久地出賣了。他的心被鈍鈍地捅了一下，流出來的並不是血，而是氣。他被大團大團的氣擁堵著，一時說不出話來。他明白他在這個時候生氣是既沒有道理也沒有風度的，但是他管不住自己。

她的熱巧克力很快就喝完了，她還在努力地吸吮著最後的一滴，呼管發出響亮的呼嚕聲。他煩躁起來，一把搶過她的空杯子，越過她的頭頂扔到她身後的垃圾筒裡。

「你還約多少人喝過咖啡？」

她吃了一驚，目光呆滯茫然地看著他，似乎過了很久才明白了他話語裡的惡毒。她不說話，站起身來就走。

他追著她跑到街上。她走得飛快，落葉又一次在她腳下發出清脆的裂響。他感到他的心也在奔跑中跌落在某一片葉子上了。當他終於追上她時，他發現她的眼中嗆滿了淚水。他扳住她的肩膀，她扭著頭不讓他看見她的眼睛。

「對不起，我想我是瘋了。」

她不再扭頭，眼淚噗噗地落在毛衣上。

「為什麼要讓我撞進一個只有開頭沒有結尾的故事裡去？」

他想替她擦乾眼淚，可是那天街上的風很大，她的眼淚彷彿流過了一片荒漠，瞬間便被風毫無痕跡地吹乾了。

「每一個故事都有結尾，不過有些故事的結尾做了另外一些故事的開頭。」

他們在街風中站立了很久，彼此不再說話。後來她跳上了一輛街車。她從後窗裡向他搖了搖手，街車就載著她緩慢地走遠了，漸漸地只剩下一個小紅點，若有若無地燒灼在他的視野裡。

他無心無緒地回到了辦公室。剛一進屋，電話就響了。

「你猜猜我為什麼打電話來？」

這是項平凡說電話時的一貫風格——通常她要帶著他跨越幾個欄礙之後才肯進入主題，可是那天他毫無耐心陪她做這個遊戲。

「有話你就說。」

項平凡很想生氣，於是她開始在靜默中醞釀生氣的情緒。可是這樣的靜默一直沒有被打破。她發覺她在那一刻裡竟無論如何生不起氣來，後來她終於決定不再讓他猜下去了：

「孫越，我有了。」

李伯伯是在十二月初回國的。

回國前李瑋帶著父親參加了一個美加七日遊的旅行團，去美國的華盛頓、紐約、波士頓、大西洋城和加拿大的渥太華、蒙特利爾、魁北克城轉了一大圈。李伯伯對山水古蹟興趣有限，一路只看各式各樣的樓房屋宇。兒子要給他拍照片，沒有建築物的他就不肯拍。兒子忍不住取笑他：「早知如此，還不如給你買本旅遊指南合算。」

旅遊回來，李伯伯就到項媽媽那裡辭別。

「吵著要回去的是你，結果真走的反是我。」

項媽媽拿出一個厚厚的信封來交給李伯伯：「這裡頭是剪報，都是關於心血管方面的常識，算是給你掃掃盲。我已經給省院心血管科何主任、劉院長、吳副院長都寫過信了。你到了家就去找他們，做個徹底檢查。血壓高是不怕的，只要堅持服藥，飲食合理，就能控制下去——回去可不能再胡吃海喝了。」

李伯伯點著頭，把信封收妥了。半晌，忍不住問項媽媽：「你把平凡給你存的退休金都取出來了，將來要用的時候怎麼辦呀？」

項媽媽打著哈哈，李伯伯就嘆氣：「你別裝傻了——李瑋的帳號裡有多少錢，我有數。他沒這個能力。」

項媽媽知道裝不下去了，便抿著嘴兒笑：「那將來只好等你掙大錢來接濟我了。」

誰知李伯伯聽了就啪啪地拍著大腿：「藉你的吉言。這趟轉了一圈，也不白轉，很有些想法呢。回去說不定還真能掙錢——你好歹等我的消息。」

項媽媽一路把李伯伯送到電梯。兩人剛一站定電梯就來了。項媽媽聽見李伯伯隔著電梯門對她說：「耳朵聾一點，眼睛鈍一點，沒壞處。」

項媽媽趁電梯還沒關嚴，趕緊回了一句：「這話留著給你自己最合適。」

李伯伯一坐上波音飛機，就已經開始在盤算著中國到加拿大航空信的郵期了。一直到飛機安全降落取完行李過海關時，他才猛然想起自己竟疏忽了一件至關重要的事情。

他忘了問項媽媽的姓名。

新人間叢書 263

死著 張翎中篇小說集

作　　者—張　翎
主　　編—李麗玲
責任企劃—金多誠
封面設計暨內頁設計—陳恩安
內頁排版—楊珮琪
總 編 輯—曾文娟
董 事 長
總 經 理—趙政岷
出 版 者—時報文化出版企業股份有限公司
10803臺北市和平西路三段二四〇號七樓
發行專線—（〇二）二三〇六—六八四二
讀者服務專線—〇八〇〇—二三一—七〇五
（〇二）二三〇四—七一〇三
讀者服務傳真—（〇二）二三〇四—六八五八
郵撥—一九三四四七二四時報文化出版公司
信箱—臺北郵政七九～九九信箱
時報悅讀網—http://www.readingtimes.com.tw
電子郵件信箱—ctliving@readingtimes.com.tw
時報出版臉書—https://www.facebook.com/readingtimes.fans
法律顧問—理律法律事務所　陳長文律師、李念祖律師
印　　刷—勁達印刷有限公司
初版一刷—二〇一七年六月二日
定　　價—新臺幣三五〇元
（缺頁或破損的書，請寄回更換）

時報文化出版公司成立於一九七五年，
並於一九九九年股票上櫃公開發行，於二〇〇八年脫離中時集團非屬旺中，
以「尊重智慧與創意的文化事業」為信念。

國家圖書館出版品預行編目（CIP）資料

死著：張翎中篇小說集 / 張翎著. -- 初版. -- 臺北市：時報文化,
2017.06
面；　公分. -- (新人間叢書 ; 263)

ISBN 978-957-13-7018-7(平裝)

857.63　　　　106007381

原書名：《雁過藻溪》
作者：張翎
本書中文繁體版由作者經光磊國際版權經紀有限公司授權時報出版公司在全球（不包括中國大陸地區但包括香港、澳門）獨家出版、發行。

ISBN 978-957-13-7018-7
Printed in Taiwan